A *menina* no ESCURO

THE MOONLIGHT CHILD © 2020 BY KAREN MCQUESTION
TRANSLATION RIGHTS ARRANGED BY TARYN FAGERNESS AGENCY AND
SANDRA BRUNA AGENCIA LITERARIA, SL
ALL RIGHTS RESERVED

COPYRIGHT © FARO EDITORIAL, 2022

Todos os direitos reservados.
Nenhuma parte deste livro pode ser reproduzida sob quaisquer
meios existentes sem autorização por escrito do editor.

Diretor editorial **PEDRO ALMEIDA**
Coordenação editorial **CARLA SACRATO**
Preparação **ANA CAROLINA SALINAS**
Revisão **ELAINE DE ARAÚJO E CRIS NEGRÃO**
Capa e diagramação **REBECCA BARBOZA**
Imagem de capa **MOSHBIDON | MOTORTION FILMS**

Dados Internacionais de Catalogação na Publicação (CIP)
Jéssica de Oliveira Molinari CRB-8/9852

McQuestion, Karen
A menina no escuro / Karen McQuestion ; tradução de Adriana
Krainski. -- São Paulo : Faro Editorial, 2022.
256 p.

ISBN 978-65-5957-209-0
Título original: The moonlight child

1. Literatura norte-americana 2. Mistério I. Título II. Krainski,
Adriana

22-3041   CDD 813

Índices para catálogo sistemático:
1. Literatura norte-americana

1ª edição brasileira: 2022
Direitos de edição em língua portuguesa, para o Brasil,
adquiridos por FARO EDITORIAL

Avenida Andrômeda, 885 — Sala 310
Alphaville — Barueri — SP — Brasil
CEP: 06473-000
www.faroeditorial.com.br

KAREN McQUESTION

A menina no ESCURO

Tradução:
Adriana Krainski

Para Jessica Fogleman,
editora extraordinária.

Capítulo 1

Hoje era aniversário de Morgan. Três anos se passaram, mas, na cabeça de Wendy, sua filha ainda tinha dezoito anos, idade em que discutiu com a mãe e saiu furiosa de casa, com tudo o que coube na mochila. Suas palavras de despedida foram: — Estou de saco cheio de você. Quero mais é que você se dane!

Edwin imaginou que ela voltaria, mas naquele mesmo dia Wendy teve um mau pressentimento. Por muitos meses antes do acontecido, ela e Morgan brigavam com frequência, geralmente por causa do namorado muito mais velho da filha, Keith, e do seu novo grupo de amigos, todos viciados, ao que parecia para Wendy. Morgan fora uma adolescente difícil, e as coisas pioraram ainda mais depois que ela se meteu com aquele novo bando, que conheceu trabalhando como assistente de bar em um lugar horroroso no centro da cidade. Uma garota de dezoito anos trabalhando à noite em um bar era certamente uma receita para aborrecimentos. A notícia de que conseguira um emprego naquele lugar não caiu muito bem para os seus pais, Wendy argumentou que aquilo não deveria nem ser permitido por lei.

— Olha a sua idade — ela ressaltou. — Não deveria nem entrar num lugar daqueles, quanto mais trabalhar lá.

— Com as gorjetas, eu ganho três vezes mais do que se trabalhasse em uma loja. Você disse que, se eu não fosse para a faculdade, precisaria ganhar dinheiro para pagar as minhas contas. Aí quando eu consigo, você só sabe botar defeitos — Morgan retrucou.

Morgan tinha um jeito de colocar as palavras de Wendy contra ela, que a deixava nos nervos. A mãe era pacífica por natureza, mas Morgan estava sempre procurando briga.

Edwin sugeriu que eles, os pais, deveriam assumir uma postura de não interferência.

— Deixa ela matar a curiosidade, vai acabar cansando e ver que aquelas pessoas não têm futuro na vida. Nós a criamos bem. Ela vai voltar para nós.

— E se ela não cansar? E se ela não voltar para nós? — Wendy perguntou.

— Wendy, não temos muita escolha. Ela é adulta. Quanto mais você pressionar, mais vai afastá-la. Se ficarmos calmos e mantivermos um bom contato, ela vai voltar para nós quando estiver pronta. Acredite, isso é só uma fase.

Ela discordava disso com todas as células do seu corpo, mas cedeu, acreditando que Edwin era o mais ajuizado e imparcial dos dois. Além disso, como professor universitário, ele lidava com garotas da idade de Morgan todos os dias. Era quase um especialista em adolescentes. No fundo do coração, ela sentia que Edwin estava errado, mas ele parecia tão seguro que ela chegava a duvidar de si mesma. Wendy se arrependeria disso mais tarde. Intuição de mãe era a única coisa que ela tinha a seu favor e escolheu ignorar.

Drogas e álcool se tornaram os monstros que consumiam sua filha. Ela não podia provar que Morgan estava usando drogas, mas seus instintos lhe diziam que sim. A personalidade de Morgan estava diferente. Ela andava mal-humorada e perdera peso, algo que atribuía ao esforço físico no trabalho. Para se explicar, contraía o bíceps e dizia: — Isso aqui é de tanto trazer caixas de cerveja do porão. — Como se fosse motivo de orgulho. Quando sua nova melhor amiga, uma moça chamada Star, bateu na porta procurando por Morgan, Wendy só conseguia pensar que ela se parecia com aqueles viciados saídos dos filmes, com o cabelo ensebado, olhos vermelhos e tiques nervosos. Ela viera para pegar dinheiro emprestado, claro, algo que Wendy captou no ar, mesmo a conversa entre as duas tendo sido sussurrada no corredor.

Tantos conflitos, tantas preocupações, e agora ela simplesmente foi embora.

A princípio, os pais pensaram que ela fora para a casa de algum amigo. Depois de dois dias de sumiço, Wendy prestou queixa à polícia. Os policiais foram solidários, mas pouco úteis. Morgan, disseram eles, não estava desaparecida, tecnicamente falando. As palavras de despedida foram uma mensagem clara de que ela estava indo embora por vontade própria. Mas os policiais foram bacanas, interrogaram todo aquele pessoal estranho que frequentava o local onde Morgan trabalhava. Perguntaram sobre o namorado, Keith, mas ninguém sabia muito sobre ele, muito menos onde ele estava ou como entrar em contato. Era uma vergonha, mas Wendy não sabia nem o sobrenome do rapaz. Perguntara a Morgan o nome completo do namorado e fora acusada de começar um interrogatório, então, deixou passar. Agora, sabia que ter deixado isso passar fora um grande erro.

A polícia não poderia fazer mais nada, mas Wendy reconheceu a tentativa.

Pela própria sanidade, a mãe enfrentou o primeiro ano mantendo-se ocupada. Além de trabalhar o dia todo como contadora em um escritório de advocacia, colava cartazes, fazia ligações e até criou um *site*. Ela ligava direto para o celular de Morgan, até que o número deixou de cair na caixa postal. A empresa telefônica disse que a conta fora cancelada, mas não podiam dar mais informações. Wendy ainda verificava os comentários no *site* todas as manhãs, mesmo nunca tendo levado a nada concreto. O título da página era *Você viu a nossa filha Morgan Duran?* Abaixo do título, havia uma colagem de fotos de Morgan, junto com uma descrição física. Um metro e sessenta e sete, corpo esguio. Olhos castanhos, cabelo castanho-escuro, pele levemente parda. Mas ela era tão mais do que isso, então Wendy acrescentou: *Morgan, se você estiver lendo isso, por favor, venha para casa. Estamos com muitas saudades.*

Tantas memórias. Desde pequenininha, sua filha tinha um sorriso que iluminava o mundo e uma risada contagiante. Seu irmão mais velho, Dylan, a adorava — adora até hoje.

À medida que o tempo passava, ela e Edwin só falavam sobre Morgan na hora de dormir, pois no escuro era mais fácil extravasar o luto e a preocupação. Embora Edwin negasse, Wendy tinha a impressão de que ele achava que Morgan estava morta. Ele nunca chegou a dizer, provavelmente porque aquelas palavras ditas em voz alta partiriam o coração dos dois ao meio, mas ela captou a mensagem mesmo assim. O que ele dizia era: — Estou tão arrasado quanto você, mas acho que deveríamos nos preparar para o pior.

Wendy nunca estaria preparada para o pior, mas aquela situação, meio lá, meio cá, sem saber nada, era igualmente ruim, consumindo-a por dentro. Durante os dias agitados no escritório de advocacia, ela às vezes passava horas sem pensar em Morgan, mas nunca chegou a passar um dia sem sentir a agonia de lembrar que sua filha estava desaparecida.

Dylan sugeriu que os três enviassem uma amostra de saliva para empresas de testes genéticos, para que o DNA da família ficasse arquivado. Por precaução. Wendy acatou a sugestão, mas a "precaução" dela passava por um cenário em que Morgan estava em coma em um hospital em algum lugar, não identificada, e quando encontrassem a correspondência do DNA, a família poderia ir correndo até ela, o som da voz da mãe a despertaria do coma e ela se recuperaria por completo.

Depois dos primeiros dois anos, os amigos e parentes pararam de fazer perguntas, sabendo que, se houvesse alguma novidade, eles seriam informados. De vez em quando, aparecia um artigo ou um trecho de um vídeo sobre alguma pessoa desaparecida que, depois de longos anos, se reencontrou com a família. Nenhuma daquelas histórias era fácil. Os personagens nunca eram vítimas de amnésia. Nenhuma delas perdera o contato com a família por conta de algum mal-entendido. Geralmente, aconteciam coisas terríveis com elas, coisas que Wendy não desejaria ao seu pior inimigo, e que por algum motivo, as pessoas sentiam a necessidade de encaminhar tais histórias para ela, como que dizendo: — Veja, não é um caso perdido. Pode ser que aconteça.

Desistir não era uma opção, então a mãe continuou procurando na internet, conversando com a polícia e lendo os comentários do *site*. Como se o seu esforço fosse levar a história a um final feliz.

Naquele dia, faltou ao trabalho para passar o aniversário de Morgan em casa. Alguém precisava comemorar, lembrar que algum dia houve uma garota chamada Morgan, que veio ao mundo como uma linda bebezinha, com quase três quilos ao nascer, a criança mais meiga que ela já vira. Wendy se lembrou da infância da filha, de como ela adorava se vestir de princesa, de como seguia o irmão pela casa como um patinho, e de como ela chegou ao ensino fundamental sem nenhuma falta, mesmo justificada por motivos de saúde. Foi no ensino médio que os problemas começaram: a rebeldia, as saídas escondidas de casa. Ainda assim, a mãe via sinais de sua filha linda, inteligente e divertida por baixo daquilo tudo. Era uma fase, Wendy dizia a si mesma, uma fase que ela rezava para que acabasse logo. Mesmo com toda a dor que Morgan causara, Wendy não a trocaria por nada no mundo. E assim foi, até que, quem poderia imaginar, o mundo tirou a filha dela.

Depois de verificar o *site* mais uma vez, Wendy foi até o armário da despensa e pegou uma embalagem com dois *cupcakes* de chocolate e recheio de creme, embrulhados em papel celofane, que comprara para aquela ocasião. Eram os preferidos de Morgan. Wendy acomodou um deles em um pratinho e colocou uma vela no meio dele. Ela pegou a caixa de fósforos em uma gaveta de tralhas da cozinha e, com as mãos tremendo, riscou o fósforo contra a tira escura na lateral da caixa. O palito fez uma bela chama, ela acendeu a vela, assoprou o fósforo e o jogou na pia da cozinha.

A mãe se sentou de frente para o *cupcake* à mesa e começou a cantar com a voz trêmula: — Parabéns pra você, nesta data querida, muitas felicidades, muitos anos de vida.

Assoprando a vela, Wendy fez um pedido.

Capítulo 2

Até aquela noite, Sharon nunca havia pensado muito sobre eles. Mesmo morando em terrenos vizinhos, Sharon nunca chegara a conhecer a família. Pela caixa de correio, ela sabia que o sobrenome deles era Fleming. De vez em quando, descendo a rua de carro, ela os via de relance: a mulher, uma ruiva esbelta com um corte de cabelo chique, o marido, um executivo sisudo, o filho, um adolescente emburrado e acima do peso e um cachorrinho barulhento. Fazendo uma pesquisa no Google, descobrira que os nomes dos pais eram Suzette e Matthew. Ela vasculhou a internet toda, sem conseguir achar o nome do filho, mas não importava.

Às vezes, via o filho adolescente passeando com o cachorro. O cachorro puxando a coleira, o garoto usando um moletom muito maior do que o seu tamanho, com os ombros curvados, como se estivesse carregando um peso enorme. Quando via o senhor e a senhora Fleming, era mais rápido. De vez em quando, avistava Matthew trabalhando no jardim. Mas, na maioria das vezes, só os via quando saíam ou chegavam, Suzette saindo da garagem com seu carro prateado, o marido tirando uma maleta do porta-malas do seu veículo preto de porte médio.

Nada parecia fora do comum com aquela família.

Uma cerca alta de madeira nos fundos da casa impedia a visão. Sendo uma mulher aposentada e solteira, ela não tinha nada em comum com eles, mas era de uma natureza curiosa. Ultimamente, sua vida social consistia em acenos simpáticos aos vizinhos, almoços e sessões de cinema com velhos amigos, idas à igreja aos domingos e conversas frequentes pelo telefone com a filha Amy, que fora transferida para Boston.

Naquela noite em específico, Sharon havia planejado ver o eclipse da lua de sangue de que todos estavam falando. Até o caixa do mercadinho falara a respeito, dizendo que a noite estaria clara, perfeita para enxergar a lua.

Às onze horas, vestiu botas, luvas, um casaco acolchoado, preparou-se para sair e, assim, ter uma vista melhor. Parecia meio bobo se agasalhar tanto só para sair na varanda dos fundos de casa (e apenas por alguns minutos), mas não tinha outro jeito. O mês de janeiro em Wisconsin podia ser brutal, e naquela noite a temperatura estava abaixo de zero. Melhor se agasalhar do que correr o risco de congelar.

Depois de se vestir, abriu a porta do quintal e saiu, fechando a porta para evitar que o gato escapasse. O céu noturno pairava sobre ela, o ar gelado, as estrelas e uma lua enorme e brilhante no céu, como um pêssego maduro esperando para ser colhido. A sombra do eclipse começara a encobrir o contorno da lua. O jato de luz estava mais para um vermelho-alaranjado do que para o vermelho-sangue prometido, mas não importava. Era um espetáculo. Maravilhada, ficou olhando para aquela beleza memorável.

Tirando as luvas, colocou as mãos no bolso para pegar o celular. Quando a lua ficou centralizada na moldura, ampliou a imagem e tirou uma foto. A foto certamente não faria jus à beleza, ela pensou com tristeza. Algumas coisas são melhores se vistas ao vivo, e não em pixels.

Assim que abaixou o telefone, uma janela iluminada na casa do vizinho chamou sua atenção. Havia alguém na cozinha. Ela apertou os olhos, tentando enxergar melhor. Uma garota lavava louças na pia. Uma criança, de cinco ou seis anos, talvez? Era difícil enxergar de tão longe, mas com certeza não era um adulto, nem um adolescente. As proporções da menina davam a impressão de que ela estava parada em cima de uma escadinha. Sharon tinha certeza de que os vizinhos só tinham um filho, o garoto adolescente. Seria possível que tivessem outra filha que ela desconhecesse? Improvável, ela pensou. Talvez uma visita? Era possível, mas por que uma garota tão novinha estaria lavando louça às onze da noite?

Da sua posição na varanda, Sharon tirou algumas fotos da garota e então desceu para atravessar o quintal. A neve fina aumentava a cada passo, o ar gélido a deixava consciente de cada respiração. Perto da cerca havia um canteiro com uma floreira crescida. Sharon subiu na margem do canteiro e, com cuidado, ficou na ponta do pé, erguendo o telefone até conseguir visualizar a janela. Depois de esperar que a câmera se ajustasse automaticamente, ela clicou.

Enquanto observava, outra pessoa apareceu na janela: a dona da casa. Suzette foi até a criança de um jeito que não parecia muito acolhedor. Os lábios da mulher se mexiam rápido, fazendo a criança se afastar toda encolhida. Sharon tomou um susto quando a senhora Fleming puxou o braço da menina e apontou para algo dentro da casa, que Sharon não conseguia ver. Um segundo depois, as duas saíram de vista.

O que será que foi isso? Que esquisito.

Sharon voltou para dentro de casa, tirou seus apetrechos de inverno e se sentou no sofá para ver as fotos que acabara de tirar. Como ela havia pensado, na foto, a lua não parecia nada impressionante. Na foto que tirou da varanda, mal dava para ver um perfil, era um borrão em forma de pessoa. A foto que tirou da cerca estava melhor, e mesmo assim não ficou boa. A falta de clareza devia ser culpa da fotógrafa, pensou. Mesmo tentando acompanhar a tecnologia, ficava para trás em muitos aspectos. Ela não saberia dizer quantas vezes Amy dissera: — Não é tão difícil, mãe. Você está complicando as coisas.

Para Amy, era fácil falar. Ela crescera com a tecnologia e foi aprendendo à medida que as coisas evoluíam. Sharon não teve esse privilégio. E ainda se lembrava de quando lançaram os fornos de micro-ondas e de como todo mundo ficou espantado com a velocidade em que se poderia assar uma batata. Na verdade, nem era assada, e sim cozida, mas não era essa a questão. Cozinhar uma batata tão rápido parecia algo milagroso. Mais ou menos na mesma época, a ideia de gravar um espetáculo e poder assistir a qualquer momento era uma grande novidade. Agora, aquilo era coisa do passado. Com os *streamings* online, a ideia de gravar qualquer coisa era tão ultrapassada quanto uma carroça.

Um dia ela teria que aprender a mexer nesse tal de *streaming*. Parecia uma bela comodidade, poder escolher filmes e programas de TV e assisti-los na mesma hora. Era como ter uma *jukebox* em casa, mas no lugar de ouvir música, escolher o que quisesse assistir.

Sharon poderia enumerar centenas de coisas assim: tecnologias e aparelhos milagrosos que não existiam quando ela era jovem e agora são tão comuns que ninguém dá muita importância.

A vida muda tão rápido nesses tempos. Às vezes, é difícil acompanhar.

Mais tarde, já deitada, ela pensou de novo na menininha. Havia de ter um bom motivo, ou ao menos um motivo *plausível*, que poderia explicar por que havia uma garota parada na pia da cozinha dos Fleming lavando louça às onze da noite. Tinha que ter. Mas, ficar pensando naquilo era uma perda de tempo. Com certeza, Sharon andava vendo muitos programas policiais na televisão e lendo muitos livros de suspense. Mesmo assim, não conseguia deixar de pensar. Ela suspirou e prometeu a si mesma que deixaria de se preocupar tanto. Se conseguisse pensar em um cenário aceitável, ela se daria permissão para esquecer a coisa toda. Sua cabeça passeou por diversas ideias até se contentar com uma. Talvez, ela pensou, a garota fosse uma parente de outra cidade fazendo uma visita. E talvez, quem sabe, a garota tenha levantado da cama para beber água e acabou ficando por ali para brincar com água. A senhora Fleming parecia irritada porque estava dando uma bronca na criança por fazer bagunça na pia, em vez de estar dormindo.

Essa perspectiva fazia todo o sentido. Claro, era algo assim que estava acontecendo ali. Sentindo-se melhor, Sharon foi adormecendo devagar.

Capítulo 3

Sharon planejou falar sobre a garotinha na próxima conversa que tivesse com a filha. A melhor maneira seria mandar a foto pelo celular para que Amy tivesse uma referência. Ela sabia que só conseguiria fazer isso se Amy lhe explicasse o processo de enviar uma imagem por mensagem, e aquilo seria o começo de algo. Sharon tinha pavor de pedir ajuda. Amy tinha uma tendência à impaciência quando precisava explicar coisas mais de uma vez, algo que fazia Sharon se sentir idiota. *Não é tão difícil*, ela dizia, e Sharon precisava admitir que Amy estava certa. Não era tão difícil. Então, por que não entrava na cabeça dela?

Ela tinha quase certeza de que o ícone usado para compartilhar fotos era a letra V de lado, com círculos nas pontas, aquele que, por algum motivo, a fazia lembrar de *Star Trek*, mas tinha medo de tentar sem conferir outra vez.

— Por que não escrevem a palavra *compartilhar* de uma vez? — perguntou em voz alta na primeira vez que discutiram o assunto. — Seria tão mais fácil.

— Não, assim é mais fácil, e *melhor* — afirmou Amy categoricamente — Porque, assim, qualquer um já sabe só de olhar. Do mesmo jeito que você sabe instintivamente qual símbolo é o botão de ligar em todos os seus aparelhos. — Sharon não teve coragem de contar que, por um bom tempo, a única forma que encontrou para se lembrar qual era o botão de ligar, foi criando um lembrete para si de que o botão parecia um peitinho.

Amy era uma advogada muito batalhadora, trabalhava com direito corporativo. Seu novo emprego ficava na Costa Leste e tinha alguma coisa a ver com contratos para a indústria naval. Tudo parecia muito sério e sem graça para Sharon, mas Amy se dava bem na arte da negociação e de estudar as entrelinhas. Ela era boa no que fazia, a julgar pelo seu gordo salário. Sharon tinha orgulho dela, mesmo que nem sempre a entendesse.

Antes de Sharon se aposentar, acreditava que seus anos dourados serviriam para que ela e a filha passassem mais tempo juntas, mas, depois que Amy se mudou, Sharon reviu seus sonhos e pensou que seria uma bela oportunidade para fazer cursos e trabalhos voluntários. Em teoria, era uma boa ideia, mas logo depois de sair do mercado de trabalho, ela descobriu a alegria de ter bastante tempo livre, e nunca olhou para trás. A doce liberdade significava fazer o que quisesse, quando quisesse, sem ter que prestar contas a ninguém. Sharon gostava da sua vida, ainda que fosse um pouco solitária às vezes.

Ela não queria arranjar confusão com os vizinhos, mas a garotinha que viu na noite anterior foi seu primeiro pensamento ao acordar. A conclusão a que Amy chegaria sobre o assunto só poderia ajudar.

Mas, quando Amy ligou sem aviso mais tarde naquela manhã, o assunto da criança misteriosa desapareceu da sua mente. Sharon estava tomando café da manhã na hora, e deixou a refeição de lado para atender a ligação.

Depois de se cumprimentarem, Amy foi direto ao ponto.

— Mãe, eu odeio ter que pedir isso, mas preciso de um favor.

Sharon respirou fundo. Amy nunca pedia nada. Mesmo quando era pequena, negava todas as tentativas de ajuda de Sharon, determinada a lidar com tudo sozinha. Se estava pedindo um favor à mãe, só podia ser porque não conseguiu resolver de jeito nenhum.

— Claro, filhinha. Do que você precisa?

Ouviu o alívio da filha do outro lado da linha.

— Eu sabia que poderia contar com você — Amy disse.

— Sempre. Eu faço tudo por você.

— Bom, não é bem para mim... É para a Nikita.

Nikita? Sharon sentiu um aperto no peito. Nikita Ramos era uma garota que vivia com famílias de acolhimento, que Amy conhecera no seu trabalho voluntário de defensora especial no tribunal. Até então, Amy não falara muito sobre Nikita, apenas que ela morava em casas acolhedoras desde que tinha doze anos e que a vida dela era uma luta constante.

Sharon só havia encontrado Nikita uma vez, antes de Amy se mudar para Boston, quando Sharon encontrou a filha e a garota por acaso no shopping. Amy as apresentou, e Sharon notou que a garota a mediu de cima a baixo com um olhar demorado. Sharon, claro, fez o mesmo logo em seguida. Nikita lhe pareceu uma daquelas garotas duronas, tanto na linguagem corporal quanto na aparência. Seus cabelos longos eram tingidos de preto intenso com uma única mecha roxa, e sua camiseta também era preta, com uma caveira enorme estampada na frente e uma cobra saindo pelo olho. Parecia que ela queria ser rotulada como alguém com quem não se deve mexer. Ela também parecia impaciente, como se estivesse há um bom tempo precisando de um cigarro ou coisa pior. Nikita disse: *Oi, prazer em conhecê-la*, sem olhá-la nos olhos, algo que pareceu suspeito para Sharon.

— O que tem a Nikita? — Sharon perguntou na hora.

— Ela precisa de um lugar para ficar e eu pensei, bom, você está sozinha e tem um quarto vazio no andar de cima. — Amy tinha mania de fazer uma afirmação e deixar no ar, esperando que a outra pessoa reagisse. Sharon sabia que não era uma hesitação. Sua filha podia ser surpreendentemente ousada quando necessário. Aquela pausa era uma estratégia, uma oportunidade para Sharon interpretar os pensamentos de Amy.

— Então, você quer que ela more aqui? — Sharon perguntou. Choveu objeções em sua mente. Ela não ia ao andar de cima há anos e não tinha ideia de como o quarto estava. E ter uma adolescente morando junto com ela? Mal soubera criar a própria filha, e Amy era uma garota fácil de lidar. Uma criança modelo, segundo o padrão da maioria das pessoas. O que será que os adolescentes comem hoje em dia? E vai saber que tipo de bagagem emocional carrega uma garota que viveu em acolhimento. E se Nikita fizesse algum estrago na casa ou fosse violenta? E se ela machucasse o gato? Sharon estremeceu só de pensar. Havia tantos motivos para dizer não, mas ela sabia que Amy não pediria se não fosse importante. E ela com certeza não faria nada para colocar, de propósito, a própria mãe em perigo.

— É só por um tempinho. Ela me ligou e pareceu desesperada, dizendo que não podia ficar onde estava nem mais uma noite. Estava fora de si, pronta para ir embora, mas eu a convenci a ficar até conseguir pensar em uma solução. Sinceramente, eu não sei o que está acontecendo. Ela não me disse, mas sei que preciso tirá-la de lá imediatamente — Amy respondeu.

— Espera aí, achei que ela já tinha passado da idade de estar em abrigos — Sharon disse, lembrando-se de que Amy havia ajudado Nikita a encontrar uma casa depois que ela se formara no ensino médio. Naquela época, Amy já havia se mudado para Boston, mas pegou um voo de volta para Wisconsin para tomar providências. Amy tinha um bom coração.

— É, ela morou em vários lugares desde então. Eu sei o que você está pensando, mãe. Você está pensando que todas essas mudanças a fazem parecer problemática.

Era exatamente isso que Sharon estava pensando, por mais constrangedor que fosse.

— Não é verdade. Nikita passou por maus bocados. Tudo que ela precisa é de um lugar para ficar e um pouco de apoio. Alguém que esteja ao seu lado, que diga que ela é importante. — A voz de Amy estava firme. — Eu tenho amigos para quem eu poderia ligar, mas pensei em você na hora. Acho que vocês duas se dariam bem.

— Por quanto tempo ela ficaria?

— Obrigada, mãe, obrigada! Você é a melhor. Eu sabia que você me ajudaria — Amy explodiu em gratidão do outro lado da linha, disparando palavras tão rápido que Sharon ficou perdida naquele turbilhão. — Vou te enviar uma mensagem com o endereço e o número do celular da Nikita. Que horas você consegue chegar lá para buscá-la?

— Qualquer hora, de verdade — disse Sharon, olhando para a sua tigela de aveia pela metade. Ela poderia terminar de comer em um minuto. Quanto ao resto dos planos, bom, a louça poderia esperar, assim como a pilha de toalhas que ela tinha para dobrar. Essa era a vantagem de ser aposentada e viver sozinha. O tempo era só dela. Ao menos tinha sido, até aquele momento.

— Vou ligar para ela e dizer que você está indo. Obrigada mais uma vez, mãe. Você é incrível! — Naquele instante, Amy parecia ter quatorze anos, e não os quarenta que de fato tinha, o que fez Sharon sorrir.

Depois de se despedirem, Sharon desligou o telefone e torceu para não estar cometendo um grande erro.

Capítulo 4

O GPS levou Sharon a um bairro decadente, uma região que ela sabia ter uma alta taxa de criminalidade. As casas não tinham um padrão: algumas eram bem conservadas, como se podia ver pelos jardins em ordem e pelas calçadas limpas, enquanto outras pareciam abandonadas, com a pintura da fachada descascada e o terreno entupido de lixo. Sharon balançou a cabeça. Como as pessoas conseguem deixar uma geladeira na varanda ou largar o carro em cima de blocos de concreto na entrada da garagem? As pessoas vivem de jeitos tão diferentes.

Quando chegou ao endereço certo, desligou o motor e saiu do carro, subindo até o caminho cheio de neve que levava à porta da frente. Apertou a campainha e ouviu vozes lá dentro, primeiro de uma mulher furiosa gritando alguma coisa que ela não conseguiu entender e, em seguida, um homem, respondendo à altura. Ela bateu a neve das botas e esperou até que, por fim, cerca de um minuto depois, a porta foi aberta com força.

Uma mulher de rosto encruado apareceu numa fresta estreita.

— O que foi?

— Estou aqui para levar a Nikita? — A mulher lançou um olhar vazio para Sharon. *Droga, eu não deveria ter falado em tom de pergunta.* Depois de limpar a garganta, ela tentou outra vez, agora mais convicta. — Vim pegar a Nikita. — Nada de resposta, o que a fez se perguntar se estaria no endereço errado. — Ela está?

— Está sim — disse a mulher com desgosto, e então fez um gesto para Sharon entrar. A mulher virou irritada e se afastou, deixando a porta entreaberta.

Sharon entrou e observou a mulher desaparecer pelo corredor. À esquerda, havia uma escada que levava ao segundo andar. À direita, na sala de estar, havia um rapaz de trinta e tantos anos, careca, sentado em uma velha poltrona reclinável, olhando para alguma coisa em um *tablet*. Ele estava usando fones de ouvido e não pareceu notar a presença de Sharon.

— Nikita? — Sharon gritou. — Sou Sharon Lemke, a mãe da Amy. Eu vim te buscar.

— Já vou! — A voz veio do andar de cima e, um minuto depois, Nikita surgiu, trazendo consigo uma mala de viagens grande e uma mochila pendurada no ombro. Estava vestindo uma calça *jeans* rasgada e um moletom extragrande. A mala de viagens devia estar pesada, a julgar pelas pancadas que dava em cada degrau. Nikita parecia diferente do que naquele outro dia no shopping, mais cansada e com olheiras debaixo dos olhos. Ela também não exibia mais a mecha roxa no cabelo.

A mulher avançou pelo corredor, com uma expressão irada no rosto. Ela parou quando estava a ponto de bater de frente com Sharon. Por um segundo, ela pensou que a mulher iria agredi-la, mas, em vez disso, ela dirigiu a fúria à Nikita.

— Então é assim? Você simplesmente vai embora sem avisar? — Cruzou os braços diante de si.

Nikita não respondeu, só olhou para Sharon. — Vamos. — Apontou na direção da porta com a cabeça.

— E o seu trabalho? Você não vai conseguir manter o emprego aqui se for embora do bairro. Como vai vir para cá sem carro? Aposto que não pensou nisso.

Nikita deu de ombros.

— O emprego não era lá grande coisa. — Ela carregou a mala até a porta. — Eu arranjo outro.

Sharon segurou a porta, e Nikita passou a mala por cima do umbral.

Atrás delas, a mulher disse:

— Você vai sair assim? Nós te demos um quarto, tratamos você como se fosse da família. Sem o dinheiro do seu aluguel, não vou conseguir pagar as contas este mês. Como é que eu vou fazer? Você nem liga, não é? Sua merda, é isso que você é.

— Esperem um pouco! — Sharon disse, mas ninguém prestou atenção.

Nikita nem olhou para trás.

— Eu não posso ficar aqui.

A mulher disparou uma sequência de palavrões, que ecoaram pelo jardim enquanto elas se aproximavam do carro. Sem palavras, Sharon abriu o porta-malas, e Nikita colocou sua mala lá dentro. Ainda em silêncio, elas entraram no carro. Quando Sharon ligou o motor, olhou para trás e notou que o homem estava parado na janela da frente, encarando-as.

Elas andaram alguns quarteirões antes que Sharon abrisse a boca.

— Bom, que moça simpática, não?

— Pois é — Nikita colocou o cabelo atrás da orelha e suspirou.

— Você está com fome? Podemos parar em algum lugar e pegar alguma coisa para comer.

— Não, valeu. — Nikita balançou a cabeça.

Quando elas se aproximaram de casa, Sharon preencheu o silêncio.

— Estamos quase chegando. Eu moro na próxima quadra.

— Bairro bacana — Nikita colocou as mãos no vidro e ficou olhando para fora feito uma criança.

O tamanho modesto das casas enganava, levando em conta que a maioria dos seus moradores vivia vidas bastante privilegiadas. Férias no Havaí, professores particulares para os filhos, casas de verão à beira dos lagos da região norte. Em comparação, Sharon tinha uma situação financeira atípica ali. Não que ela se importasse.

— Não se impressione. A minha casa é uma das pequenas. Na verdade, é a menor. De longe — o corretor de imóveis dissera que, originalmente, era uma casa de hóspedes de uma propriedade vizinha, uma ideia que ela achava divertida.

Sharon se lembrou da reação da filha ao ver a casa pela primeira vez. Só conseguiram comprá-la porque Sharon recebera uma quantia do seguro, por conta de um acidente em que ficou gravemente ferida. Mesmo depois dos ossos se recuperarem, sua perna e seu quadril nunca mais foram os mesmos, mas os 60 mil dólares ajudaram com a fisioterapia e ainda sobrou um valor para pagar a entrada da casa. Amy tinha acabado de entrar no ensino médio, e Sharon ficou emocionada ao encontrar uma casa pela qual podia pagar, no mesmo bairro da escola dela. Mostrou a casa toda animada para a filha assim que os vendedores aceitaram a oferta, destacando que ela não teria que trocar de escola e que, pela primeira vez, teria seu próprio banheiro. A mãe sabia que a casa era pequena, antiga e acabada, mas não contava com o desânimo de Amy. Tentando ver as coisas pelo lado positivo, Sharon disse, ainda:

— É como dizem: a pior casa do bairro é o melhor investimento!

Ao que Amy respondeu:

— Tá, mas precisava ser a pior casa do *estado* inteiro? — Sharon, então, caiu na gargalhada.

Sorria até hoje ao se lembrar daquilo. A casa era um desastre, mas serviu bem para elas, e Sharon não planejava se mudar tão cedo, principalmente depois de todas as melhorias que fizera ao longo dos anos: reforma nos dois banheiros e na cozinha, troca das luminárias, pintura em todas as paredes e troca do piso de todos os cômodos. Olhando para as fotos antigas, é difícil acreditar que é a mesma casa.

Parando na entrada da garagem, Sharon acionou o controle do portão e estacionou.

— Nikita, eu quero...

— Niki.

— O quê?

— Me chame de Niki. A Amy é a única pessoa que pode me chamar de Nikita.

— Certo. — Um pedido simples, fácil de atender. Ela com certeza a chamaria de Niki, se a garota assim preferisse, mas seria bom se Amy a tivesse informado desse pequeno detalhe. Entrou na garagem e desligou o motor. — Como eu dizia, *Niki*, quero que você se sinta bem-vinda aqui. Eu moro sozinha há bastante tempo, então se você precisar de alguma coisa, por favor, me peça. Eu não estou acostumada a ter gente por perto.

— Eu não vou ficar por muito tempo, se é o que você está tentando dizer.

— Não, não foi isso que eu quis dizer.

Mas Niki já estava abrindo a porta do carro, então Sharon foi atrás, destravando o trinco do porta-malas.

— Eu quis dizer exatamente o contrário, na verdade.

Niki tirou a mala.

— Tá bom.

Sharon indicou o caminho até a casa, tagarelando nervosa enquanto andava. Ela estava achando a garota irritante, difícil de compreender. Por que Amy poderia achar que elas se dariam bem? Enquanto caminhavam pela casa, ela falava:

— Aqui no corredor dos fundos tem ganchos para você pendurar o seu casaco e um tapete para deixar as botas, caso seus pés estejam molhados — ela tirou as botas que calçava e pendurou o casaco, mas Niki nem se mexeu para tirar o moletom ou os sapatos. Seguindo em frente, Sharon disse:

— Como você pode ver, aqui é a cozinha. A lavanderia fica atrás daquela porta. Fique à vontade para usar a máquina de lavar e a secadora. Se precisar de ajuda, é só falar. Elas são bem novas e todas tecnológicas. Levei um tempão para entender como funcionavam — admitiu. — Precisei assistir a um tutorial na internet três vezes antes de pegar o jeito.

Nesse tempo todo, Niki puxava a mala consigo e mantinha a mochila pendurada em cima do braço. Olhava em volta, como se estivesse estudando as saídas, aparentemente pronta para escapar a qualquer instante.

Depois de passar pela sala, Sharon fez um gesto para seu gato ruivo, que estava deitado estendido na parte de cima do encosto do sofá.

— Este é o Sarge. Ele é bem preguiçoso e provavelmente não vai te perturbar. — Niki se inclinou para acariciar a cabeça de Sarge, e o gato, contente, forçou a cabeça na palma da mão dela.

— Que fofinho — Niki disse, fazendo um carinho embaixo do queixo dele. — O nome dele é Sarge?

— É o diminutivo de Sargento Cafuné.

— Que perfeito — Niki acenou, em aprovação.

Elas continuaram, Sharon apontou para a entrada da frente e deu uma volta até chegarem ao seu quarto, com o banheiro ao lado. Ela entrou, abrindo a porta do banheiro. Sharon tinha uma rotina bem treinada que costumava repetir sempre que mostrava a casa às visitas, uma espécie de pedido de desculpas pelo tamanho dos cômodos e, por força do hábito, começou a se explicar.

— Não é muito grande, mas somos só eu e...

Niki soltou a mala pela primeira vez e olhou para o quarto todo, encantada.

— Acho que é o banheiro mais lindo que eu já vi. — Ela se abaixou e examinou curiosa o azulejo hexagonal.

— Sério?

Niki se levantou.

— É tão bonito. E tudo isso só para você. — Passou os dedos pelos tampos de granito e olhou para as luminárias pendentes em forma de tulipa, um objeto antigo que Sharon adorava, tanto pela aparência quanto pelo brilho rosado que deixava no cômodo. — Você deve adorar morar aqui.

— Adoro mesmo. Muitas pessoas da minha idade estão procurando por residências que ofereçam assistência. Acho que existem vantagens nesse tipo de coisa, mas eu prefiro ficar por aqui enquanto der.

— Se esta casa fosse minha, eu nunca me mudaria.

Sharon sorriu.

— É assim que eu me sinto.

Niki se virou para olhar para ela.

— Então, se eu vou ficar no sofá, onde posso deixar minhas coisas? Na lavanderia?

Sharon demorou um tempo para entender o que Niki estava dizendo.

— Ah, não, você não vai dormir no sofá. Você pode ficar no antigo quarto da Amy, no segundo andar. Venha, vou te levar lá em cima — ela foi na frente, abrindo uma porta que dava para uma escada de madeira estreita. Antes, os degraus levavam a um sótão alto, mas os antigos proprietários transformaram o espaço em dois quartos e um banheiro. O quarto maior fora de Amy e o outro era usado como depósito, o *quarto da bagunça*, como elas chamavam. Sharon explicou tudo isso enquanto subiam as escadas. Quando chegaram ao quarto de Amy, ficou aliviada ao vê-lo bem ajeitado e sem poeira, com a cama feita e nada empilhado no chão ou em cima da cômoda. Amy devia ter limpado da última vez que passou a noite ali. — Sinta-se em casa. A cômoda deve estar vazia.

Niki deixou a mala ao lado da cama e foi até a janela.

— Você tem vista para o quintal — disse Sharon, parando ao lado dela e apontando. — Nada de muito emocionante.

— Quem mora naquela casa? — Niki perguntou. Daquela altura, elas conseguiam ver o quintal e uma das janelas do andar de cima. Sharon não subia lá há muito tempo e esquecera que o segundo andar oferecia uma vista assim.

— A família Fleming. Um casal com um filho adolescente e um cachorrinho.

— Você os conhece?

— Não, nunca nos encontramos. Eu os vejo às vezes, e passo de carro na frente da casa deles.

— Ah.

— Notei uma coisa meio estranha lá na noite passada — Sharon não planejava tocar nesse assunto, mas as palavras lhe escaparam.

— Estranha como?

Ela ergueu os ombros.

— Não há de ser nada, mas eu estava no quintal na noite passada, lá pelas onze horas, para ver o eclipse da lua. — Sharon fez uma pausa e, como Niki não respondeu, seguiu em frente. — E vi uma menininha lavando louça na pia da cozinha. Uma menina bem pequena, de uns cinco ou seis anos, talvez? Parecia que ela estava em cima de uma escadinha. Achei esquisito, porque eles não têm nenhuma filha, pelo menos não que eu tenha visto — ela achou difícil entender a expressão no rosto de Niki. Será que ela estava achando que Sharon era uma velha desocupada sem nada melhor para fazer do que espiar os vizinhos?

— E mesmo se eles tivessem uma filha, por que ela estaria lavando louça às onze da noite? — Niki perguntou, concluindo o seu raciocínio.

— Exatamente — disse Sharon. — Achei que eles pudessem ter visitas, mas então por que a menina estaria lavando louça?

Niki ficou pensando em suas palavras.

Sharon continuou:

— Aí eu vi a senhora Fleming entrar, e foi só por uma fração de segundo, mas ela parecia furiosa. Ela puxou o braço da menina e depois não consegui ver mais nada.

— Parece uma criança acolhida — Niki disse.

— Não acho que eles tenham acolhido nenhuma criança — Sharon disse, percebendo então que não sabia muito sobre a família.

— Talvez tenham feito e você não saiba — Niki disse. — Se encaixa com o que você disse. Uma criancinha lavando louça à noite. Provavelmente estava sendo castigada, e depois se encrencou ainda mais por não estar fazendo direito.

— Não... — disse Sharon, chocada. — Não acredito que alguém possa tratar uma criança dessa forma.

Niki riu, uma risada de escárnio. — Pode acreditar. Acontece o tempo todo.

— Mas uma tão pequenininha? Quer dizer, ela parecia uma menina bem novinha.

— Certamente — Niki apertou os olhos. — Eu poderia te contar algumas histórias.

Sharon ouviu as palavras de Amy ecoarem em sua mente. *A Nikita passou por maus bocados. Tudo que ela precisa é de um lugar para ficar e um pouco de apoio. Alguém que esteja ao seu lado, que diga que ela é importante.*

Uma coisa tão simples, não era pedir demais. Não mesmo. Sharon disse:

— Eu tirei fotos com o celular. Quer dar uma olhada e me dizer o que você acha? — Sem esperar por uma resposta, ela pegou o celular e rolou até a imagem mais nítida.

Niki pegou o celular da mão estendida. Olhou para a tela por um instante e depois arrastou para ver as outras imagens, voltando por fim para a primeira que Sharon havia mostrado. Seu rosto corou de pena.

— Coitadinha — olhou para cima e encontrou os olhos de Sharon. — Alguém precisa ajudá-la.

— Você acha? — Ouvir alguém dizer o que ela estava pensando era desconcertante. — Pensei a mesma coisa, mas não sabia o que fazer. Eu não vi nada de abusivo, só estranho. E eu não conheço a família.

— É uma decisão difícil — Niki disse.

— Você acha que eu deveria ligar para alguém?

— Quer dizer, para algum órgão de proteção à criança?

— É, algo assim.

Niki apertou os lábios para pensar e então balançou a cabeça. — Não tem como provar um abuso. E você nem sabe quem é a criança. Talvez não dê em nada.

— Mas parece que tem coisa aí — disse Sharon.

— Eu também acho.

— Então, o que posso fazer?

— Observá-los e procurar conhecê-los. Confie em mim, se parece estranho, é porque provavelmente tem coisa aí. Quando você souber mais, quando tiver informações reais, você pode denunciá-los. Se denunciar cedo demais, vai dar chance para eles acobertarem — Niki parecia estar falando com base em uma experiência pessoal, o que levou Sharon a imaginar mais uma vez tudo o que ela já enfrentara.

— Boa ideia — Sharon espiou pela janela, mas não tinha ninguém à vista e nada indicava que havia algum problema no lar dos Fleming. Ela se sentiu melhor por contar a Niki. Dois pares de olhos funcionam melhor do que um.

Capítulo 5

— Mia! Mia, cadê você? — a voz da Senhora, vinda da direção da porta, cortou o quarto. Mia, que havia se arrastado para dentro do espaço entre o sofá e a parede, saiu aos tropeços. Até então, ninguém sabia do seu esconderijo secreto e ela queria que continuasse assim. Quando o Senhor estava viajando, Jacob estava fechado no quarto ou na escola e a Senhora estava fora de casa ou ocupada, o cantinho atrás do sofá era o seu lugar para estar tranquila, sem ser perturbada. É claro, havia o quarto dela no porão, mas só a deixavam ir para lá no final do dia, porque ela precisava sempre estar por perto para atender aos chamados. Às vezes, ao vê-la desocupada, a família se lembrava que tinha algo que precisava ser feito, então, se ela ficasse fora de vista, poderia ter alguns momentos de paz. A Senhora não gostava que ela se sentasse no sofá ou nas cadeiras, e ficar sentada na escada era cansativo. Conseguir se esconder atrás do sofá ajudava, desde que ficasse alerta. Ela ainda precisava atender quando seu nome era chamado, ou haveria problemas.

E, se a Senhora a descobrisse escondida lá atrás, certamente viria um castigo em seguida.

— Aqui, Senhora — Mia saiu da sala, encontrando-a no corredor. Crisco, o fiel companheiro canino de Mia, dava pulinhos até suas canelas. A menina pegou a bolsa e as chaves da Senhora, depois se virou para guardá-las: a chave no gancho da cozinha e a bolsa no roupeiro, onde a Senhora achava que os ladrões jamais pensariam em procurar.

Atrás dela, Mia ouviu o barulho da Senhora chutando os sapatos de salto alto para longe. Ela sabia que sua próxima tarefa seria juntá-los e colocá-los na estante de sapatos do *closet* da Senhora e do Senhor. Mas, primeiro, eles deveriam ser inspecionados. Se as solas estivessem sujas, Mia deveria limpá-las, e se os sapatos estivessem arranhados, teria que lustrá-los. A Senhora era muito exigente com as coisas.

— Ah, que dia que eu tive, Mia! — a voz da Senhora parecia cansada. — Precisei esperar uma hora no consultório médico, e ele nem me escutou. Depois disso, tive que parar para examinar amostras de tecido no estofador, o que é um verdadeiro pesadelo. O trânsito estava terrível, então quase perdi o horário da manicure. E depois, minha amiga se atrasou para o nosso encontro no restaurante para o jantar. Estou completamente exausta. Escute o que eu digo, nunca mais marco tanta coisa no mesmo dia. Você tem sorte de poder ficar em casa o tempo todo.

Mia respondeu da cozinha:

— Sim, senhora. — A menina ficou na ponta dos pés para colocar as chaves no gancho. Ficou tão orgulhosa quando percebeu que tinha crescido e agora conseguia alcançar ali sem precisar do banquinho. Foi assim que ela soube que mudara desde sua chegada na casa dos Fleming, três Natais atrás. Sim, ela podia se olhar no espelho, mas não gostava da própria aparência. A Senhora cortava o cabelo dela curtinho, um corte que Jacob chamava de estilo Dora, a Aventureira. Ela desejava tanto ter o cabelo mais comprido, mas sempre que crescia um pouquinho, a Senhora pegava as tesouras e cortava tudinho.

Nem sempre fora tão curto assim. Uma vez, a Senhora perdeu a paciência ao penteá-la depois do banho e disse que o cabelo comprido de Mia dava muito trabalho. Depois disso, começaram os cortes frequentes. Se ao menos ela tivesse fotos, poderia ver como era antes e o quanto havia mudado naquele tempo, mas a Senhora deixara claro que era proibido tirar fotos dela. Uma vez Jacob tirou uma foto de Mia com o celular e colocou orelhinhas e nariz de coelho, o que a deixou superbonitinha e engraçada. Ele avisou que não era para contar para a mãe dele, dizendo: — Se você contar, vai se arrepender.

Às vezes, Jacob dizia que a quebraria ou a jogaria de cara no jardim. Ele nunca fizera nada daquilo, mas, de vez em quando, quando a Senhora o repreendia, ela via Jacob mudar com a raiva fervilhando por baixo da pele. Com Mia, ele costumava ser gentil, deixando-a comer algumas guloseimas quando a mãe não estava por perto, já que a menina muitas vezes fazia por ele a tarefa de juntar o cocô do cachorro no jardim. Ela não se importava. Crisco costumava vir junto e mostrar o caminho com orgulho para aquilo que ela precisava recolher. Cachorrinho bobo.

Mia foi guardar a bolsa da Senhora no roupeiro, colocando-a ao lado das toalhas de mão e após as alisou para mantê-las em ordem. Em seguida, foi buscar os sapatos da Senhora. Ficou aliviada ao ver que as solas estavam limpas e que os sapatos não precisavam ser polidos. Era uma vantagem do inverno. A neve evitava que as solas do sapato da Senhora se sujassem.

Da cozinha, a senhora gritou:

— Mia, venha já aqui!

Mia correu até a porta, com um sapato em cada mão.

— Sim, Senhora.

Como de costume, Crisco foi trotando junto a ela. Jacob sempre dizia que ele era a sombra da Mia.

— Você terminou de lavar e guardar as roupas?

— Sim, Senhora.

— Limpou o banheiro e lavou o chão da cozinha?

— Sim, Senhora.

— Encheu as saboneteiras e esvaziou as lixeiras?

— Sim, Senhora — Mia se orgulhou por ter feito tudo e em tempo recorde. Não que a Senhora se importasse com quanto tempo ela levava.

— Cadê o Jacob? — A Senhora olhou por cima da cabeça de Mia, como se seu filho pudesse aparecer a qualquer instante. Era improvável que aquilo acontecesse, principalmente se Jacob soubesse que a mãe estava em casa. Mia uma vez escutou uma conversa dele com um amigo pelo telefone, em que ele dizia que gostaria que seus pais se divorciassem e que, se aquilo acontecesse, ele moraria com o pai.

Mia apontou para cima, sinalizando que Jacob estava no quarto dele. O garoto estava no último ano do ensino médio. Quando ficava no quarto, seus pais sempre imaginavam que ele estaria estudando. Ela sabia que não.

— Ele fez o jantar para vocês dois?

Mia fez que sim.

— Sim, Senhora. — Para alegria de Mia, ele havia preparado *nuggets* de frango, batata frita e papinha de maçã. Além de servir aquele banquete, Jacob a deixou se sentar na mesa de jantar com ele e permitiu que ela colocasse quanto *ketchup* quisesse na comida. Ele ficou olhando para o celular o tempo todo, então nem notou que ela deixou cair uns pedacinhos de frango no chão para o cachorrinho comer. Ah, se o jantar fosse assim todas as noites...

— Muito bem. Vou dispensá-la mais cedo, então. Você pode guardar os meus sapatos e descer.

— Sim, Senhora. — Tentando disfarçar a alegria, Mia subiu as escadas e colocou com cuidado os sapatos da Senhora na estante do *closet*. Ao descer, passou pela cozinha, onde a Senhora estava se servindo de uma taça de vinho.

— Boa noite, Mia.

— Boa noite, Senhora.

— Lembre que amanhã de manhã você pode subir para o café, mas depois terá que voltar para o seu quarto. Não quero nem um pio. — A Senhora colocou a rolha de volta na garrafa e abriu a porta da geladeira. — Vai vir um rapaz instalar novas persianas na cozinha, e preciso que você fique quietinha. Entendido?

Mia concordou. Desde que ela se lembrava, as persianas ficavam sempre abaixadas na janela, impedindo a entrada de luz e tampando a visão do quintal. Quando as persianas quebraram (a parte de cima saiu do suporte), a Senhora a culpou, mas não fora culpa dela. O Senhor a defendeu. — A garota nem alcança na alavanca. Não teria como ela quebrar. — Ele piscou para Mia, algo que ela não entendia muito bem. Como se eles estivessem se safando de alguma coisa, mas ela não sabia do quê. Ela não tinha ideia do que poderia ter acontecido com as persianas. Num dia, elas estavam instaladas na janela e, no outro, estavam colocadas com cuidado sobre o balcão. Deve ter sido Jacob.

A Senhora ficou olhando para ela por cima da taça de vinho.

— O cachorro fica aqui. Eu desço em um minuto para te colocar para dormir.

— Sim, Senhora. — Mia estendeu a mão num gesto para o cachorro ficar e desceu as escadas, feliz com o desenrolar dos acontecimentos. Ela teria o resto da noite para si e parte da manhã do dia seguinte também. No final da escada, atravessou o porão e foi direto para um cantinho nos fundos, que Jacob chamava de *compartimento secreto*. — É muito legal — ele lhe disse. — Não conheço mais ninguém que tenha um quarto escondido.

Ela era sortuda mesmo.

As paredes do porão eram revestidas de um painel de madeira clara. O piso parecia de madeira, mas na verdade era um revestimento de plástico com ranhuras. No início, quando ela veio morar com a família Fleming, a Senhora a deixava dormir no quarto extra no andar de cima.

O problema começou quando a Senhora percebeu que eles precisavam de um lugar seguro para deixá-la quando recebessem visitas. Depois de alguns meses, a Senhora teve uma boa ideia. Ela chamou um homem para construir uma parede nos fundos e, atrás da parede, ele construiu um quarto. O quarto da Mia. Uma estante com rodinhas disfarçava a porta. Todos os livros ficavam fixos, e havia um pequeno cadeado na prateleira do meio, para proteger a porta. Se a prateleira estivesse no lugar, parecia que o quarto terminava naquela parede. Ninguém poderia dizer que o quarto de Mia ficava ali atrás.

Ainda melhor, o banheiro era pertinho. O quarto de Mia e o banheiro formavam um L no fundo do porão. Ela era a única que usava aquele banheiro, então era como se o espaço fosse todo dela.

Mia ouviu a Senhora conversar com o rapaz, dizendo que o quarto seria um local para guardar algo de valor. *Algo de valor.* Ela ficou repassando aquela frase na cabeça, contente por ser vista daquela forma. A ideia fora descartada quando ela contou a história para Jacob. — Ela não estava falando de você — ele disse. — Foi só uma historinha que ela inventou.

Jacob sabia das coisas porque ele era quase adulto, e Mia ainda era pequena. Há pouco tempo, ela havia perguntado ao garoto por que ela não fazia aniversário, como todo mundo, e ele explicou que era porque eles não sabiam sua data de nascimento. — A gente acha que você tem uns seis ou sete anos — ele disse. — Se eu soubesse ao certo, eu diria.

Depois que o pedreiro acabou, Mia ficou com um quarto só para ela, que fora, como a Senhora fazia questão de lembrar, um sacrifício para construir. Custou caro e eles fizeram só por causa dela. O quarto tinha uma cômoda, uma cama de armar e uma TV velha que a Senhora lhe deu quando comprou uma nova para o quarto deles. Tinha só alguns canais, e a imagem era horrível, mas era melhor do que nada. Ela cuidava para deixar o volume baixo, para que a Senhora não tivesse motivos para a tirar dela. A TV era sua única conexão com o mundo lá fora, e ela aprendia muito assistindo ao noticiário e ao canal educativo. A menina aprendera a ler sozinha com *Vila Sésamo*, um segredo que nunca contou para ninguém. Como conhecia o som das letras, ficou fácil entender as palavras nos livros que o Jacob lhe dera, aqueles que sobraram de quando ele era pequeno. Ela os escondeu em uma das gavetas da cômoda, sem saber se a Senhora a deixaria guardá-los.

Mia foi ao banheiro, lavou o rosto e escovou os dentes, apressando-se para acabar antes que a Senhora descesse para colocá-la para dormir. Ao ouvir os passos da Senhora na escada, ela já havia trazido a estante o mais próximo que conseguia, colocado a camisola e subido na cama, puxando o lençol até o queixo.

— Tudo em ordem, Mia? — A voz da Senhora veio do lado de fora da porta.

— Sim, senhora.

— Muito bem. — A Senhora empurrou a estante até encaixá-la no batente da porta, deixando o quarto escuro. Um instante depois, ouviu-se o clique do cadeado, a menina estava pronta para dormir.

Capítulo 6

Quando Niki desceu, na manhã seguinte, Sharon já estava na mesa da cozinha, com a xícara de café na mão e um jornal aberto diante dela. Ela tinha acabado de comer uma fatia de torrada de pão de passas e canela. Sharon saudou Niki com um aceno.

— Bom dia.

— Bom dia. — Niki vestia uma calça escura e uma camisa listrada de botões. Nos pés, um par de sapatilhas pretas. Não chegava a ser um visual de executiva, mas certamente era mais conservador do que o de ontem. Era surpreendente ver como Niki era pequena, sem o volume do moletom de capuz. Seu porte delicado e cintura fina eram o sonho da maioria das mulheres, e essa não foi a única diferença que Sharon notou em relação ao dia anterior. O cabelo de Niki agora estava longe do rosto, preso em um coque, deixando completamente à vista as maçãs do seu rosto, a pele perfeita e os grandes olhos escuros. A combinação era deslumbrante.

— Que linda que você está — disse Sharon.

Niki timidamente puxou a parte da frente da camisa.

— Pensei em procurar emprego hoje. Preciso arranjar um trabalho o mais rápido possível.

— Parece um bom plano — Sharon acenou na direção da torradeira. — Se você quiser uma torrada de pão de passas, fique à vontade.

— Obrigada, acho que quero sim.

Elas estavam, Sharon constatou, abrindo caminhos de maneira diplomática uma com a outra, cuidando para não se ofenderem. Depois que Niki se recolhera ao quarto na noite anterior, Amy ligou para ver como as duas estavam se entendendo, e ouviu atentamente antes de passar uma lista de instruções à mãe. *Não crie muito caso com ela. Explique de maneira clara e simples o que você espera. Faça com que ela se sinta bem-vinda, mas não sufocada. Não faça muitas perguntas. Ela é capaz de ir embora se achar que você não a quer por lá.* Sharon se sentia confusa com aquela sequência de instruções. Por um lado, era bom saber. Mas por outro, era um pouco ofensivo. Tudo que Amy mencionara, ela provavelmente faria de qualquer forma. Mas supôs que um aviso não era má ideia.

— Tem café na cafeteira e suco de laranja na geladeira. Os copos e xícaras ficam no armário de cima, à esquerda da geladeira — Sharon disse.

Niki colocou duas fatias de pão na torradeira, depois se serviu de um pouco de suco enquanto esperava. Ao sentar-se à mesa, Sharon supôs que já havia passado tempo suficiente para voltarem a conversar.

— Então, você vai procurar emprego hoje? — perguntou.

— É o plano. Já liguei para o meu antigo emprego e disse que estava saindo porque me mudei e não tenho como ir até lá.

— Eles ficaram bravos? — Sharon estava curiosa, nunca abandonara um emprego em toda a vida. Houve momentos em que ficou tentada, mas sempre dava um aviso de duas semanas antes de sair.

— Com certeza vão ficar — ela sorriu, mostrando dentes brancos e retinhos. — Eu deixei uma mensagem de voz.

Ah, mensagem de voz. Assim seria bem mais fácil.

— Eu teria adorado ter essa escolha quando era mais nova. Algumas coisas são tão mais fáceis hoje.

— É.

Sharon respirou fundo e ativou mentalmente seu modo sério. Se Niki iria morar ali, ela precisava saber o que se esperava dela.

— Eu me dei conta que ontem não tivemos oportunidade de conversar. — O rosto de Niki anuviou, provavelmente prevendo um sermão. Bom, Sharon não tinha qualquer intenção de ir por tal caminho. — Acho que deveríamos trocar números de telefone e fiz uma cópia da chave de casa para você. Assim, você pode entrar e sair a hora que quiser.

Niki pareceu aliviada.

— Já que estamos conversando, quanto tempo eu tenho e quais são as regras? — Ela tomou um gole do suco de laranja, ainda com os olhos fixos em Sharon.

— Quanto tempo você tem para quê?

— Para ficar aqui.

Sharon respirou fundo. Quando encontrou Niki brevemente no shopping, julgou-a como uma garota durona e amedrontadora, aquela que não aceita nada de ninguém e, sim, havia algo nela que confirmava aquilo tudo. Afinal de contas, ela decidiu sair da sua última casa apesar de todos os protestos da mulher, então algo devia ter acontecido, e Sharon podia apostar que envolvia o homem que estava observando Niki sair da casa. Passar aquele tempo com Niki, ainda que breve, fizera Sharon reconsiderar sua posição inicial. Amy estava certa. A garota passara por maus bocados e merecia uma chance de dar a volta por cima.

— Enquanto estivermos nos entendendo bem, você pode ficar o tempo que quiser — Sharon disse.

— O tempo que eu quiser — Niki repetiu, como se mal pudesse acreditar. — E quais são as suas regras?

— Não consigo pensar em nada de imediato — ela disse, quase se desculpando. — Só seja uma hóspede atenciosa. Não deixe toalhas molhadas no chão, limpe o que sujar. Bom senso, sabe.

— E até que horas preciso estar em casa? — Niki perguntou com jeito de quem já tinha passado por aquilo muitas vezes.

— Bom, você é adulta, então pode controlar o seu próprio horário, desde que não atrapalhe o meu sono. Se estiver planejando passar a noite fora, avise antes. Assim, se eu ouvir alguém entrar às três da manhã, gostaria de saber que é você, e não um bandido invadindo a casa. — Era o mesmo acordo que Sharon fez com Amy quando ela ficara adulta. Era uma questão de necessidade, mais do que qualquer outra coisa. Amy fora uma garota tranquila, e Sharon descobriu que não tinha energia para ficar acordada até tarde só para controlá-la. E, sinceramente? Quando Amy fazia faculdade e morava em casa, ela costumava sair do trabalho às onze. Se ela e as colegas de trabalho fossem para um restaurante 24 horas depois do trabalho e ficassem conversando até duas ou três da manhã, não era lá uma grande esticada. — Funciona para você?

— Claro.

Elas ficaram sentadas por mais alguns minutos, enquanto Niki comia e Sharon, com a caneta na mão, trabalhava em um desafio de sudoku. Assim que Niki acabou, ela pegou o prato de Sharon e colocou em cima do seu, depois enxaguou-os na pia e colocou na lava-louças.

— Então... — disse, quase despreocupada — Quanto você vai me cobrar de aluguel?

Em vez de responder à pergunta, Sharon disse:

— A Amy me disse que você está economizando para comprar um carro e um lugar para você morar.

— É o plano. Mas está levando um tempão. Eu estava dividindo apartamento com algumas pessoas assim que passei da idade de morar em casa de famílias, mas eu não precisei dar muito dinheiro de adiantamento. Era só me mudar e pagar todos os meses, então não saía tão caro. — Ela atravessou a sala e sentou do lado oposto à Sharon na mesa. — Se eu alugar um apartamento sozinha, vou ter que arranjar um bom dinheiro. Eu não me importo de dividir apartamento e ter que andar de ônibus por aí, ainda assim, vou precisar pagar o primeiro mês de aluguel ou metade do primeiro mês, se eu dividir com alguém, e ainda tem o depósito caução, os móveis e todas as coisas para a cozinha — ela fez um gesto mostrando os armários atrás de si.

— É bastante coisa — Sharon disse, gentil. Ela se lembrou de quando era jovem. Como ela conseguiu começar a vida e ir morar sozinha? Lembrando agora, seus pais venderam um dos carros velhos deles por uma ninharia. Foi um presente, na verdade. Parentes que tinham móveis e utensílios de segunda mão também contribuíram, e o resto ela comprou em bazares e liquidações. Nos anos seguintes, comprava coisas conforme surgia a necessidade e, mais tarde, às vezes até comprava coisas que nem eram necessárias. Compras por impulso. Com tristeza, lembrou-se da máquina de pão que usou só um punhado de vezes e a centrífuga de suco que jurou que usaria com frequência. Ela conseguira se livrar da máquina de pão sem nem um pingo de culpa, mas, por algum motivo, não conseguia se desfazer da centrífuga. Mas era apenas uma questão de tempo. Olhando para trás, ela percebeu que passou a primeira metade da vida comprando coisas e agora estava passando a segunda metade se livrando delas.

Niki concordou.

— Tem razão. É bastante coisa.

Sharon tomou uma decisão.

— Não vamos nos preocupar com aluguel por enquanto. Você pode ficar aqui sem custo. Você está aqui como hóspede agora e, se tiver que se mudar, eu te aviso.

— Espera — Niki parecia atordoada —, mas você precisa cobrar alguma coisa. Eu não posso morar aqui sem pagar nada.

— Pode, se assim eu decidir. É minha casa, e eu posso fazer o que quiser — Sharon disse. — Enquanto você estiver trabalhando por um objetivo, fico tranquila em deixar você ficar sem pagar. Se começar a gastar seu dinheiro com coisas absurdas, como jogos ou drogas, vou pensar melhor.

Niki fechou a cara.

— Eu não uso drogas. É isso que você pensa de mim?

Sharon se inclinou para frente, com uma mão espalmada na mesa. Fora da janela, por trás da cabeça de Niki, ela viu um pequeno pássaro marrom parado no comedouro, preso no vidro por uma ventosa.

— Não, Niki, eu não acho que você use drogas, mas a verdade é que eu não te conheço e você não me conhece, então só estou deixando as coisas claras. Não quero morar com ninguém que use drogas ou beba demais. Não é nada pessoal.

Só uma política minha. E vai saber? Você não conhece nada de mim. Eu poderia ser uma viciada em drogas. A única coisa que sabemos com certeza é que Amy quis nos unir. Acho que isso significa que está tudo bem conosco.

Niki olhou em volta da sala.

— Você não é uma viciada. Sem chance de você ser viciada.

— Você parece ter bastante certeza.

— Eu saberia dizer — ela pareceu confiante. — Você parece sóbria e saudável. A sua casa é limpa e você já está de pé, pronta para encarar o dia.

— Eu tento manter as coisas em ordem — Sharon se sentiu levemente orgulhosa. — Mesmo assim, poderia ser uma fachada. Eu poderia ter uma vida secreta.

— Não — Niki balançou a cabeça, movimentando seus brincos prateados. — Você com certeza não é uma viciada. Já vi muitos. Eu saberia identificar.

Capítulo 7

O conjunto comercial ficava a três quilômetros da casa de Sharon. Quando Niki avisou que caminharia até lá, Sharon disse:

— Não seja boba. Está muito frio hoje. Posso te levar de carro.

Niki se agitou, parecendo analisar as duas opções. Por fim, perguntou:

— Tem certeza?

— Claro que tenho. Não é problema algum. Além disso, não tenho nada melhor para fazer — aquelas palavras, ditas em voz alta, pegaram a mulher de surpresa. Será que ela não tinha mesmo nada melhor para fazer? Por um lado, os dias de Sharon eram agitados. Gostava de ficar ao ar livre, fosse trabalhando no jardim ou tirando a neve da calçada com a pá, conforme a estação. Ela nunca se entediava. A biblioteca e o mercado eram destinos frequentes, e sua agenda era cheia de compromissos: cabeleireiro, dentista, exames médicos periódicos, almoço com amigos, igreja aos domingos. Manter a casa limpa e a roupa lavada eram suas prioridades, uma vez que ela odiava sujeira e bagunça. Para cuidar de tudo isso, precisava estar sempre fazendo alguma coisa: balançar a tigela de comida do gato para dar a impressão de estar cheia, limpar os balcões, tirar o pó dos pássaros de vidro, que eram os estimados bibelôs da sua mãe. Ela fazia questão de não se sentar antes do jantar e só então ia ler um livro ou assistir ao jornal.

Aquelas recompensas de sempre por um dia produtivo. Mas, sinceramente, nenhuma daquelas atividades era imprescindível. Tudo aquilo era irrelevante se comparado a ajudar uma jovem a se encontrar no mundo.

Assim que entraram no carro, ela perguntou a Niki:

— Você tem carteira de motorista?

Niki passou o cinto de segurança pelo corpo e prendeu as duas partes, fazendo um estalido agudo.

— Tenho. A Amy me ensinou a dirigir e me levou para fazer o teste. Passei na primeira tentativa. — Ela virou para Sharon, sorrindo. — Não dirigi muito depois disso, porque eu não tenho carro, mas é bom ter carteira de motorista para usar como identidade.

— Você vai ter um carro mais cedo ou mais tarde. Tudo leva tempo — disse Sharon. Dirigindo pelo bairro, ela mostrou a Niki alguns pontos de referência: a biblioteca, o correio, o posto de gasolina.

Elas andaram mais alguns quarteirões e fizeram uma curva, quando Niki apontou.

— É a antiga escola da Amy!

— Isso mesmo.

Niki deu uma batidinha no vidro.

— Ela odiava o ensino médio e fugia do contraturno. Fazia matérias durante as férias para conseguir se formar um ano antes.

— Você parece saber bastante sobre a minha filha.

— Nós passamos muito tempo juntas. — Pausa longa. — Ela também falava muito sobre você.

— Ah. — Sharon ergueu as sobrancelhas. Amy não contara muito sobre Nikita, dizendo que eram assuntos pessoais, mas aparentemente o inverso não acontecia. — Espero que tenha falado coisas boas.

— Tudo de bom. — Niki garantiu.

Sharon entrou no estacionamento do conjunto comercial e observou as lojas. Algumas butiques chiques, uma joalheria, uma floricultura, uma loja de suplementos alimentares, uma loja de presentes e uma escola de karatê. Em uma das pontas, havia a farmácia de uma rede famosa: a Walgreens.

— A Walgreens pode ser um bom lugar para começar — ela sugeriu. — Sempre que vou lá, tem alguém novo no caixa. — Ela parou o carro em uma vaga central.

Niki negou com a cabeça.

— Nah, muito corporativo. Não quero trabalhar para uma grande rede.

Além disso, provavelmente me diriam para enviar o currículo pelo *site*.

— Não é assim que a maioria dos lugares funciona hoje em dia? Parece que tudo é pela internet.

— É, mais ou menos, mas eu descobri que, nos lugares menores, eles gostam de nos ver pessoalmente primeiro, então eu costumo entrar e me apresentar. Aí, meu currículo se destaca — ela soltou o cinto e se virou para Sharon. — Tem certeza de que você não se importa em esperar?

— De jeito algum. Estou com um livro na bolsa. Demore o quanto precisar — ela ficou observando enquanto Niki saía do carro e andava a passos largos até a frente das lojas, entrando confiante na floricultura.

Procurando apoiar os negócios da região, Sharon já entrara na maioria daquelas lojas ao menos uma vez, mas elas lhe pareciam mais voltadas a uma clientela com um poder aquisitivo maior do que ela teria em toda a vida. Sinceramente, ela não fazia ideia de como aquelas lojas se mantinham abertas. Sharon fizera a mesma pergunta para Amy uma vez, ao que ela respondeu: — Tem vários jeitos. Lavagem de dinheiro, venda de drogas nos fundos, trabalho escravo. A lista de possibilidades é infinita, a corrupção é criativa. — Se Sharon não soubesse das coisas, pensaria que Amy estava brincando. Mas ela conhecia a filha: Amy tinha uma visão cínica do mundo, embora não chamasse assim. Sua filha via pelo sentido inverso. Ela achava que a mãe via o mundo por lentes cor-de-rosa. *Visão Sharon*, ela chamava. Certa vez, Amy disse que Sharon era, de um jeito encantador, ingênua quanto ao lado ruim das pessoas. Não era um elogio, mas ao menos ela dissera que era encantador.

Sharon tirou o livro da bolsa, mas não o abriu, ficou de olho na porta ao lado da floricultura. Quando Niki saiu, ela estava com uma expressão severa, como se tivesse novidades desanimadoras, mas aquilo não a abalou. Decidida, ela se virou e entrou na loja de presentes. Estava sem casaco, algo que Sharon notara quando estavam em casa, mas não fez perguntas. Baseando-se no que vira dos pertences da garota, o único agasalho que ela tinha era um moletom. Sharon achou que não seria uma boa ideia tocar no assunto. Não hoje, pelo menos. Elas ainda estavam se conhecendo, mas, em algum momento, aquilo tinha que ser resolvido. Niki não podia continuar saindo em pleno janeiro sem algum tipo de jaqueta. Além de ser desconfortável, era perigoso.

Niki não ficou na Presentes de Luxo da Nancy por muito tempo, o que não foi nenhuma surpresa. Sharon imaginou que aquele não era o seu tipo de lugar, repleto de estatuetas colecionáveis, espelhos de moldura dourada e enfeites de parede artísticos. No lado mais baixo da escala de preços, havia uma seleção de cartões comemorativos, mas até isso custava pelo menos dez dólares. Sharon sabia disso porque, quando a loja inaugurou, ela deu uma passada por lá para conferir. Logo ao entrar, ela se sentiu desconfortável, algo que a vendedora pareceu perceber, pois ficou cercando-a como se Sharon fosse uma criança prestes a quebrar alguma coisa. Não, aquele não seria o trabalho certo para Niki.

Alguns segundos depois de sair da loja, Niki se lançou para a próxima. Ela não era do tipo que desistia, isso era certo.

O sol entrava pelo para-brisas, mantendo Sharon aquecida mesmo com o motor desligado. Ela ficou observando Niki ir de loja em loja, terminando na loja de suplementos alimentares. Como depois de quinze minutos ela ainda não tinha saído, Sharon abriu o livro e começou a ler. Ela estava tão imersa na história que foi um choque quando Niki, por fim, abriu a porta e tomou o lugar.

— Desculpa pela demora — ela disse, sem fôlego, batendo a porta para fechar. — Mas, adivinha? — a voz dela estava marcada pelo entusiasmo.

Sharon olhou para cima e viu os olhos azuis de Niki brilhando de alegria.
— O quê?

— Consegui um emprego! — E ergueu uma camiseta polo azul com as palavras *Magnificent Nutrition* bordadas do lado esquerdo. — Na loja de suplementos. Ele disse que eu posso começar amanhã. Um funcionário novo desistiu, e eles precisavam de alguém imediatamente.

— Parabéns! — Sharon disse, dando-lhe uma batidinha com o punho. Sorte que a Amy havia começado com aquela coisa do punho. Sharon não perdia a mania do "toca aqui", o que sua filha havia contado que, embora tecnicamente não estivesse errado, não se fazia mais, a não ser que fosse em algum esporte. — Conte mais.

A caminho de casa, Niki contou tudo. A loja não era uma franquia ou uma rede, e estava no mercado há três anos.

— Os proprietários são um casal, marido e mulher. Eu conversei com o marido. É um senhor bacana chamado Max. Vou conhecer a esposa dele amanhã. Eles só têm três funcionários, dois cargos são de meio período e um de trinta e cinco horas por semana, este, no caso, será meu. Tem um café nos fundos da loja, bem bonitinho, eu vou cuidar do balcão de sucos. Max disse que eu vou ganhar algumas gorjetas. Não é muito, mas já é algo a mais.

— Dinheiro na mão é tudo — disse Sharon.

— Você está certa — Niki deu um sorrisão, depois ergueu as mãos e tirou o elástico do coque, deixando o cabelo cair sobre os ombros. — Nem acredito que consegui um emprego tão rápido. Eu estava meio preocupada.

Não queria que você pensasse que eu sou uma aproveitadora.

— Eu não pensaria isso — Sharon ficou mexida por sua opinião ter ido parar na cabeça de Niki. Ela se deu conta, mais uma vez, de que sua primeira impressão da garota fora muito equivocada. Já na entrada da garagem, ela perguntou:

— Então, que horas você começa amanhã?

— Eles abrem às nove, mas ele me disse para chegar meia hora mais cedo, para o treinamento.

Sharon parou na entrada, esperando a porta da garagem abrir.

— Oito e meia, então. Eu posso te levar de carro.

— Ah, não precisa.

— Eu sei que não *precisa* — Sharon disse. — Mas eu quero. Eu sinto que estou ajudando, então, na verdade, é você que vai me fazer um favor. Além disso, tenho alguns afazeres lá perto, não é nada demais.

— Eu agradeço muito — a voz dela enfraqueceu. — Você e a Amy foram as melhores coisas que já me aconteceram.

Sharon ouviu a emoção por trás daquelas palavras e se comoveu. Que comentário triste, de que simples gentilezas na vida daquela garota eram consideradas as melhores coisas que já lhe haviam acontecido, mas Sharon se sentiu afortunada por poder desempenhar um papel tão importante na vida de alguém. Com que frequência aparecem oportunidades assim? São raras. Ou talvez ela que não tivesse procurado o bastante.

Capítulo 8

Na manhã seguinte, a Senhora destrancou cedo a porta de Mia, dizendo para ela se mexer depressa. Ela bateu palmas três vezes e sua voz estava afiada.

— Sem perder tempo. O rapaz vem cedo instalar as persianas. — Mia sabia o que aquilo significava. Ela precisava acabar suas tarefas da manhã o quanto antes e comer em silêncio, depois voltar para o quarto até novas ordens.

O quanto antes era uma expressão que a Senhora usava muito. *Até novas ordens* era outra favorita. Uma vez Jacob repetiu a frase, em tom jocoso, bem diante da Senhora, entoando *até novas ordens* em uma voz afrescalhada, e ela lhe deu um tapa tão forte que sua orelha ficou vermelha. O tapa chocou Jacob e Mia. Apanhar era uma exclusividade da garota. Jacob só levava sermões ou era colocado de castigo. Às vezes, a mãe tirava o celular dele, mas apenas no caso das piores afrontas. Sem o celular, ele ficava completamente infeliz, e descontava sua infelicidade na menina. O tapa naquele dia fora inédito. Mais tarde, ele culparia Mia, dizendo: — Se você tivesse feito suas obrigações na hora certa, ela não estaria tão mal-humorada.

Ele estava certo, o que fez Mia se sentir péssima. Tanta coisa dependia da sua capacidade de fazer o que a Senhora queria, no tempo certo. A felicidade de toda a casa era determinada pelo humor da Senhora. Até Crisco parecia sentir isso.

Naquela manhã, Mia se apressou para trocar de roupa, lavar o rosto, escovar os dentes e subir as escadas. Ela foi recebida por Crisco que, animado, encostou o focinho em sua perna. A primeira responsabilidade do dia era sempre encher a tigela de comida e de água de Crisco. Em seguida, ela esvaziava a lava-louças, se necessário, ou enchia, se houvesse louça suja na pia. Naquela manhã, ela evitou de ir até a janela. Duas noites antes, a Senhora a tirou da cama à noite para lavar as panelas maiores na pia. Mia trabalhara duro para limpá-las, mas ainda assim ficou em apuros. Foi culpa dela, na verdade, por não perceber que, sem as persianas, ela poderia ser vista pela janela. A Senhora começou a gritar quando viu Mia com as mãos na água cheia de espuma, esfregando uma panela. O grito a assustou tanto que Mia chegou a fazer um pouquinho de xixi na calça.

— Saia da janela, garota burra! O que você acha que está fazendo? — A Senhora a puxou para fora do banquinho e a chacoalhou com tanta força que ela chegou a tremer os dentes. Nervosa, ela então a mandou para cama. Mais tarde, a Senhora pediu desculpas, dizendo:

— Sinto muito que tenha chegado a esse ponto, Mia. Se você não fizesse tanta besteira, eu não teria que ser tão dura com você.

Mia concordou com a cabeça, sem olhá-la nos olhos. A Senhora continuou.

— Tente colocar a cabeça para funcionar pelo menos uma vez. Estou tentando te ensinar o jeito correto de fazer as coisas, mas não vai dar certo se você não me escutar.

Quando a pausa se estendeu o suficiente, exigindo uma resposta, Mia disse:

— Desculpe.

A Senhora concordou.

— Essa é a minha garota.

As palavras aqueceram o coração de Mia. Ela não fazia parte da família, de verdade, mas pertencia a eles. *Essa é a minha garota.*

Depois de alimentar o cachorro e esvaziar a lava-louças, a menina se serviu de uma tigela de cereal, cuidando para não derramar o leite. Mia comeu no balcão, enquanto o resto da família sentava em volta da mesa da cozinha. O Senhor tomou um último gole de café e depois subiu em silêncio para pegar o celular e as chaves. Ela o ouviu revirar os casacos no roupeiro e depois aparecer na porta vestindo o paletó que usava para trabalhar e um par de luvas de couro na mão.

— Estou de saída.

A Senhora nem olhou para ele.

— Tchau.

— Até depois, pai — Jacob disse.

— Tenha um bom dia, filho. Você também, Mia.

Mia gostava quando ele a incluía assim. Ela terminou de comer o cereal com um sorriso.

Depois de arrumar a cozinha e obter autorização para ir para o quarto, Mia desceu as escadas, dessa vez acompanhada por Crisco. Normalmente ele não podia entrar no quarto dela, mas a Senhora fez uma exceção naquele dia.

— Senão ele vai ficar atrapalhando durante a instalação.

Mia puxou a estante de livros, fechando-se no quarto e depois se acomodou na sua caminha de dobrar, ajeitando o espaço ao lado dela. Crisco deu um pulo para subir, se aninhando perfeitamente ao lado do corpo da garota. Ele era tão quentinho e gostoso. Mia acariciou seu pelo e coçou atrás das suas orelhas.

— Você não é o cachorrinho mais fofo? — ela sussurrou. Crisco roncou baixinho, abanando o rabo.

Mia era a pessoa de quem Crisco mais gostava na família. Jacob disse que era porque ela o alimentava, mas Mia tinha outra teoria. Era porque os dois só eram notados se faziam algo de errado.

Aquele dia estava se tornando um dos melhores de todos os tempos, perdendo apenas para a vez que o Senhor insistiu que ela os acompanhasse em um passeio a uma feira estadual dois anos atrás. A Senhora protestou, mas ele se manteve firme.

— Ela não pode se divertir um pouco, Suzette? Se encontrarmos algum conhecido, dizemos que ela é nossa sobrinha, que está passando a semana conosco.

A Senhora debochou.

— Nossa sobrinha? Ela não é nada parecida conosco! Além disso, as pessoas podem perguntar de que parte da família ela é, e o que eu diria? — Ela cruzou os braços e ergueu o queixo, insolente. — Todos os meus amigos sabem que eu só tenho um irmão, e ele não tem filhos. E a sua irmã é velha demais para ter uma criança dessa idade.

— Certo — disse ele, impaciente — Diremos que ela é filha de um primo. Adotada da América Central — ele piscou para Mia, fazendo seu coração disparar. Ela precisou se controlar para não responder com um largo sorriso.

Então, assim, Mia conseguiu ir à feira estadual. Ela teve que carregar a bolsa da Senhora o tempo todo, mas valeu por experimentar todas as paisagens, todos os sons. E ver tantas pessoas! Casais apaixonados, famílias com um pai e uma mãe de verdade, pais segurando nas mãos dos filhos pequenos ou empurrando bebês em seus carrinhos. Um pai ergueu um menininho nos ombros, dizendo:

— Assim você consegue ver tudo. — A garota ficou maravilhada.

Fizera muito calor naquele dia, mas ela não se importou. Mia ainda conseguia sentir o gosto do sonho de creme e do queijo empanado. A expressão no rosto dela ao dar a primeira mordida em um sonho de creme fez o Senhor rir com gosto. Eles também passaram pelo celeiro de alguns animais e ela ficou extasiada ao ver os animais da fazenda. Jacob reclamava do cheiro, e ela silenciosamente concordava que era mesmo horrível.

Naquele dia, ter a manhã de folga, só ela e Crisco, também era legal. Quando ela ouviu os passos das botas pesadas no andar de cima, entendeu que o rapaz havia chegado para instalar as novas persianas e sua folga logo chegaria ao fim. Podia ouvir a voz da Senhora lá em cima, mas não conseguia distinguir as palavras. O tom rude e autoritário já lhe era conhecido. A Senhora estava dando instruções ao rapaz e informando que não aceitaria nada menos do que o melhor serviço que ele pudesse oferecer. A Senhora só se contentava com o melhor.

Mia enterrou o rosto no pelo macio do cachorro.

— Ah, Crisco. Eu te amo tanto.

Ele deu um gemido em resposta, o rabinho batendo com entusiasmo, e ela entendeu que ele estava dizendo que também a amava.

Capítulo 9

Niki acordou cedo para o seu primeiro dia de trabalho na Magnificent Nutrition. A transição do sono ao despertar veio aos poucos e com uma sensação de paz, como se ela flutuasse em uma nuvem. Sentou-se na cama por um minuto, observando um raio de luz entrar pela fresta da cortina, lembrando-se de onde estava e de como chegara ali. Aquele fora o quarto de Amy, ela dormira naquela mesma cama, bem ali na casa de sua mãe. E agora, Niki estava ali, ocupando o mesmo espaço, morando com a mesma mulher. De certa forma, era como se ela saísse da sua vida e entrasse na antiga vida de Amy. A ideia a fez sorrir.

Amy fora a terceira pessoa nomeada para assumir o cargo de sua conselheira. A primeira mulher pediu demissão quando teve um bebê. A segunda desistiu após receber uma promoção no trabalho. O nome dela era Angie. Ela pediu desculpas à Niki, dizendo que as demandas da sua agenda estavam excessivas. — Não é por sua causa, de verdade — ela dizia. Niki apenas deu de ombros. As pessoas iam e vinham o tempo todo na sua vida. Ela chegou a um ponto em que não esperava mais nada dos outros. O fato de terem feito aquilo tudo por ela era extraordinário, considerando que era um trabalho voluntário, e Niki nunca fizera muito esforço para mostrar sinais expressos de reconhecimento.

As duas mulheres fizeram um trabalho decente zelando por ela, mas Amy fora muito além. Ela levava Niki para comprar roupas e materiais escolares, ia às reuniões de pais na escola e saiu em defesa de Niki quando ela fora ameaçada de suspensão por conta de um incidente no banheiro da escola. Uma confusão que não fora culpa sua: um grupo de garotas a pressionou contra a parede, segurando uma tesoura contra o seu pescoço. Tudo aquilo fora um choque para Niki, pois ela não tinha ideia de que estava na mira delas. De repente, a líder do bando, uma garota chamada True, começou a gritar que Niki tinha muita coragem para dar em cima do namorado dela, um cara chamado Jace. Quando True ameaçou matá-la, Niki revidou. Ela ignorou a tesoura apertando a sua garganta, deu um soco no braço de True e chutou outra garota. Quando as meninas se afastaram, ela se forçou contra o grupo e conseguiu sair pela porta, buscando a segurança do corredor lotado.

Assim que chegou à próxima aula, ela jurou nunca mais ir ao banheiro durante o horário da escola e certamente não conversaria mais com Jace, nem mesmo para dizer oi. Na sua cabeça, o pior havia passado. Mas, na manhã seguinte, ela foi convocada ao escritório da vice-diretora, que lhe deu uma suspensão por causa da briga. Ela tentou se explicar, mas a senhora Marzetti não ouvia, repreendendo-a, como se tudo aquilo fosse culpa sua.

— Não sei o que acontecia nas suas outras escolas, mas nós temos tolerância zero com violência aqui na Central High — ela disse, erguendo os óculos até o osso do nariz. — Tolerância zero.

— Foram elas que começaram. Elas me encurralaram no banheiro e seguraram uma tesoura na minha garganta — Niki disse. — Elas ameaçaram me matar.

A senhora Marzetti continuou falando, como se Niki não houvesse dito nada. Nervosa, a mulher mais velha contou que uma das garotas estava com um hematoma do tamanho de uma bola de tênis na perna, e a outra tinha um corte no rosto.

— Você poderia ter machucado as meninas pra valer — ela disse, indignada.

— Eu não fiz nada disso. Elas que *me* atacaram. Elas ameaçaram *me* matar — as palavras pairavam no ar, despercebidas. A senhora Marzetti ordenou que ela fosse ao armário pegar suas coisas. Os seus pais de acolhimento seriam chamados para buscá-la na escola. Até lá, ela ficaria sentada na entrada esperando.

Niki lutou contra as lágrimas de frustração ao sair da sala. Aquilo era um desastre. Os pais que a acolheram trabalhavam o dia todo. Nenhum deles viria buscá-la antes do fim do expediente. Ela ficaria sentada por horas e, quando aparecessem, ficariam enfurecidos. Talvez até pedissem que ela fosse alocada em uma outra casa.

Chorando, Niki foi até o armário, tirou o celular da mochila e ligou para o telefone do trabalho de Amy.

Ela mal terminara de dizer a palavra *suspensa* quando Amy disse:

— Aguenta firme, Niki. Já estou chegando. — Meia hora depois, o coração de Niki se encheu de gratidão ao ver sua conselheira irrompendo pela porta. Melhor ainda, quando começou a contar o que havia acontecido, Amy imediatamente tomou suas dores e ficou irada. Quando Niki terminou de contar a história, a conselheira estava furiosa.

Amy foi até o balcão onde estavam sentadas duas funcionárias, digitando em silêncio nos seus teclados.

— Com licença — ela disse, sua voz cortando o silêncio. — Preciso ver a senhora Marzetti imediatamente.

Elas tentaram enrolar, repetindo frases que pareciam pura lorota para Niki. *A senhora Marzetti está ocupada. Você deveria marcar um horário, ela poderá te receber outro dia.* Amy se inclinou no balcão e disse:

— Outro dia não serve. Preciso vê-la *agora*. — Sua voz se ergueu no final da frase, para o espanto de Niki, que não sabia que Amy poderia falar assim.

As duas mulheres trocaram um olhar que fez Amy se perguntar se elas chamariam o segurança. Em vez disso, uma delas pegou o telefone e disse algo à senhora Marzetti, numa voz abafada. Ao desligar, ela se levantou e disse à Amy:

— A senhora Marzetti tem alguns minutos livres. Ela pode vê-la agora.

— Apontou para o corredor e, quando Niki se levantou para ir atrás, ela disse:

— Você não, querida. Isso é só para adultos.

Amy acenou para Niki, dizendo:

— Isso tem a ver com ela. Ela precisa estar junto.

O escritório da senhora Marzetti era um lugar diferente agora que Amy estava ali. Ela se apresentou como conselheira de Niki, nomeada pelo tribunal.

— Estou aqui porque os direitos de Niki foram violados.

— Como assim? — A senhora Marzetti juntou a ponta dos dedos.

— Acredito que os alunos sob os seus cuidados têm direito a um ambiente seguro e, quando acusados de alguma má conduta, têm o direito de se manifestar em defesa própria. Niki foi privada desses dois direitos. Por sua situação de menor em acolhimento, que já passou por tantas coisas, acho essa situação especialmente escandalosa.

Especialmente escandalosa. Niki adorou a expressão e a guardou para usar no futuro.

A senhora apresentou a versão que as outras garotas deram sobre os fatos e concluiu dizendo que a escola tinha tolerância zero com violência.

— Não aceitamos violência, qualquer ameaça é punida aqui.

Amy revidou:

— Ficou feliz em saber disso, porque Niki foi ameaçada e aquelas garotas estão mentindo.

— Elas estão machucadas.

— O que elas provavelmente fizeram por conta própria.

— Elas confirmaram as histórias umas das outras.

— Como seria de se esperar, é claro. Eu não conheço essas garotas, mas conheço a Niki, e sei que ela *não* é uma mentirosa. Eu acredito na versão dela dos fatos. Ela foi atacada e ameaçada.

— Podemos ficar aqui o dia todo falando disso — disse a senhora Marzetti —, mas eu já tomei minha decisão e preenchi a papelada. Mantenho a minha decisão.

Qualquer outra pessoa teria desistido ou implorado à vice-diretora que reconsiderasse. Amy não.

— Bom, então você terá que desfazer a papelada — ela disse —, porque o que vai acontecer é o seguinte: a Niki *não* vai ser suspensa. Você vai ligar para os pais de acolhimento dela, dizer que foi um mal-entendido e que ela não se meteu em confusão nenhuma, afinal. A Niki vai voltar para a aula, sem mais nenhuma punição. E se acontecer mais algum desses acidentes, espero receber uma ligação do seu escritório imediatamente, e quero que Niki receba a mesma consideração que você dá aos alunos que você protege.

A senhora Marzetti começou a se opor.

— Espera lá — disse ela, indignada.

Amy se levantou e falou, olhando bem para ela.

— Não, espera lá *você*. Você deveria se envergonhar, importunando uma garota nessa situação, que não tem como se defender. Vou dar uma oportunidade para você consertar isso. Se você for esperta, vai aproveitar.

Houve um embate de olhares entre as mulheres. Durou provavelmente cerca de um minuto, mas, para Niki, pareceu uma eternidade. Por fim, a senhora Marzetti suspirou.

— Niki, dessa vez vou deixar passar e te dar só uma advertência. Vou ligar para os seus responsáveis e informá-los. Você pode voltar para a aula.

Enquanto Niki se levantava, a senhora Marzetti não resistiu a dar uma última cutucada. — Os pais da True estão falando que vão chamar o advogado deles.

Amy disse:

— *Eu* sou advogada. Por favor, avise que ficarei contente em conhecer o representante jurídico deles.

Diante do escritório, Amy entregou a uma das funcionárias seu cartão de visitas, junto com um pedido para que inserissem seu número como primeiro contato de emergência de Niki.

Deitada no antigo quarto de Amy, Niki trouxe à memória aquela história e um sorriso largo se abriu em seu rosto. A Amy era foda, a pessoa mais corajosa e incrível que ela já havia conhecido. Durona. Cheia de confiança e entusiasmo. A mãe de Amy, Sharon, não tinha nada a ver com ela, o que a fez pensar em como deveria ter sido o pai de Amy.

— Nunca conheci o sujeito — disse Amy, quando Niki perguntou sobre ele. Ela contou que a mãe tivera um caso que durou uma só noite e decidiu ficar com o bebê. — Fico feliz por isso — Amy disse, rindo. O pai nunca soube que teve uma filha, e Amy não parecia sentir falta da sua presença ou se questionar sobre o que teria lhe acontecido.

Era difícil olhar para uma mulher de sessenta e poucos anos e imaginá-la fazendo sexo casual e criando uma bebê sozinha, mas, de qualquer modo, isso aconteceu.

Niki não podia deixar de pensar que aquele dia, seu primeiro dia de trabalho, era o começo do que poderia ser uma nova vida. Querendo causar uma boa impressão, ela vestiu sua melhor calça e a camiseta polo azul da Magnificent Nutrition, depois ajeitou o cabelo em um coque arrumado antes de descer para comer alguma coisa. Depois do café da manhã, Sharon a levou de carro ao centro comercial, deixando-a na loja de suplementos alimentares e disse:

— Ligue quando acabar, eu passo aqui para te pegar.

Niki pegou a bolsa do chão do carro.

— Ou eu posso voltar andando. Quer dizer, se for muito incômodo — ela disse casualmente, com os olhos abaixados, esperando pela resposta de Sharon.

— Não seja boba. Não faz sentido você ficar andando no frio e na neve se eu posso vir te buscar em cinco minutos.

Ela e Sharon estavam apenas se conhecendo. Amy dissera que sua mãe era gentil e fácil de conviver, mas Niki já aprendera que as pessoas tinham camadas e, às vezes, o que se escondia por baixo da superfície podia ser feio e cruel. É claro, Amy conhece Sharon a vida toda, então supostamente ela já vira todos os lados da sua personalidade, mas as pessoas costumavam ser diferentes com os membros da família. Niki aprendera isso quando criança, nas casas de acolhimento. Mesmo nas melhores famílias, aquelas que obviamente se importavam, quando a situação chegava a um determinado ponto, elas não conseguiam evitar, favoreciam quem era sangue do seu sangue. Mas aquilo era diferente. Sharon estava permitindo que ela ficasse na sua casa como um favor para Amy. Ela não estava ganhando dinheiro algum para fazer aquilo e não parecia esperar muito de Niki. Uma estadia como hóspede, sem tempo determinado. Parecia bom demais para ser verdade, algo que a fazia se sentir grata e desconfiada ao mesmo tempo. Coisas boas não costumam durar muito tempo.

Pelo menos, ela não teria que se preocupar com nenhum velho nojento a apalpando enquanto ela dormia.

Conseguir um emprego tão rápido também parecia um bom sinal. Ela estava recomeçando. As coisas, decidiu ela, seriam diferentes a partir de agora. Bateu na porta de vidro e, quando uma mulher apareceu para abrir, disse:

— Oi, eu sou a Niki. O Max me contratou ontem.

A mulher, uma loira alta de cabelos encaracolados, fechou a cara. A maquiagem dela era pesada e exagerada, vista sob as luzes fortes da loja. Ela limpou a garganta.

— É. Ele te contratou enquanto eu não estava. — As palavras ficaram pairando no ar por um instante incômodo, e então ela fez um sinal com a cabeça. — Eu me chamo Dawn, sou esposa do Max.

Niki tinha talento para interpretar o humor das pessoas. *Analisar a temperatura do ambiente*, Amy dizia. A partir da linguagem corporal e do tom de voz de Dawn, Niki concluiu que ela não a queria ali. Mentalmente, Niki deu de ombros. Talvez Max não tivesse pedido autorização, ou talvez eles não pudessem bancar outro funcionário. De qualquer forma, ela não desistiria antes mesmo de começar. Ela estava ali e pronta para trabalhar.

— O Max disse que você ficaria responsável por me treinar, certo?

Aquilo pareceu amenizar os ânimos.

— Você já trabalhou com alimentação antes? — Dawn perguntou.

— Não, mas estou ansiosa para aprender, e eu prometo que vou trabalhar duro. Acho que você vai descobrir que eu pego o jeito rápido — Niki disse aquelas palavras com convicção, mas, para ela, eram como falas em uma peça de teatro. Ela trabalhava duro mesmo, e pegava o jeito rápido, mas foi só depois que Amy a instruiu que ela aprendeu a dizer aquelas coisas. Amy disse:

— Os patrões precisam ter certeza de que você é a pessoa certa para o cargo. Eles também gostam quando você os deixa liderar. — Deixar liderar. Um jeito gentil de dizer que eles querem controle e que a única coisa que esperam dos funcionários é obediência cega. Bom, Niki também podia jogar aquele jogo. Era patético, mas que seja.

— Que bom! — Dawn disse. — Acho que você vai descobrir que tem muita coisa para aprender, então precisa prestar atenção em tudo o que eu disser. — Ela pareceu bastante arrogante, como se estivesse prestes a compartilhar uma sabedoria extraordinária. — Vou mostrar o lugar para você.

Não havia muito para ver. A loja era uma sala grande, com o balcão e o caixa do lado direito e prateleiras com mercadorias dos dois lados. O balcão de sucos ficava junto à parede dos fundos, com algumas mesinhas de café agrupadas em frente.

Niki ficou atrás, enquanto a mulher abria a geladeira detrás do balcão de sucos, apontando e indicando o nome dos legumes.

— Temos aqui salsão, beterraba, cenoura... Ela seguiu, apontando para o gengibre, as maçãs, o espinafre e assim por diante, e Niki se viu acenando com a cabeça para concordar. Quando Dawn terminou de enumerar longamente o que havia na geladeira, ela se pôs em pé e disse, num tom um tanto duro: — Você não acha que deveria estar anotando?

Anotar o nome dos vegetais? Niki não expressou o pensamento que veio à sua mente. Em vez disso, disse:

— Sim, senhora — e pediu licença para pegar um caderno e uma caneta na bolsa. Uma funcionária obediente, isso que ela seria, mesmo que isso significasse agir de um jeito menos inteligente. Esse era o problema com aqueles trabalhos para iniciantes. As pessoas presumiam que, se ela fosse inteligente, deveria fazer alguma coisa que exigisse mais capacidade intelectual. Ou, no mínimo, que deveria estar na faculdade. Eles não tinham ideia de que ela estava em modo de sobrevivência. Ir para a faculdade não era uma opção e provavelmente nunca seria, e enfrentar o dia a dia era a sua prioridade.

Enquanto Dawn explicava como as coisas eram feitas na loja, Niki percebeu que seu trabalho seria relativamente simples. Lavar e cortar frutas e verduras não era difícil. Saber lavar as mãos e usar as luvas fornecidas era bom senso. Uns cartões plastificados que ficavam atrás do balcão continham as instruções para preparar cada tipo de suco. Niki não precisava que Dawn demonstrasse como limpar um balcão, mas fingiu prestar bastante atenção. O caixa, que ela usaria apenas se Dawn ou Max não estivessem na loja, era muito parecido com o caixa que ela usava em outros empregos, e não seria um problema.

— Preferimos nós mesmos cuidar de todas as operações — Dawn disse, com vigor. — Você provavelmente não vai ficar muito no caixa mesmo. — Em outras palavras, *fique longe do nosso dinheiro.*

— Sim, senhora. — Tudo bem para Niki.

— Quando não tiver nenhum cliente no balcão de sucos, você deve limpar, ajeitar e repor as prateleiras. Se estiver tudo em ordem, você pode ler sobre os nossos produtos. Os clientes fazem perguntas, e você vai precisar ajudá-los a escolher. — Ela acenou para as prateleiras alinhadas em cada lado da loja, cheias de frascos plásticos com várias vitaminas, suplementos e preparos em pó. As etiquetas acima de cada seção informavam a função de cada um: *Energia! Emagrecimento! Bom para o coração! Vitaminas! Substitui refeições! Suplementos esportivos!*

Dawn entregou-lhe duas folhas de papel grampeadas.

— Este é o manual dos funcionários. Decore tudo o que tem aqui, e coloque o meu telefone na sua agenda. Se você for se atrasar, preciso saber logo. Você pode levar uma advertência por atraso e ser demitida por ausência não justificada. Aqui na Magnificent Nutrition, valorizamos a confiança.

Niki olhou para baixo, viu as folhas surradas e disse:

— É claro. Você vai ver que pode confiar em mim.

Dawn apresentou outra folha de papel com um gesto grandioso.

— E este é o contrato de trabalho de Magnificent Nutrition, que você precisa assinar. Aqui diz que você precisa trabalhar conosco por, no mínimo, três meses. Além disso, aqui está o formulário fiscal. Preciso deste preenchido também.

Quando a loja abriu, Niki já tinha lido as folhas impressas e sabia quais eram suas obrigações. Não demorou muito para preencher e assinar os outros formulários. Nada daquilo era tão complicado quanto Dawn parecia acreditar.

Ao longo do dia, Dawn ficou em cima dela enquanto ela interagia com os clientes, observava atentamente Niki colocar as frutas e verduras na centrífuga e sussurrava instruções a cada etapa do processo. Era a loja dela, Niki entendia. Ela simplesmente esperava que, com o tempo, Dawn confiasse que ela fosse capaz de fazer o trabalho.

Max chegou à tarde, um pouco antes de Niki sair. Ele chegou pelos fundos, assustando Niki, que estava buscando mercadorias no estoque para repor os espaços vazios nas prateleiras. Ele entrou trazendo um rastro de ar frio de fora. Seu rosto estava vermelho de frio. Ele acenou para ela, tirando o gorro e as luvas, depois se livrou do casaco, colocando tudo em um armário ao lado.

— Então, como foi seu primeiro dia? — ele perguntou a Niki.

— Foi bem, obrigada — ela disse. — Estou aprendendo bastante.

— Fico feliz em saber — ele respondeu em aprovação.

Max entrou na loja, e Niki o ouviu cumprimentar a esposa com uma voz imponente. — E então, como ela se saiu?

Obviamente, era sobre ela. Niki se esticou para ouvir a resposta. Dawn nem tentou falar baixo.

— Não é um caso perdido, mas ainda é um período de experiência.

— Eu falei que daria certo! — ele disse com uma alegria fingida.

Dawn deu um suspirou profundo.

— Ainda não deu certo. Na primeira mancada, ela vai pra rua.

Capítulo 10

Niki considerou um triunfo conseguir passar pela primeira semana de trabalho sem ser demitida. Dawn nunca dizia nada, mas admitia, relutante, que Niki estava fazendo um trabalho aceitável. Max era mais amigável, mas só quando a esposa não estava por perto. A falta de simpatia deles não a incomodava. Ela não estava procurando um fã clube e nem tentando construir uma carreira. Ela só precisava ganhar dinheiro.

Dinheiro, dinheiro, dinheiro. Algumas pessoas tinham muito mais do que poderiam gastar em toda a vida, tanto que nem conseguiam acompanhar. Ela desejava que um pouco daquilo viesse para ela. Sonhava em ganhar na loteria ou ter um parente sumido que lhe deixasse uma casa e uma enorme fortuna de lambuja. Em dias de total desespero, ela aceitaria até uma nota de vinte dólares trazida aos seus pés pelo vento.

Niki só podia culpar a si mesma. Amy se oferecera para pagar cursos na universidade ou ajudá-la a se candidatar a bolsas de estudo, mas ela enfaticamente recusara as duas ofertas. Ela se lembrava claramente de dizer a Amy: — Obrigada, mas não, obrigada. — Naquela época, Niki estava na reta final do último ano do ensino médio e mentalmente cansada, exausta de verdade. Tudo o que ela queria era se ver livre de aulas, anotações e memorizações de fatos aleatórios. A liberdade estava ao seu alcance, e ela mal podia esperar para tê-la nas mãos.

Aos dezoito anos, Niki não aguentava mais as pessoas lhe dizendo o que fazer e estabelecendo horários. Estava ansiosa para sair para o mundo, ter a própria casa e viver a vida do seu jeito.

Ela não imaginava que seria tão difícil.

Logo depois do ensino médio, Niki continuou na sua antiga casa de acolhimento por alguns meses, pagando aluguel. Sua mãe de acolhimento, uma vovozinha chamada Melinda, dissera que ela poderia continuar morando ali, apenas durante o verão, porque eles se mudariam no outono. O prazo, a princípio, a preocupou, mas no final de agosto ela conheceu um grupo de garotas que estava alugando uma casa e precisavam de alguém com quem dividir a casa e as contas. Elas logo acertaram os detalhes e, em um dia, ela já estava de saída, pronta para se mudar para o apartamento. O lugar era uma pocilga, e ela tinha que dividir o quarto, mas a antiga colega de quarto havia deixado um colchão, o que já era uma vantagem. O aluguel era barato, a casa ficava na rota de um ônibus e ninguém se importava com ela ou com os seus horários. Podia ir e vir quando bem entendesse.

Suas colegas de apartamento eram bem divertidas no começo. Ela apreciava a camaradagem, gostava de dividir as comidas e bebidas e se divertia nas sessões de conversa que iam noite adentro. Elas não tinham nada a ver com as garotas que ela conhecera na escola. Aquelas garotas viviam o momento. Niki achava as histórias sobre suas famílias e empregos muito engraçadas e adorava o comportamento despreocupado delas. Elas viviam chapadas, fumavam tanta maconha que no apartamento parecia pairar uma névoa constante, como num sonho. Mesmo não fumando, ela não se incomodava tanto. O que a incomodava era o desfile constante de homens entrando no apartamento. Não era incomum ir ao banheiro logo de manhã e ser cumprimentada por um cara estranho de cabelo molhado e uma toalha em volta da cintura. Ou sem toalha alguma.

Mesmo aquilo não seria suficiente para fazê-la querer se mudar. O que a motivou foi quando alguém roubou 300 dólares da sua bolsa enquanto ela dormia. A bolsa estava ao lado dela no colchão no chão, então ela achou que estaria segura à noite. Piada! Só de pensar em quanto tempo ela levou para juntar aquele dinheiro a deixava enojada. Tanto tempo e tanto esforço para nada.

Ela estava saindo com Evan naquela época e ele disse que ela poderia ir morar com ele e seu amigo. Evan era bonito, de cabelos pretos, cacheados e o tipo de sorriso másculo que ela achava irresistível. Tinha um maxilar marcante e bíceps impressionantes. Além da atração física, possuía uma personalidade magnética e o jeito que ele inventava histórias sobre a vida deles juntos. Ele iria abrir uma empresa e eles teriam muito dinheiro, falava sobre as viagens que fariam e os presentes que compraria para ela. Diamantes, carros, roupas. Tudo o que o coração dela quisesse. Mas, ela sabia o bastante para não criar grandes expectativas, ouvira inúmeras promessas vazias a vida toda.

Era fácil cair nos encantos dele. Ele era charmoso, de um jeito um tanto estranho, fazendo elogios e depois retirando o que havia dito, sempre fingindo que era uma brincadeira. Uma vez ele pediu para ela entrar no porta-malas do seu carro novo, para ver se a alavanca de desbloqueio funcionava. Ela concordou, mas não achou nada engraçado quando ele o manteve fechado. Mesmo assim, Niki não se desesperou. Ficou quieta e esperou até que ele ficasse preocupado e abrisse por conta própria. Então ela fingiu estar tendo um ataque, o que o apavorou de verdade. Serviu de lição. Ela podia revidar, e ele parecia gostar disso nela. Evan tinha um bom emprego e não fumava maconha, era mais do tipo que bebia, o que não era grande coisa, fora que ele ficava estúpido quando bebia muito, o que costumava acontecer com frequência. Começou a agredi-la, primeiro segurando-a pelo braço com força demais e dando umas chacoalhadas leves, mas firmes. Algumas semanas depois, quando ele começou a bater nela, ela fez as malas e alugou um quarto de um casal que conheceu no trabalho.

Aquilo só durou duas semanas, porque numa noite ela acordou e viu o marido inclinado por cima dela na cama, com uma mão por baixo das cobertas, deslizando-a em sua perna. Chocada, ela se sentou e perguntou:

— Que palhaçada é essa?

— Nada, nada — ele deu um passo para trás e ergueu as mãos, rendido. — Estava só conferindo se você estava bem. Você disse que estava se sentindo mal e nós ficamos preocupados. — Ele saiu apressado do quarto, fechando a porta devagar ao sair.

Ela nunca dissera que estava se sentindo mal, mas depois que ele saiu do quarto, sentiu-se enjoada, pensando no que poderia ter acontecido se não tivesse acordado a tempo.

Niki não dormiu o resto da noite. Na manhã seguinte, quando contou à esposa dele o que havia acontecido, ela riu com desdém, dizendo:

— Ele não fez por mal. Vou conversar com ele. — Ela se dirigiu à gaveta de utensílios na cozinha e tirou uma trava marrom de borracha para a porta. — Da próxima vez que você for se deitar, coloque isso embaixo da porta e vai ficar tudo bem.

Entorpecida, Niki saiu com a trava de porta na mão. Encontrá-lo no seu quarto fora um desrespeito tão grande, e o fato de sua esposa ter minimizado tudo a fazia se sentir fisicamente mal. Ela pegou a trava da porta, subiu até o seu quarto, jogou o objeto debaixo da cama e fez as malas. Uma ligação para Amy e, em uma hora, Sharon estava na porta para tirá-la dali. Niki sabia que não teria escolha se não fosse por Amy. Amy, tão confiável. Ela não poderia imaginar ter uma amiga ou uma conselheira melhor.

Morar com Sharon era tão fácil que ela quase desejou estar pagando aluguel para ter um contrato, algo a que pudesse se fixar a longo prazo. A casa de Sharon era pequena, a menor do bairro, mas tinha três quartos e dois banheiros, o que parecia bastante para uma senhora de idade. Nos seus dias de criança sonhadora, ela teria imaginado ser adotada por Sharon e viver a segurança de uma casa permanente. Mas ela já passara da idade de adoção, e Sharon era velha demais para ser sua mãe. Além disso, Sharon já tinha uma filha.

Uma semana depois de começar a morar com Sharon, seus dias começaram a seguir um padrão. Sharon a deixava no trabalho de manhã e ia buscá-la no final do turno. Quando elas chegavam em casa, Sharon estava com o jantar no forno, sempre uma comida substanciosa, com legumes ou uma salada de acompanhamento. No jantar, Niki contava sobre o dia, relatando histórias sobre os clientes e falando de Dawn e Max e das outras funcionárias, duas garotas do ensino médio cujo turno de trabalho coincidia com o seu apenas por algumas horas. Depois de comerem, Niki limpava a cozinha, algo que ela insistiu em fazer desde a primeira noite, e Sharon ia ler na sala de estar. Naquele momento, Niki costumava pedir licença para subir, quando então lavava a camiseta do trabalho na pia e deixava secando em cima da banheira. Quando fora contratada, Dawn prometera que outra camiseta polo chegaria em breve, mas desde então ela não falou mais no assunto, então Niki duvidava. Enquanto aquilo não acontecia, ela se considerava sortuda porque a camiseta era de poliéster e secava rápido. Ao terminar aquela tarefa, ela ia para o quarto, onde praticava yoga ao lado da cama e passava algum tempo no celular, ignorando as mensagens do seu ex-namorado, Evan. *Amor, estou com saudades. Me desculpa. Não vai acontecer de novo. Por favor, me dá mais uma chance.* Ela pensou em bloqueá-lo e sabia que um dia faria isso, mas as mensagens vinham com frequência e uma parte dela gostava de saber que ele queria voltar com ela. Nunca aconteceria, mas saber que dependia só dela dava uma sensação de poder.

Certa noite, ela se pegou respondendo em voz alta. Evan não era conhecido pela inteligência, então as mensagens eram as mesmas de sempre.

Desculpa, Niki, não vai acontecer de novo.

— Tem razão, não vai mesmo.

Você precisa acreditar em mim, a minha vida não é nada sem você.

— Que bom, é assim que tem que ser. — Dizer aquelas palavras em voz alta a fazia se sentir bem.

Por favor, me dá mais uma chance.
— Já dei. Você usou todas as suas chances.
Amor, estou com saudades.
— Não sou seu amor.

Depois dessa última mensagem, ela desligou o celular e colocou para carregar. Mentalmente, ela sentiu que dera um fora em Evan.

— Você não manda em nada aqui — ela disse, colocando o celular na mesinha de cabeceira ao lado da cama.

Quando ouviu um arranhado na porta, abriu e viu o gato olhando para ela com seus grandes olhos verdes.

— Oi, Sarge. Entra. O que foi? — percebera que Sharon tinha o hábito de conversar com o gato, e ela se pegou fazendo o mesmo. Sarge não era exatamente um gato carinhoso, então quando ele vinha visitá-la no andar de cima, ela se sentia honrada. Niki sentou na cama e ele pulou ao lado dela, deixando-a acariciar debaixo do seu queixo, ronronando feito um motor potente. Quando Niki parou, depois de alguns minutos, ele esticou o corpo todo, saltou da cama e foi até a porta, esperando que ela a abrisse para ele sair.

— Até depois, Sarge — ela disse, fechando a porta.

Olhando para a janela, Niki viu uma movimentação no quintal dos Fleming. Ela logo pegou os binóculos que encontrara no quarto da bagunça e apagou a luz do quarto. Levando os binóculos aos olhos, ela ajustou o foco.

Exceto pela luz sobre a porta dos fundos, o quintal estava escuro. O vulto que perambulava vestia um agasalho com capuz e segurava alguma coisa que acendeu enquanto ela observava, lançando um feixe de luz na direção do chão. Uma lanterna. Deveria ser o filho adolescente que Sharon mencionara. *O que ele está fazendo?* Seus olhos acompanharam o movimento da luz enquanto ele vagava pelo jardim, inclinando-se de vez em quando para pegar algo do chão. A luz do feixe deixava claro que ele estava catando cocô de cachorro, mas por que fazer isso na escuridão da noite?

Niki sentia uma curiosidade pela família: a princípio, fora a ideia de uma criança sendo maltratada que despertara o seu interesse. Ela notara que Sharon fazia questão de passar de carro na frente da casa dos Fleming depois de buscá-la no trabalho, mesmo não sendo o caminho mais direto. Em dois momentos, elas viram a senhora Fleming, uma vez saindo da garagem com o carro e outra pegando um pacote no pórtico de casa. Nada que chamasse a atenção, exceto pelo cabelo ruivo e brilhoso da mulher, formando camadas elegantes que emolduravam seu rosto. Um corte típico de uma mulher rica de um bairro chique. Bem estiloso, de uma cor nada natural. Ela parecia uma mulher de gostos caros.

Em outra ocasião, elas observaram o filho adolescente caminhando desanimado pela calçada, com as mãos nos bolsos do blusão e um *jeans* largo e desleixado. Ele era um garoto corpulento, que o seu ex-namorado Evan chamaria de *bezerro*. Uma vez ela corrigira Evan, dizendo que *bezerro* era, na verdade, um boi pequeno, mas ele disparou um olhar fulminante, o que a fez desistir do assunto antes que ele ficasse bravo e violento.

Não havia nada na família Fleming que indicasse que eles tinham uma criança acolhida, então talvez a foto que Sharon tirara naquela noite fosse mesmo de uma visitante. Enquanto ela observava, a senhora Fleming abriu a porta dos fundos da casa e gritou algo que pareceu o nome do garoto, seguido por uma série contínua de palavras irritadas que Niki não conseguiu identificar. Um cachorrinho saiu correndo por baixo das pernas da mulher, e aquilo pareceu irritá-la ainda mais. Notando o cachorro, a mulher saiu da varanda e agitou o braço de um jeito agressivo. Sua voz aguda penetrou na alma de Niki.

Niki colocou os binóculos debaixo de um braço e destravou a janela, deslizando-a para ouvir melhor. Uma rajada de ar frio atravessou a cortina, mas não importava. Era necessário, se ela quisesse ouvir mais. Ela colocou os binóculos no rosto e perscrutou o quintal.

A senhora Fleming gritou:

— Crisco, volta já pra cá! — O cachorrinho correu em círculos, sem obedecer à ordem. — Jacob, pare já o que você está fazendo e pegue esse pulguento!

Jacob nem olhou para cima, mas balançou o braço com a lanterna e gritou:

— Mãe, entra em casa. Eu o levo pra dentro quando acabar aqui.

As palavras mal tinham saído da boca dele quando ela respondeu, gritando:

— Não venha me dizer o que fazer! — Olhou para cima, na direção da casa de Sharon, e Niki se afastou da janela, mesmo sabendo que não poderia ser vista. — Quero esse cachorro dentro de casa *agora*!

Ela estava tão brava que Niki previu uma briga bem ali no quintal coberto de neve, mas Jacob insistia em ignorar a mãe, e ela se virou e entrou em casa. A porta de tela fechou numa batida, e a porta principal ficou aberta, com a luz da casa saindo para o quintal. Um instante depois, ela reapareceu com uma garotinha, que estava sendo empurrada às pressas na direção da varada. — Vai pegar o cachorro — ordenou a senhora Fleming em um tom cruel.

A garota foi se arrastando pela neve, chamando:

— Crisco, vem cá, garoto! — Ela vestia uma calça *jeans* e um blusão enorme que a fazia parecer ainda menor. Seu cabelo castanho-escuro, cortado estilo Joãozinho, mal lhe chegava nas orelhas. Ouvindo o som da voz dela, o cachorro parou de correr feito louco e se lançou na sua direção, pulando contente nos seus braços. Ela o aninhou e o carregou de volta para dentro de casa, onde a senhora Fleming esperava impaciente. Assim que a garota e o cachorro passaram pelo batente, a porta fechou com tudo. No quintal, o garoto balançou a cabeça, continuando a busca.

A coisa toda durou só alguns minutos e, aparentemente, não era nada. Um cachorro escapara, uma garotinha era mandada para buscá-lo. Nada de mais. Mas então por que o coração de Niki estava disparado, como acontecia durante a parte de suspense de um filme de terror? Talvez porque agora ela poderia confirmar o que Sharon vira na semana anterior. Definitivamente, havia uma garotinha na casa dos Fleming. Filha? Sobrinha? Criança acolhida? Visitante? Não tinha como saber ao certo. Ela também não parecia sofrer nenhum abuso, a não ser que se considerasse abuso a saída dela, sem casaco, no quintal por dois minutos.

Mas havia alguma coisa estranha naquela cena toda. As roupas da criança não eram do tamanho certo e o cabelo dela parecia ter sido cortado de qualquer jeito, e não por alguém que sabia o que estava fazendo. E por que a senhora Fleming se deu ao trabalho de mandar a garota buscar o cachorro da família, em vez de ela mesmo buscar ou esperar que o filho buscasse? Pela reação do cachorro, ele obviamente amava a garotinha, então se ela fosse uma criança acolhida, era de se imaginar que estaria morando ali há um bom tempo.

Aparentemente, a coisa toda parecia normal, mas Niki ainda achava estranho. Estranho, nada mais. Ela desejou ter lembrado de pegar o celular para gravar tudo.

Niki continuou a espiar Jacob até ele terminar a ronda do quintal e voltar para dentro de casa. Ela puxou a janela para fechar e travar, para então descer. Ela mal podia esperar para contar a Sharon o que acabara de ver e que elas finalmente teriam um nome para o filho dos Fleming. Jacob.

Capítulo 11

Às vezes, Jacob desejava que sua mãe morresse. Nada de muito terrível, só um ataque cardíaco fulminante ou um aneurisma cerebral: algo fatal, mas não muito doloroso ou agoniante. Ele a imaginava tendo um colapso e o resto da família reagindo: eles chorariam assustados e correriam para ligar para a emergência. Seria melhor se acontecesse na cozinha, ele imaginava, onde ela poderia se agarrar no balcão ao cair, amortecendo a queda. Assim, não haveria tanto sangue. Quando a ambulância chegasse, os socorristas entrariam apressados e fariam o que estava ao alcance, mas no fim, é claro, seria inútil.
— Sentimos muito — eles diriam, e ele se imaginava com pesar, triste, mas agradecido por terem feito o melhor que podiam.

Ser órfão despertaria a compaixão das pessoas, e ele lamentaria por nunca ter tido uma conexão de mãe e filho, mas nunca sentiria saudades dela, nem por um minuto. A existência dela não fazia sentido algum, ao que lhe parecia. A casa era mais feliz quando ela não estava. Até Crisco, que tinha o cérebro do tamanho de uma noz, parecia ficar nervoso na sua presença, tremendo as ancas quando ela erguia a voz.

Jacob tentava ficar fora do caminho dela, porque só de vê-lo, a provocação já começava. Ou ela encontrava coisas para ele fazer ou criticava algum aspecto da sua personalidade ou aparência. Ela dizia que ele tinha um jeito mal-educado, que o cabelo dele era muito comprido, que ele precisava emagrecer.

Seu peso era a queixa mais comum. O fato de ele ser gordo a deixava maluca, um símbolo do fracasso dela como mãe. Ela matriculara toda a família em uma academia e ficara furiosa quando ele se recusou a ir com ela. Proibira guloseimas de qualquer tipo e monitorara tudo o que ele comia em casa, obrigando-o a sair escondido para comprar besteiras no posto de gasolina da esquina. Ele estava virando um cliente habitual por ali, parando depois da escola para comprar pacotes de salgadinhos e refrigerantes, que ele disfarçadamente escondia dentro da mochila.

O que sua mãe queria era o *oposto* dele. Ela queria um filho perfeito, um atleta que tirasse só notas boas, o tipo de garoto que competia na equipe de debates. O guarda-roupas dele era cheio de roupas que ela comprava: camisetas polo, calças bege com pregas — coisas que ele nunca usaria. Quando ele era pequeno, ela o obrigava a cortar o cabelo com frequência, mas quando virou adolescente, passou a conseguir resistir fisicamente, algo que a deixava enfurecida. Ela desistira da ideia de levá-lo ao barbeiro, mas o preço que ele pagava por isso eram semanas de agressões verbais.

Ela era uma lunática.

De vez em quando, seu pai saía em sua defesa. A última vez fora quando ela ficara o cercando com uma tesoura, ameaçando cortar o cabelo dele na cozinha enquanto ele tentava tomar café da manhã. O pai tirou os olhos do tablet e disse: — Deixa o garoto em paz. Ele tá legal. — Aquele tipo de conversa não acabava bem com a sua mãe, que podia explodir de raiva como ele nunca vira ninguém fazer igual. Ao menos funcionou para ela abaixar a tesoura e direcionar a ira ao seu pai, permitindo que ele escapasse.

Depois daquilo, seu pai começou a levá-lo à barbearia, mas deixava Jacob decidir como queria cortar o cabelo. Jacob gostava de manter comprido, não só porque aquilo deixava sua mãe enlouquecida, mas ter o cabelo para cima da orelha, mostrando o pescoço, o fazia se sentir exposto. Melhor ter uma proteção.

Seu pai dizia que ela sempre fora mal-humorada, mas tinha piorado depois da morte de Olivia, irmã de Jacob, que vivera e morrera antes de ele nascer, mas de vez em quando ele ainda pensava nela. Sua mãe nunca falava sobre ela, mas seu pai contara toda a terrível história. O pai de Jacob estava fora da cidade, participando de uma conferência médica. Enquanto ele estava fora, Olivia, que só tinha cinco meses, começou a ter febre, e Suzette tratou com paracetamol infantil. Como a febre não cedeu, ela levou o bebê ao pronto-socorro. Menos de 24 horas depois, Olivia estava morta. O pai voltou correndo da conferência assim que soube, mas já era tarde demais. Os médicos disseram que não fora culpa de ninguém. Às vezes, apesar de todos os esforços, pacientes morrem.

— Quando ouvi falar que era meningite, fiquei com um mau pressentimento — seu pai disse, balançando a cabeça. Mesmo anos mais tarde, seus olhos se enchiam de lágrima ao falar de Olivia. — Quando o bebê morreu, sua mãe ficou destruída. Ela me culpou, é claro, por não estar em casa — ele suspirara. — Eu gostaria que pudéssemos ter superado juntos, mas as coisas nunca mais foram iguais. — Jacob tinha a impressão de que seu pai também se culpava. — E quando você nasceu, achei que ajudaria.

Às vezes, Jacob imaginava como seria se Olivia tivesse sobrevivido. Será que ela seria a menina de ouro que sua mãe desejava? Será que eles teriam se dado ao trabalho de ter mais um filho? Tudo isso se somava à impressão de que ele era uma decepção para ela.

A loucura era que as outras pessoas pareciam gostar muito da sua mãe. Professores, vizinhos, seus amigos. Ela conseguia ser encantadora quando queria: que pena que a própria família não via muito esse lado dela. Durante as reuniões de pais e professores, ao falar das suas péssimas notas, ela era a personificação da mãe amorosa e preocupada. Ele sabia disso porque seus professores sempre comentavam a respeito, um deles dizendo até como Jacob era sortudo de ter uma mãe tão dedicada e atenciosa. Haha! Se eles soubessem. O engraçado era que aquele tipo de comentário costumava surpreendê-lo, mesmo ele já estando acostumado com isso àquela altura. A vida toda fora assim.

Quando ele estava no ensino fundamental, ela costumava se oferecer para trabalhar na escola e acompanhar a turma nos passeios. Nos eventos, ela se transformava na mãe perfeita, chamando-o de *querido*, afagando seu cabelo, contando histórias fofinhas sobre ele para os outros adultos. Histórias que ele não se lembrava de terem acontecido. Era confuso na época, porque ele não sabia que se tratava apenas de uma encenação. Jacob perdeu as contas de quantas vezes as outras crianças disseram que ele tinha sorte por ter uma mãe tão legal. Uma vez, uma das garotas lhe disse que sua mãe era tão bonita: "Parece uma modelo". *Pelamor*. O que ele deveria responder? *Isso é só por fora. Você deveria ver o coração gelado e peludo dela.* Eles nunca acreditaram. As pessoas se deixavam enganar tão fácil.

Se pudessem vê-la gritando porque o cachorro saiu para o quintal. O que ela esperava, ficando lá parada com a porta aberta? Ela culpava Jacob, porque ele não limpara o quintal depois da escola, mas ele só tinha esquecido. Poderia ficar para o dia seguinte, mas não, como uma boa lunática, ela o fez sair e juntar o cocô no escuro. E depois fez Mia sair e pegar o Crisco, quando Jacob disse que levaria o cachorro para dentro quando tivesse terminado. Ela não poderia esperar nem alguns minutos. Tudo era do jeito dela e no tempo dela. Todos eram prisioneiros dos seus caprichos.

Todos os membros da casa sabiam que evitá-la era a melhor tática para uma vida tranquila. O pai dele viajava muito a trabalho, e Jacob desconfiava que ele acrescentava mais dias à sua agenda para protelar a inevitável volta para casa. Quanto a Jacob, ele se refugiava no quarto e abafava a voz áspera da mãe com a ajuda de fones de ouvido. Mia, que tinha menos opções, começou a se esconder atrás do sofá. Ela achava que Jacob não sabia, mas pouca coisa passava despercebida por ele. Mia se fazia de boba, mas ela era mais esperta do que seus pais julgavam. Eles achavam que ela não falava direito, o que era ridículo. Quando ficavam só os dois, ela falava bastante, tinha um bom vocabulário. Aquela coisinha também tinha dado um jeito de aprender a ler, mas aquilo era um segredo não declarado entre os dois. No último verão, ele começara a dar livros que achou que ela gostaria, dizendo que eram dele, de quando ele era criança, mas na verdade, ele os comprava nas vendas de garagem dos vizinhos.

Ela ficava tão feliz. Ver seu rosto iluminado também alegrava o seu dia.

Mia não tinha nenhum problema mental, como Suzette acreditava. Não havia nada de errado com o cérebro daquela criança. Jacob poderia até corrigir a mãe, mas ele gostava de ter uma vantagem sobre ela. Saber de algo que ela não sabia lhe dava uma satisfação imensa.

Viver naquela casa era um inferno, mas ao menos ele vislumbrava o momento em que iria embora, para a faculdade. A coitadinha da Mia estava condenada. Ficaria ali para sempre.

Capítulo 12

Na tarde seguinte, Niki ficou sozinha na loja pela primeira vez desde que fora contratada. O dia fora fraco, e depois que um trio de senhoras saiu da loja, restaram apenas ela e Dawn. Enquanto Niki limpava a estação de sucos, Dawn se aproximou e disse:

— Preciso ir ao banco fazer um depósito. Volto em quinze minutos.

— Tranquilo — Niki continuou esfregando o balcão.

— Então, preciso que você tome conta da loja enquanto eu estiver fora. — Dawn bateu o dedo no balcão para dar ênfase.

— Entendi. Vou dar o meu melhor.

Mas aquilo não foi o fim da conversa. Enquanto Dawn saía, ela fez questão de mencionar que havia reposto a gaveta do caixa.

— Então, você vai estar preparada se entrar algum cliente. — Dawn fez contato visual, esperando uma resposta, mas Niki apenas balançou a cabeça. Ela sabia que estava sendo testada. Enfrentara aquele tipo de situação em casas de acolhimento e em outros empregos. Biscoitos e pacotes de salgadinhos deixados expostos ao acaso. Dinheiro à vista. Navegadores abertos para ver se ela usaria algum aparelho sem autorização.

As pessoas logo presumiam que ela roubaria se tivesse oportunidade. Bom, ela era muitas coisas, e nem todas eram boas, mas ela era honesta. Não pegava nada que não lhe pertencia, jamais. É claro, às vezes era tentador, mas ela nunca cedeu à tentação. Era mais uma questão de comodidade do que de integridade. A vida de uma pessoa honesta poderia ser difícil, mas a vida de um criminoso sempre cobrava seu preço. Ela tinha amigos e parentes que chegaram a roubar ou passar cheques sem fundo para conseguir dinheiro para comprar drogas. Por mais cuidadosos que eles fossem, a história sempre tinha o mesmo final. Era muito parecido, pensava ela, como a água circulando em volta de um ralo. Em algum momento, você vai esgoto abaixo. Só não dava para saber quando.

Uma das antigas conselheiras de Niki, a mulher que veio antes de Amy, costumava cumprimentá-la perguntando: — Mantendo a ficha limpa, Niki? — Uma expressão tão estranha, como uma fala de um filme antigo. Sem dizer que era ofensivo. Ela não era uma criminosa: era uma criança sem lar, e não porque fizera algo errado. Ela não media esforços para jogar conforme as regras. Não que fosse difícil, as pessoas não esperavam muito dela. Ali na loja, por exemplo, eles agiam como se ela precisasse de supervisão constante. Dawn enfatizara demais a importância da higiene das mãos e dos alimentos, sem saber que Niki era neurótica por limpeza, tanto dela mesma quanto do ambiente onde estava. Neurótica beirando a obsessão. Niki achava que limpar era quase uma meditação. Passar pano nos balcões, lavar as louças, tirar pó. O ato de transformar sujeira em limpeza era uma satisfação para a sua alma. Agora que ela era adulta e tinha controle do próprio ambiente, ela tinha preferências claras de como gostava das coisas.

Niki terminara de limpar a estação de sucos e estava dando um passo para trás para admirar o trabalho que fizera, quando a porta abriu e, para sua surpresa, quem entrou foi Suzette Fleming. A mulher entrou decidida na loja, tirando suas luvas de couro. Ela usava um sobretudo de camurça caramelo na altura do joelho, que parecia ter custado uma fortuna. De perto, seu cabelo vermelho-cereja era ainda mais chamativo, com ângulos marcados e camadas tão precisas que parecia que ela tinha acabado de sair de um salão. Niki contara a Sharon ter visto a senhora Fleming, o cachorro e a garotinha na noite anterior, então a vinda da senhora Fleming à loja foi um choque, como se algo a tivesse invocado ou atraído sem querer para a sua esfera pessoal. A coincidência temporal entre o momento em que ela espiara a mulher na noite anterior e sua aparição repentina na loja era perturbadora. Uma onda de culpa o tomou, um sentimento que ela estava prestes a confrontar, então foi um alívio quando ela apareceu de trás do balcão e a mulher não demonstrou sinal algum de reconhecê-la.

— Boa tarde — disse Niki. — Bem-vinda à Magnificent Nutrition. Posso ajudá-la a encontrar alguma coisa hoje? — Aquela exata saudação fora escrita por Dawn, e Niki devia repetir palavra por palavra. Parecia-lhe um pouco forçada, mas Niki não se importava tanto assim. As pessoas costumavam querer perguntar sobre um produto específico. Mas não desta vez.

A senhora Fleming franziu a testa, tirando o casaco e entregando-o à Niki.

— E a Dawn, onde está?

— Ela deu uma saída rápida. Será um prazer ajudá-la — Niki segurou o casaco, sem saber ao certo o que fazer com ele. Era mais pesado do que ela imaginara: o tecido era macio e o forro era luxuoso.

— Não, não, não — disse a senhora Fleming, negando com a cabeça. — Desculpa, mas não vai dar. Eu tenho um acordo com a Dawn. Ela combinou comigo que providenciaria algo específico para mim — sua voz era alta e sua postura, com a mão na cintura, impunha respeito.

— Posso verificar os pedidos especiais no estoque — Niki disse, colocando o casaco com cuidado sob o balcão ao lado do caixa. A loja tinha pouco espaço nas prateleiras, portanto ali só ficavam os produtos mais vendidos, mas Dawn e Max conseguiam atender vários pedidos sob encomenda. Alguns clientes eram halterofilistas que compravam *whey protein* a granel. Era difícil acreditar na quantidade de dinheiro que as pessoas gastavam nessas coisas, mas Niki não questionaria o juízo delas. Aqueles caras eram enormes, puro músculo, com ombros que mal passavam pela porta. Niki não viu o nome da senhora Fleming em nenhum dos pedidos sob encomenda, mas talvez só não tivesse percebido. — Se a senhora esperar um minuto, vou verificar e volto rapidinho.

A senhora Fleming suspirou, impaciente.

— Querida, não vai estar lá nos fundos. É um acordo pessoal entre mim e Dawn. — Ela sorriu, como se Niki fosse uma criança que tivesse acabado de falar alguma coisa estapafúrdia, mas ah, tão bonitinha. A senhora Fleming se inclinou na direção de Niki, chegando tão perto que por um segundo ela achou que iria abraçá-la. — Querida, vamos fazer o seguinte. Você vai pegar o telefone e ligar para Dawn, e informá-la de que estou aqui esperando e não tenho muito tempo. — Ela sorriu, mostrando belos dentes brancos. — Certo, chega de conversa. Vamos agir agora mesmo.

Niki respirou fundo, pensando: *Ela disse que ficaria fora por quinze minutos, então tenho certeza de que vai estar de volta a qualquer instante.*

— Você precisa mesmo ligar pra ela. — A sua voz era gentil, mas sua insistência fez Niki se sentir desconfortável. Dawn era uma criatura temperamental. Vai lá saber o que poderia irritá-la? Como se estivesse lendo *sua* mente, a senhora Fleming acrescentou:

— Acredite, ela vai ficar feliz. Eu sou uma cliente VIP.

Essa era a primeira vez que Niki ouvia que havia clientes VIP, mas a senhora Fleming falava com um tom tão autoritário que ela ficou disposta a acreditar. Fora avisada para não fazer nenhuma ligação usando o telefone da loja. Na verdade, era inclusive uma regra do manual que ela recebera. Por outro lado, ela tinha o número de Dawn na agenda do seu telefone. Depois de vacilar por um segundo, disse:

— Vou pegar meu celular, está lá nos fundos.

Quando ela voltou, a senhora Fleming estava parada no mesmo local, olhando para um pequeno espelho de bolsa. Ela fechou o espelho com um clique e disse:

— O que ela falou?

— Ainda não liguei. — Niki encontrou o nome de Dawn e iniciou a chamada, então levou o celular ao ouvido e ouviu chamar. — Alô, Dawn? Estou com uma cliente aqui que veio pegar um pedido sob encomenda. O nome dela é...? — Niki ergueu a sobrancelha para a senhora Fleming, com ares de pergunta. Ela bem sabia qual era o nome da mulher, poderia até dizer seu endereço se necessário, mas não podia deixar aquela informação escapar. Não tinha nenhum jeito bom de explicar como ela sabia daquilo.

Em vez de responder, a senhora Fleming se jogou em cima de Niki e, impaciente, tirou o celular das suas mãos. Num instante, ela estava com o telefone colado ao lado da cabeça.

— Dawn, aqui é a Suzette. Estamos com um problema sério. Parece que a idiota da sua funcionária não sabe de nada, então você tem que vir pra cá imediatamente — ela deu uma risada elegante, como se estivesse fazendo uma brincadeira. — Sim, sim, eu sei. Eu me adiantei, mas você sabe que eu sempre me adianto, então deveria saber que eu estaria aqui. Você sabe como eu fico de mau humor quando preciso esperar pelo meu pedido — ela riu da resposta de Dawn. — Tá certo, então. Vou ficar aqui. Depressa! Tchau-tchau.

— Ela poderia ter entregado o celular à Niki, mas não, ela caminhou até o balcão e o deixou ao lado do casaco.

Niki sentiu que a irritação nascente estava se transformando em uma torrente de raiva. Ela engoliu as palavras que queria dizer, puxou o ar com controle e repassou seu mantra na cabeça: *Você não pode controlar as pessoas, só pode controlar a si mesma.* Nada de bom aconteceria se ela explodisse com aquela mulher. Então, tomou uma decisão rápida, ela conteria sua raiva, pegaria o celular, iria até o balcão de sucos e voltaria ao trabalho, picando frutas e verduras até o fim do turno. Dawn chegaria a qualquer minuto e então *ela* que lidasse com aquela babaca de cabelo vermelho.

Niki foi pegar o celular e, por trás dela, a senhora Fleming tripudiou:

— Não foi tão difícil, foi? Você deveria ter me escutado logo no começo, em vez de discutir. É importante saber o seu lugar, meu bem.

Até aquele momento, Niki se sentira em pleno controle, mas agora ela fora provocada além do limite. Ela se virou devagar e disse:

— Eu sei o meu lugar. Eu estava lidando com a situação com profissionalismo. Este é meu celular particular e eu não gostei que você tirou da minha mão. — O rosto da mulher demonstrava irritação com o tom repreensivo de Niki, mas não respondeu. Na verdade, a senhora Fleming fez questão de não responder, com os lábios apertados e o queixo erguido, desviando o olhar.

Aquilo não era bom. Se a senhora Fleming mantivesse aquela atitude quando Dawn voltasse, Niki poderia se ver em apuros.

Para aliviar a situação, Niki fez uma pergunta:

— Você tem filhos? Estamos com uma promoção de balas multivitamínicas para crianças. Tem sabor de morango, é um produto natural, adoçado com stevia. As crianças adoram.

A senhora Fleming nem olhou para ela.

— Não, obrigada.

— Não, você não tem filhos ou não, você não tem interesse no produto?

— Eu tenho um filho de dezessete anos. Muito velho para balinhas de vitamina — ela disse, soltando o ar pesadamente pelo nariz.

Niki sentiu que aquela mulher ficaria seriamente irritada a qualquer momento, mas ela não resistiu a tentar pescar algo a mais. Sharon tirara fotos de uma garotinha, e ela mesma vira a criança no quintal dos Fleming.

— Então, além do seu filho, não tem mais nenhuma criança na sua casa?

— Não. E isso não é da sua conta — ela deu a Niki um olhar frio. — Você não tem mais nada para fazer? Não tem motivo para você ficar aqui conversando comigo. — Ela fez questão de abrir a bolsa com força e vasculhar dentro. Baixinho, ela murmurou: — Impertinente.

Sem uma palavra, Niki foi para os fundos da loja, onde passou a se concentrar em listar as frutas e verduras no frigobar da estação de sucos. Mesmo de longe, ela sentia a tensão na loja, então foi um alívio quando a porta da frente abriu e Dawn chegou.

— Olá, olá. — Dawn chamou alegremente, com as palavras acompanhando o sino tocar. — Desculpa por fazer você esperar. Eu vim o mais rápido que pude.

Niki ouviu as duas mulheres conversarem em sussurros, depois viu Dawn ir até um armário trancado atrás do caixa e tirar uma pequena embalagem de papel branca, diferente das outras da loja. A senhora Fleming abriu e olhou dentro do pacote antes de enfiá-lo na bolsa. Então, ela tirou um rolo de notas e colocou-as num movimento rápido em cima do balcão, uma de cada vez.

Dawn observava o dinheiro sendo colocado e acenava em aprovação.

— Estamos entendidas então. Obrigada pela visita, senhora Fleming.

— Só mais uma coisa. — A senhora Fleming se inclinou e sussurrou alguma coisa, e as duas mulheres olharam na direção de Niki.

O diálogo seguiu por mais alguns minutos e então Dawn chamou:

— Niki, você pode vir aqui um minuto?

Obedientemente, Niki saiu de trás do balcão e foi até as duas mulheres.

— Sim? — Ela tinha a impressão de que sabia o que estava por vir, então ficou de cabeça erguida e se lembrou de que não havia feito nada de errado.

— Você não acha que deve um pedido de desculpas à senhora Fleming?

— Como é?

— Não se faça de boba, Niki. A senhora Fleming me falou que você foi muito grosseira com ela. Aqui na Magnificent Nutrition, nós nos orgulhamos do nosso excelente atendimento ao cliente, e a forma como você falou com a senhora Fleming antes de eu chegar não está de acordo com a política da nossa loja. Você precisa se desculpar imediatamente.

Ela precisava se desculpar? A Niki encarou as duas mulheres, ambas olhando para ela com uma expressão arrogante de quem espera algo, e levou um tempo para ela engolir antes de falar.

— Eu sinto muito que você não tenha ficado satisfeita com a forma como eu lidei com a situação, senhora Fleming. Da próxima vez, podemos usar o seu celular, se a senhora preferir. — Niki notou que em cima da pilha de dinheiro no balcão atrás de Dawn havia uma nota de cem dólares.

A senhora Fleming se virou para Dawn.

— Está vendo o que eu disse? Que arrogância que ela tem.

— Não é arrogância — Niki protestou. — Eu fui educada. A senhora Fleming tirou o meu celular da minha mão. Eu disse que não gostei.

— Niki! — disse Dawn, chocada. — Já chega. — Ela se virou para a senhora Fleming. — Acredite, eu acho esta situação inaceitável. Me desculpe. Isso será resolvido.

A senhora Fleming disse enérgica.

— Como? Como você vai resolver? — Depois de uma pausa, ela disse: — Se fosse comigo, eu a demitiria por insubordinação.

— Insubordinação? — Niki disse. — Isso é ridículo. Eu não fui insubordinada. — Ela conhecia a definição de *insubordinação* e não havia ultrapassado aquela linha, nem chegado perto.

Dawn hesitou, mas apenas por um instante.

— Niki, você vai levar uma advertência por ter sido grosseira com um cliente. Você precisa ir embora agora, para casa e pensar no que aconteceu aqui. Teremos uma reunião amanhã e discutiremos a melhor forma de lidar com isso.

— Você quer que eu vá embora *agora*? — Faltavam pelo menos duas horas para o turno dela acabar.

— Sim, pegue suas coisas e vá embora. Amanhã nós conversamos.

— Inacreditável — ela disse baixinho, com a boca na direção do chão, mas aparentemente não foi baixo o suficiente.

— Niki — Dawn disse, advertindo com a voz. — Já chega.

Sem palavras, Niki foi para os fundos da loja, vestiu o blusão de capuz, pegou a mochila e voltou, passando pela senhora Fleming e por Dawn ao sair da loja. A senhora Fleming lhe lançou um olhar arrogante, e Niki devolveu com o que Evan costumava chamar de "olhar mortal". Sua garganta embolou por causa da injustiça da situação, mas um pouco depois, na calçada do lado de fora, a raiva tomou conta dela ao perceber que era muito cedo para ligar para Sharon ir buscá--la. Para começar, achava que não conseguiria explicar o que havia acontecido sem chorar. E ela odiava a ideia de chorar na frente de Sharon. Ela sabia que nada daquilo era culpa dela, na verdade. A senhora Fleming havia se excedido, com sua atitude mal-educada e superior. A mulher a chamou de idiota e tirou o celular da mão dela. Em um mundo justo, Niki estaria com a razão. Mas o mundo não era justo, e trabalhadores que ganham um salário-mínimo tinham mesmo que engolir sapo e nunca abrir a boca. Aquilo fora um erro dela. Deveria ter pedido desculpas e deixado passar, mas uma parte dela não aceitava ser humilhada.

Aquela força interior era uma novidade mais ou menos recente para ela, e não veio fácil. Durante a vida toda, ela fora um fracasso em se defender. Foi só quando conheceu Amy que ela percebeu que também tinha direitos.

E agora ela precisava ir para casa, derrotada. Ela e Sharon estavam se dando tão bem, e Niki odiaria se ela pensasse mal dela por causa daquele incidente. A ideia de decepcionar Sharon era insuportável. Além disso, Sharon mencionara que sairia para almoçar com uma amiga e dissera que depois do almoço as duas iriam ao shopping fazer compras. Duas senhoras conversando no almoço e depois passeando no shopping. Vai saber quanto aquilo poderia durar? Sharon talvez nem estivesse em casa.

Niki pôs o pé para fora do meio-fio e iniciou a longa caminhada até a casa de Sharon. Um sopro forte de vento deu um golpe em seu rosto e ela levou as mãos às costas para puxar o capuz e cobrir a cabeça. Caminhando, ela se curvava contra o vento, piscando para controlar as emoções, mas apesar de todos os esforços, as lágrimas vieram rápidas e quentes, descendo pelo seu rosto. Enxugou o rosto com a manga da blusa e pensou: *dane-se*. Ela tivera um dia miserável, podia chorar se quisesse. Ao chegar no limite do estacionamento, os soluços vinham com tanta força que ela estava quase sufocando.

Niki continuou andando, entregando-se ao sofrimento. O choro se tornou parte do caminho, com os ombros pesados e a cabeça baixa, um pé na frente do outro. Lutando contra o vento. A injustiça da situação foi o que a abalou. Ela ainda podia ver Dawn e a senhora Fleming paradas uma ao lado da outra, unidas contra Niki. Ela não poderia continuar trabalhando ali, não se quisesse manter o orgulho, mas também não podia pedir demissão. Sharon pensaria que ela era um fracasso e, para falar a verdade, ela se sentia um pouco assim. Deveria ter lidado com aquilo de outro modo, deveria ter deixado passar. Sim, a mulher a chamou de idiota. E daí? Clientes são grosseiros. Acontece. Mas, daquela vez, pareceu tão pessoal.

Ela teria que começar a procurar outro emprego imediatamente e aguentar a Magnificent Nutrition por enquanto. Aceitaria qualquer emprego, qualquer um mesmo, e sairia assim que tivesse alguma coisa em vista.

— Eu não sou idiota — ela resmungou, em voz alta. Pelo menos o frio a motivava a andar depressa. Mais quinze minutos e ela estaria em casa. Com sorte, Sharon ainda estaria passeando com a amiga e ela conseguiria se acalmar antes do jantar.

Capítulo 13

O barulho da chave na porta da frente assustou Sharon, que acabara de chegar em casa e pendurar o casaco no gancho no corredor dos fundos. A primeira coisa que lhe passou pela cabeça foi que devia ser Niki. A segunda coisa em que ela pensou foi que, se não fosse Niki, devia ser alguém invadindo a casa, e elas estariam encrencadas.

— Niki? — ela gritou.

— Sim, sou eu.

Então era Niki. Claro que era. Quem mais seria?

— Você chegou cedo em casa hoje. — Sharon tirou os sapatos e os colocou no capacho.

— É, eles me deixaram sair antes do final do turno.

Sharon falou alto:

— Espero que você não tenha vindo andando. O vento está forte lá fora.

— Não estava tão ruim assim. — Um segundo depois, Niki acrescentou: — Vou tirar um cochilo antes do jantar, tá?

— Claro. — Algo incomodou Sharon enquanto os passos de Niki ressoavam pela escada. Não porque ela decidira tirar um cochilo no final da tarde. Era completamente normal, ela pensou, querer descansar, principalmente depois de uma longa caminhada no frio. Não era esse o problema. Mas sim ela ter chegado mais cedo, junto com um tropeço em sua voz, como se Niki tivesse chorado. Sharon tinha uma intuição materna que dizia que havia algo errado. Niki estava adiantada, o que por si só não significava nada, mas ela também estava triste. Alguma coisa acontecera. Talvez tivesse a ver com o antigo namorado, aquele que Niki só mencionara casualmente. *Não deu certo. Ele era esquentadinho*, ela dissera. *Às vezes ele ficava descontrolado.* Não precisou de muito mais para Sharon conseguir ler nas entrelinhas.

Ela foi até o primeiro degrau da escada e ficou ali, parada, com uma mão no suporte do corrimão, ouvindo os passos de Niki cruzarem o forro do andar de cima, terminando com um estalido da cama quando ela parou para descansar. Talvez devesse subir e conversar com ela? Não, Niki era adulta, e Sharon não queria invadir sua privacidade. Amy fora muito clara sobre isso: *não a sufoque. Não faça muitas perguntas.*

Mas havia uma linha tênue entre não perguntar e não se importar. Importar-se com alguém, às vezes exigia que se fizessem perguntas. Caso contrário, como seria possível saber?

Enquanto Sharon ficava ali, hesitante, o som do choro chegou até ela. Um som baixinho, provavelmente sem a intenção de ser ouvido. Ela só ouviu por causa do lugar onde estava parada. O choro era um sinal definitivo para Sharon. O som de uma criança chorando (ou até uma criança crescida) não podia ser ignorado. Sem esperar nem mais um instante, ela subiu os degraus. Quando chegou no topo da escada, o som parou, mas ela seguiu em frente, parando do lado de fora da porta do quarto, que estava encostada. Empurrando-a até o final, Sharon entrou.

Niki estava deitada, encolhida na cama, com o corpo parecendo uma vírgula sobre a colcha. As persianas ainda estavam erguidas, iluminando o ambiente, mas um clima sombrio permeava o quarto. Sem dizer uma palavra, Sharon foi até o guarda-roupas, pegou um cobertor e cobriu Niki, levando a parte de cima até seus ombros e aconchegando o restante em volta do corpo dela. Então, ela se sentou na beira da cama e começou a fazer carinho no cabelo de Niki.

Em silêncio, Niki começou a chorar, puxando e soltando os ombros, como Amy fazia quando estava tentando controlar as lágrimas. Diferente da mãe, Amy era durona, sempre pronta para enfrentar qualquer um ou qualquer coisa. Ela raramente chorava e, quando chorava, tentava se conter. Sharon, por outro lado, se acabava em lágrimas assistindo a filmes de Natal na televisão e lendo, sobretudo, romances tristes e cartões comemorativos comoventes. Ela tinha um dom para o choro, era um talento natural.

Mesmo conhecendo-a há pouco tempo, Sharon sentia uma ternura surpreendente por aquela garota.

— Eu lamento muito — ela disse afinal, com as palavras calmas e comedidas. — Seja o que for, eu lamento que tenha acontecido. Pode desabafar. Tá tudo bem.

Niki respirou fundo, tremendo bastante, e pareceu se acalmar, então Sharon prosseguiu, sussurrando palavras de conforto e acariciando seu cabelo. Por mais horrível que fosse ver Niki tão triste, ela gostava de se sentir útil, como se pudesse fazer diferença.

Alguns minutos depois, Sharon se levantou e foi até o banheiro de Niki, de onde voltou com uma caixa de lenços, que deixou na mesa de cabeceira. Ela tirou um lenço e colocou na mão de Niki. Niki reagiu, sentando-se e assoando o nariz.

Sharon disse:

— As coisas vão melhorar. Sempre melhoram.

— Sempre? — Niki lançou um olhar desconfiado. Seus olhos estavam vermelhos e seu rosto inchado. O cabelo, que ela amarrara em um rabo de cavalo, estava se soltando. Ela estava um caco.

— Bom, às vezes piora antes de melhorar. — Sharon admitiu, e Niki concordou, como se estivesse esperando por aquilo.

Pegando outro lenço, Niki limpou os olhos.

— Que dia péssimo.

— Você gostaria de falar sobre isso? — Sharon perguntou, hesitante. — Às vezes, ajuda. — Ela estava com medo de ser intrometida, então ficou aliviada quando Niki concordou e começou a contar a história em partes, como se cada palavra a machucasse um pouquinho, mas estava determinada a arrancar aquilo de dentro dela.

— Dawn me falou para sair — Niki concluiu, amassando o lenço na mão. — Ela disse que eu levaria uma advertência e que teríamos uma reunião amanhã para falar sobre o assunto. — Sua voz estava amarga e resignada.

— Você acha que a senhora Fleming por acaso a reconheceu? — Sharon perguntou.

Niki fez que não com a cabeça.

— Acho que não. A luz estava desligada no meu quarto enquanto eu observava na noite passada. Além disso, ela não parece o tipo de pessoa que repara nos outros.

Sharon concordou, pensativamente.

— E o que havia no pacote que a senhora Fleming comprou da Dawn?

Niki inclinou a cabeça para o lado e disse por fim:

— Ah, não sei. Nem estava pensando nisso.

— Você acha que era alguma coisa ilegal?

Em sua expressão, Niki demonstrava admitir a possibilidade.

— Talvez. Quer dizer, não estava junto com as encomendas. E ela pagou em dinheiro. Bastante dinheiro. Eu vi uma nota de cem dólares na pilha que ela deixou para Dawn.

Sharon ficou pensativa e disse:

— Acho que é possível que a Dawn e a senhora Fleming tenham criado uma cena sobre o seu comportamento só para servir de distração para seja lá o que elas estivessem fazendo.

— Sério? — Niki se ergueu um pouco.

— Claro. Pagamento em dinheiro? Tem coisa aí. Uma venda assim, sem registrar? E ela guardando a mercadoria trancada em um armário? — Sharon se sentiu indignada por Niki. — Se a Dawn estiver vendendo drogas ou sonegando impostos e alguém descobrir, ela vai se lascar. Ela pode ir para a cadeia. Talvez a senhora Fleming também. Dawn poderia perder a loja. Ela provavelmente não queria que você fizesse perguntas, então as duas reverteram a situação, como se você tivesse feito algo errado. O que, aliás, você não fez.

— Ela fez um carinho maternal no braço de Niki. — Você lidou do jeito certo. Melhor do que eu teria lidado.

Niki pegou outro lenço e levou ao nariz.

— Eu nem pensei nisso. Fiquei tão nervosa quando ela me chamou de idiota e arrancou o *meu* celular da minha mão. E depois ela inverteu a situação, como se *eu* fosse culpada — ela engoliu em seco. — Ninguém me ouve.

— Eu estou te ouvindo — Sharon disse. — E acho que você tem toda a razão. Eu sinto muito por você ter sido tratada assim. Você não merecia.

— Obrigada. — Elas ficaram sentadas em silêncio por alguns instantes antes de Niki perguntar:

— Você acha que amanhã na reunião eu deveria tocar no assunto e perguntar o que a senhora Fleming estava comprando? Perguntar o que havia no pacote?

Sharon disse:

— Ah, não vai ter reunião nenhuma amanhã.

— Não vai?

— Espero que não. Vou te fazer uma pergunta: você quer continuar trabalhando lá?

Niki suspirou.

— Bom, não, mas o que eu vou fazer? Não tenho nada em vista e não posso ficar à toa o dia todo. Pensei em começar a me candidatar a algumas vagas pela internet e pedir demissão assim que surgir outra coisa.

— Você que sabe, mas se te interessa, eu gostaria de dizer o que acho que você deveria fazer.

— Diga. — Niki se inclinou, com a ansiedade visível no rosto. É claro que ela queria alguma orientação.

— Eu voltaria lá amanhã de manhã, devolveria aquela porcaria daquela camiseta, e pediria as contas.

— Simples assim?

Sharon fez que sim.

— Simples assim.

— Sem aviso prévio?

— É. — Sharon viu as emoções estampadas no rosto de Niki. Incerteza misturada com alívio.

— Eu achava que tomar atitudes era fácil para você, Niki. Você terminou o relacionamento com um namorado abusivo e saiu daquela última casa que não deu certo. Você largou seu último emprego pelo telefone. Eu posso ver que você é uma pessoa forte, e eu acho admirável. Quando eu tinha a sua idade, eu era bem covarde. Levou bastante tempo para eu começar a me dar valor — ela disse.

— Você não vai se importar por eu estar desempregada, morando na sua casa? Você não vai achar que eu sou um fracasso?

— É isso que te preocupa? — Sharon disse, perplexa, e então riu. — Querida, eu não ligo pra isso. Você vai conseguir outro emprego logo, logo. Eu não tenho dúvidas.

Niki levou um tempo para processar tudo.

— Certo, vou fazer isso então. Vou lá pedir demissão amanhã. — Ela assustou Sharon quando se inclinou e a puxou para dar um abraço. — Obrigada, muito obrigada.

— Por quê? Eu não fiz nada.

— Obrigada por me ouvir e por me ajudar. — Niki se afastou, e Sharon viu que seus olhos brilhavam com novas lágrimas. — E por vir aqui e me cobrir, e por ser tão legal.

— Não é nada de mais. — Sharon deu de ombros. — Fico feliz por ter ajudado. Você merece coisa melhor do que a Magnificent Nutrition, Niki. Eu sei que você está se sentindo mal, mas algum dia isso vai ser só uma história engraçada.

— Você acha?

— Eu tenho certeza. — Ela se levantou. — Eu vou descer e começar a preparar o jantar. Não se preocupe mais com isso.

— Posso ajudar?

Sharon sorriu.

— Não, deixa comigo. Obrigada. — Ela atravessou o quarto e parou para olhar para trás ao chegar à porta. — Sabe que eu sempre odiei aquela camiseta polo.

— Eu também.

— E eles só te deram uma. Como é possível?

— Sei lá. — Niki olhou para a camiseta barata de poliéster. — Eles disseram que só tinham essa e que tinham pedido mais uma.

— Era de se esperar que já tivesse chegado.

— Pois é.

— Bom, a boa notícia é que você não vai mais ter que vesti-la. Não lave antes de devolver.

— Não mesmo.

— Eu te chamo quando o jantar estiver pronto. Vamos comer macarrão. Você pode até vestir a camiseta, vai que pinga um pouco de molho.

Niki fez que sim, com os lábios se abrindo em um enorme sorriso. Sharon foi até a escada, com passos mais leves do que dera ao subir.

Capítulo 14

Quando a Senhora chegou em casa, Mia já havia arrumado a mesa para o jantar que preparara mais cedo na panela elétrica. Picar as cenouras e as cebolas foi a parte mais difícil. Jacob a ajudou com as cenouras, mas disse que ela teria que se virar com as cebolas.

— Cortar esse negócio faz um estrago no meu olho — ele disse antes de sair do cômodo, já com os olhos pregados no celular.

Uma vez, alguns meses antes, Mia cortara um pedaço do dedão enquanto picava legumes. O corte fizera uma sujeira e mesmo segurando um papel-toalha na mão, foi sangue para todos os lados, causando um problemão para ela. O Senhor e a Senhora até brigaram por causa daquilo. O Senhor dissera que Mia era muito pequena para usar uma faca afiada e que ela também não deveria usar o fogão. A Senhora dissera que ele estava sendo ridículo, que a garota só precisava ter mais cuidado. O Senhor examinou a sua mão, limpou o corte e depois colocou um curativo. Todas as noites ele examinava o corte, tirando o curativo e pedindo para ela dobrar o dedão, com a testa enrugada de preocupação. Quando o corte finalmente sarou, Mia ficou um pouco triste porque o Senhor não examinaria mais o seu dedão.

Desde então, Mia só podia usar facas afiadas nos dias em que o Senhor estava viajando. Hoje era um daqueles dias. Ela sabia que o ritmo da casa era diferente quando o Senhor estava fora e nunca sabia o que esperar. Às vezes, a Senhora estava cheia de energia e queria que Mia a ajudasse a limpar os armários ou limpar todos os rodapés. Outras vezes, ela ficava na cama e queria que Mia levasse todas as refeições para o seu quarto. Os dias que ela passava na cama eram bons para Mia, porque havia menos coisas para fazer. A parte ruim é que ela precisava ficar atenta para ouvir o sino da Senhora, para não a deixar esperando.

Naquela tarde, a Senhora entrou na cozinha com um sorriso no rosto. Vestia ainda o casaco de inverno, mas já havia tirado as botas e enfiado as luvas no bolso.

— Ah, Mia — disse ela em um tom de aprovação. — Dá para sentir o cheiro do rosbife lá da porta da frente. — Ela ergueu a tampa da panela e deu uma espiada na comida que estava lá dentro. — Nada mal — ela disse, erguendo o queixo. — Ainda vamos transformar você numa cozinheira.

— Sim, Senhora. — Mia respondeu. Ela acabara de limpar a cozinha e agora estava parada na frente da Senhora, com as mãos juntas. Quando a Senhora saiu da cozinha para ir até o armário no *hall* de entrada, Mia a seguiu, aguardando suas instruções. Depois que a Senhora pendurou o casaco, ela tirou uma pequena embalagem de papel branco da bolsa antes de entregar o acessório para que Mia o guardasse. Mia estava pronta para sair quando a Senhora começou a falar.

Com uma mão na cintura, ela disse:

— Ah, Mia, você não tem ideia de como é bom chegar em casa depois do dia que eu tive hoje. Tantos problemas! Primeiro tive que ir a uma reunião do conselho e, que nome inapropriado, porque não aconselho ninguém a ir numa reunião dessas. Que tédio! Umas mulheres sem graça planejando um leilão, sem a menor ideia de como organizar o evento. Elas falaram, falaram e falaram e não chegaram a lugar nenhum. Ficaram andando em círculos. É claro, eu já sabia o que deveria ser feito desde o primeiro minuto, mas esperei até que começassem a brigar, então eu me levantei e assumi a frente, dando uma tarefa para cada uma. Você deveria ver a cara da Trina Meyer quando eu assumi. Ela não sabia se me agradecia ou me estrangulava — a Senhora soltou uma risada que pareceu um latido, e Mia sorriu. — Depois, fui almoçar com Jana e resolver o que tinha para fazer. O trânsito estava terrível. A interestadual está toda em obras. — Ela balançou a cabeça, e suas camadas emplumadas balançaram com o movimento. — Você tem tanta sorte de poder ficar em casa.

— Sim, Senhora.

— Ah, Mia, você é uma menina tão boazinha, sabia?

Mia concordou com um gesto, com o coração alegre por ser a menina boazinha da Senhora.

— E você tem tanta sorte de estar aqui conosco. Quando eu lembro de como você estava quando nós a salvamos, mal posso imaginar como teria sido a sua vida. Só de pensar já me dá vontade de chorar.

Mia hesitou, querendo fazer muitas perguntas. A Senhora sempre falava de como a salvara. Ela falava como se Mia pudesse se lembrar de tudo o que acontecera, mas a garota era tão pequena na época. Por mais que tentasse, ela não conseguia se lembrar de muita coisa da sua vida antes de chegar ao lar dos Fleming. Tinha apenas a vaga lembrança de uma mulher cantando para ela. Quase conseguia se lembrar do som da sua voz, mas não muito bem. De colher dentes-de-leão. Da sensação de ser empurrada em um balanço subindo tão alto que poderia tocar em uma nuvem. Mas aquelas imagens pareciam um sonho ou um desejo. Talvez ela só estivesse imaginando. Uma vez ela perguntou ao Jacob sobre a sua vida antes de morar na casa deles.

— Onde eu estava quando me salvaram? — Ela esperava uma resposta, mas Jacob só balançava a cabeça.

— Acredite — ele disse —, é melhor você não saber. — Ele não contara, mas o que não percebeu foi que ela havia pregado uma peça nele, porque antes daquilo, ela não tinha certeza se ele sabia de alguma coisa. Saber que ele conhecia a história de como ela viera morar ali, era importante porque significava que talvez, no futuro, Jacob pudesse contar mais quando estivesse de bom humor. Ela sabia que perguntaria de novo, e que continuaria perguntando até ele se cansar e responder à pergunta. E, quando ele respondesse, ela sabia que seria verdade. Às vezes, quando ela fazia uma pergunta, ele dizia: — Você sabe que eu nunca mentiria para você, né, Mia? — e ela concordava, porque ele nunca havia mentido.

A Senhora, é claro, era quem sempre dizia que Mia era sortuda por ter ido morar com eles. Do jeito que ela falava, parecia que Mia estava em uma lixeira ou em uma pilha de folhas. Hoje, o humor da Senhora parecia cordial e simpático, o que fez Mia se sentir atrevida o suficiente para fazer uma pergunta, coisa que ela nunca fizera antes. Ela abriu a boca e começou a dizer:

— Quando eu fui salva...

Mas a Senhora interrompeu.

— Aí eu tive que aturar a nova funcionária da loja de suplementos — ela soltou uma bufada. — As coisas que eu tenho que aguentar. A garota era inacreditável. A pirralha teve a audácia de me responder. Que atrevimento! Se eu fosse a Dawn, demitiria a garota. Imagina só, abrir a boca para me responder, a melhor cliente deles. Como ela ousa! — ela começou a caminhar pelo corredor, com a embalagem de papel branco pendurada nos dedos. Um pouco longe dali, ela se virou: — Mia! Tente me acompanhar. O dia está longe de acabar, e ainda tem muita coisa para fazer.

Mia se apressou para acompanhar, com a bolsa da Senhora ainda pendurada no cotovelo. A Senhora a mandaria fazer uma coisinha ou outra, mas nada tão ruim quanto de costume. O pacotinho branco significava que, em pouco tempo, ela estaria muito mais animada. Logo a Senhora estaria relaxando de roupão, assistindo a filmes na cama e então esqueceria de Mia. Às vezes, ela até se esquecia de colocar Mia para dormir, e a porta ficava destrancada a noite toda. Nessas ocasiões, Mia tinha muito medo de sair do quarto, mas saber que ela poderia andar pela casa sem ser vista era assustador e empolgante ao mesmo tempo. Um dia desses, ela poderia até tentar.

Capítulo 15

Na manhã seguinte, Sharon levou Niki de carro ao trabalho um pouco mais cedo do que de costume. Niki recusara o café da manhã, dizendo que não estava com fome.

— Vamos acabar de vez com isso — Sharon disse, segurando a chave do carro. — Você vai se sentir melhor quando acabar. — Elas ficaram em silêncio durante a maior parte do caminho.

— Não vou mentir — Niki disse, ao entrarem no estacionamento. — Estou um pouco nervosa. — Ela olhou para Sharon, esperando algumas palavras de conforto. Elas haviam conversado sobre o plano de demissão mais cedo em casa. Sharon tinha a impressão de que seria fácil para Niki. Ela tinha alguns bons argumentos. Fora Niki quem acabara o relacionamento com Evan, quem deixara o emprego sem avisar, por uma mensagem de voz, e não tivera nenhum problema em sair da última casa em que viveu depois do incidente com o marido. Mas — e aquele era um grande *mas* —, o elemento em comum entre as três situações era que Niki fora levada ao limite, entrando em pânico, tomando decisões sem pensar direito. Desta vez, era diferente, ela teve tempo para refletir sobre a sequência de eventos, e sentia que fizera uma besteira.

Talvez não fosse tão fácil encontrar um emprego novo, por quanto tempo Sharon a deixaria morar ali sem um emprego, sem contribuir financeiramente? Até a bondade extrema tem seus limites.

— Tudo bem ficar nervosa — Sharon disse. — Você mudou de ideia? Quer continuar trabalhando lá?

— Não. — A palavra saiu quase involuntariamente. Niki não queria trabalhar lá (muito pelo contrário, na verdade). O que ela queria era entregar a camiseta e nunca mais pôr os pés na Magnificent Nutrition. A ideia de pedir as contas lhe agradava. Mas entrar e conversar com Dawn era a parte difícil. Se ela pudesse, pediria demissão passando de carro em frente à loja, atirando a camiseta pela janela e gritando: *Deu pra mim!*

— Tudo bem ficar nervosa para pedir demissão. De um jeito ou de outro, o problema vai ser resolvido.

O estacionamento estava quase vazio. Sharon parou em uma vaga de frente para as vitrines. Pela janela, Niki viu Max e Dawn dentro da loja.

— Ah não, os dois estão aí — ela disse, sentindo o coração pesar.

— Os dois?

— Max e Dawn — Niki não se lembrava de nenhum momento em que os dois tivessem ficado juntos ali com a loja aberta. Ela imaginou que aquilo fora planejado, que eles pretendiam se unir para criticá-la ou talvez brincar de policial malvado, policial bonzinho. — Não sei se consigo olhar pra cara deles. E se eu ligasse ou mandasse uma mensagem?

— Você poderia — Sharon disse refletindo —, mas você não quer ter o gostinho de encará-los e dizer por que você está saindo? Ninguém tem o direito de te ofender e tirar o seu celular de você. E Dawn, que tomou as dores dela? Isso é errado e ponto. Acho que falar a verdade vai fazer você se sentir poderosa.

— É, acho que sim. — Niki suspirou, sem mover um músculo.

— Eu sei que parece algo sério, mas um dia você vai olhar para trás e ficar feliz por ter se imposto. E logo algo ainda melhor vai surgir no seu caminho. Acredite, a vida dá voltas num instante, geralmente quando você nem espera. Já aconteceu comigo tantas vezes. Um dos benefícios de ser velha.— Sharon sorriu.

— Sério?

— Sério. Você quer que eu entre com você?

— Você entraria?

— Claro. Vou ficar ao seu lado, dando apoio moral. — Sharon desligou o motor, passou a bolsa pelo ombro e abriu a porta. — Você vem?

— Vou. — Niki deixou a bolsa no carro e atravessou o estacionamento, com a camiseta polo pendurada no braço.

Sharon entrou primeiro na loja, deixando a porta aberta para Niki entrar. Quando Niki passou, ela sussurrou:

— Você consegue.

Niki já havia planejado o que iria dizer: *Não posso continuar a trabalhar em um lugar que não apoia os funcionários, então eu me demito. Ontem foi meu último dia.* O resto do plano incluía deixar a camiseta polo manchada de molho de tomate no balcão, dar meia volta e sair. O plano ficou um pouco mais complicado por causa da presença de Max, repondo uma vitrine de vitaminas, enquanto Dawn estava atrás do balcão, lançando a ela um olhar gelado. Seria impossível ficar frente a frente com os dois ao mesmo tempo, então ela tomou a decisão de dar o aviso à Dawn. Niki respirou fundo e foi até o caixa, colocando a camiseta em cima do balcão.

— O que é isso? — Dawn disse ríspida, olhando para a camiseta como se fosse um animal atropelado.

Niki quase conseguia sentir a energia do apoio de Sharon por trás dela. *Você consegue.*

Ela tomou coragem e disse:

— Eu não posso continuar trabalhando em um lugar que não apoia os funcionários, então eu vou...

— Você só pode estar brincando — Dawn disse, batendo a palma da mão no balcão. — Você quer sair? Depois de todo o tempo que passamos te treinando?

O coração de Niki pesou, enquanto ela se forçava para terminar a frase.

— Então, eu me demito.

Dawn gritou para Max, do outro lado da loja:

— Você vai deixar isso acontecer, Max? A vagabundinha vai deixar a gente na mão.

— Ei, ei, ei — Sharon protestou, ficando do lado de Niki. — Não precisa insultar. Vamos tentar ser civilizados. A Niki poderia simplesmente ter deixado de vir, mas não, ela veio aqui se explicar e devolver a sua camiseta.

— E você trouxe a sua vó pra comprar a briga? — Dawn saiu de trás do balcão, segurando a camiseta manchada na mão. — Você deveria se envergonhar!

Do outro lado da loja, Max se manifestou sem vigor:

— Já deu, Dawn.

Determinada a terminar, Niki disse:

— Ontem foi meu último dia.

— Vamos embora, Niki. — Sharon disse, segurando a garota pelo cotovelo e a levando até a porta.

Logo antes de saírem, Dawn gritou:

— Ela assinou uma cláusula prometendo que trabalharia aqui por, no mínimo, três meses. Ela te contou isso, vovó? Tem valor legal. Nós podemos processá-la e ganhar a causa.

Niki se esquecera completamente de ter assinado aquele contrato. Poderia mesmo ter valor legal? Ela olhou para Sharon, que estava agora com um olhar furioso.

— Fico feliz por você ter entrado na questão legal — Sharon disse, com a voz ressoando pela loja. — Porque esse é um dos principais motivos pelos quais incentivei Niki a pedir demissão. Não quero minha neta trabalhando em um lugar cujos proprietários vendem drogas. Acho que a polícia ficaria bem interessada em saber das encomendas especiais para os seus clientes VIP.

O queixo de Dawn caiu e seu rosto ficou branco. Sharon se manteve firme, olhando fixo por um tempo que pareceu bastante longo e, então, sem dizer nada, virou e saiu pela porta, com Niki vindo logo atrás. Assim que entraram no carro, Niki disse:

— Essa foi pra lacrar!

— Foi mesmo! — disse Sharon, ligando o motor. — Seja lá o que isso quer dizer.

— Ah, é tipo... — Niki parou para pensar. — É como dizer que você deu a última palavra. Você encerrou o assunto.

Sharon fez sinal de que entendeu. Elas ficaram sentadas por um momento, observando a loja, Max deixara a caixa de vitaminas largada no chão e estava agora com Dawn atrás do balcão. Do ponto de observação, parecia que Max e Dawn estavam tendo uma conversa intensa.

— Você viu a cara dela quando você falou das drogas? — Niki perguntou.

— Claro que eu vi!

— Que pena que não temos provas. Eu adoraria fazer uma denúncia à polícia. — Enquanto ela falava, Dawn tirou o telefone do gancho e começou a socar os botões. Niki disse: — Para quem você acha que ela está ligando?

— Suzette Fleming. Elas precisam acertar as versões da história.

— Você acha?

— Acho que sim. Ela está com medo, e com razão. — Sharon virou para Niki e passou a mão carinhosamente no braço dela. — Pelo menos você não precisa se preocupar com a cláusula dos três meses. Eles não vão querer te ver depois disso.

— Espero que você esteja certa.

— Eu estou. Pode confiar.

— Bom, se eles me processassem, não conseguiriam arrancar muita coisa.

— É assim que se fala. — Sharon sorriu e saiu da vaga. Quando elas estavam chegando à saída que levava ao bairro onde moravam, ela desviou e entrou em um posto de gasolina na esquina. — Vai levar só um minutinho.

— Eu posso abastecer, se você quiser — Niki disse, soltando o cinto de segurança.

— Não, pode deixar. — Sharon tirou uma nota de dez dólares da carteira e entregou a ela. — Por que você não entra na loja e compra umas rosquinhas para nós? Umas quatro, mais ou menos? Você escolhe. Podemos fazer uma festinha de demissão em casa.

Estranhamente, o apetite de Niki, que estava sumido até quinze minutos atrás, voltou de repente, e agora ela sentia o estômago roncar ao ouvir falar de rosquinhas. Sharon parecia sempre pressentir o que ela pensava. Pegou o dinheiro e entrou na loja de conveniência, indo direto ao balcão onde ficavam as rosquinhas. Pela vitrine, ela viu Sharon conversar com outra mulher na bomba. Sharon era daquelas pessoas difíceis de entender. Ela era simpática, mas não muito. Tão quieta que poderia se pensar que era do tipo que se deixava intimidar facilmente, mas Niki estava ficando com a impressão de que havia uma força por trás daquela aparência amável, que Sharon não demonstrava com tanta frequência. Não como a Amy, que *era* uma presença.

Amy dirigia com confiança e, quando o rádio estava ligado, a música era alta. Sharon deixava outros motoristas a ultrapassarem como se tivesse todo o tempo do mundo, enquanto Amy perdia a paciência se os carros à frente dela demorassem demais para andar quando o semáforo ficava verde.

— Dá uma olhada naquele cara — Amy disse, apontando para um carro na frente delas. — Quem deu uma carteira de motorista pra este poste?

Se Amy tivesse ido com ela à Magnificent Nutrition naquela manhã, ela teria confrontado Dawn desde o princípio, enquanto Sharon só foi se manifestar depois que Dawn ofendera e ameaçara Niki.

O balcão de rosquinhas estava quase cheio, com diversas opções, então Niki pegou um pacote e, com um pedaço de papel-manteiga, escolheu duas rosquinhas com calda de açúcar, uma bomba de chocolate e um sonho com geleia. Ao lado dela, no balcão do café, uma mulher com um casaco de lã cinza e sapatos de salto alto pretos, estava puxando uma alavanca para encher uma xícara de *cappuccino*. Quando Niki chegou ao balcão, ela foi recebida por um senhor mais velho, de vastos cabelos grisalhos e ondulados e uma barriga discreta. Ele estava usando uma camisa vermelha de flanela e uma calça *jeans*, um estilo montanhês que Amy vinha notando bastante, talvez fosse uma moda que estivesse voltando. Mas o homem não parecia o tipo de pessoa que se importava com moda. Ele provavelmente se vestia daquele jeito há 65 anos.

— Bom dia, minha jovem — disse o homem, e o seu sorriso era tão luminoso que Niki não pode evitar sorrir também. — Quantas rosquinhas estão escondidas nesse pacote?

— Quatro. — Ela lhe entregou o dinheiro, ele fechou a compra e contou o troco.

— Aqui está, senhorita. Que você tenha o melhor dia de todos!

Era uma frase pronta que ele provavelmente dizia a todos os clientes, e mesmo assim a positividade a contagiou. — Vou ter! — Ao se virar para sair, um cartaz pregado à porta chamou sua atenção.

> ESTAMOS CONTRATANDO
> *Faça parte da equipe do Village Mart*
> *Boa remuneração, horário flexível*

Niki esperou a outra mulher pagar pelo *cappuccino* e então voltou ao balcão.

— Eu gostaria de fazer parte da sua equipe — ela disse. — Eu posso mandar meu currículo pelo *site*?

— Se você quiser — ele disse. — Ou posso te dar uma ficha agora mesmo. — Ele pegou um formulário debaixo do balcão e lhe entregou. — Se você tiver mesmo interesse, posso te entrevistar agora. O meu irmão, Fred, está na sala dos fundos, e ele pode ficar no caixa.

— Eu tenho muito interesse — Niki disse, olhando pela vitrine. — Posso ir até ali e avisar a minha avó? Volto em um minuto.

— Pode ir tranquila. — Ele se recostou, cruzando os braços e rindo. — Não vou a lugar nenhum. Vou estar bem aqui.

Capítulo 16

A vida dá voltas num instante. Foi o que Sharon dissera, e Niki se encantou com aquela verdade. Em um intervalo de duas horas, ela pedira demissão de um emprego e conseguira outro melhor. O Village Mart pertencia a dois irmãos, Fred e Albert, dois senhores que pareciam sofrer de um tipo de distúrbio de personalidade que os mantinha em um bom humor eterno. Albert sorriu e contou piadas durante a entrevista, deixando-a à vontade. Depois de alguns minutos, ela esqueceu que estava sendo entrevista e devolveu a piada. Foi contratada na hora.

Eles pagavam um dólar a mais por hora do que a Magnificent Nutrition, e o horário também era melhor: de quarta-feira a domingo, das nove da manhã às cinco da tarde. Ela nunca teria que abrir ou fechar a loja, pois um dos irmãos sempre estaria com ela. E, o melhor de tudo, o lugar ficava a algumas quadras da casa de Sharon, então ela poderia ir e voltar andando do trabalho.

As rosquinhas que ela comprara acabaram virando um banquete de emprego novo.

— Eu sabia que você encontraria alguma coisa — Sharon disse assim que elas se sentaram à mesa da cozinha. Ela estava com a xícara de café nas mãos e agora escolhia uma rosquinha.

— Não posso dizer que eu sabia. — Niki tomou um gole de suco de laranja. — Mas estou com um bom pressentimento. Vai ser bom ter um horário fixo. — Albert lhe dera a opção de escolher o turno diurno ou noturno e ela, sem hesitar, escolheu o diurno.

— Você não se importa em trabalhar aos finais de semana?

Niki deu de ombros.

— Não. Os dias são todos meio iguais para mim. Vou trabalhar quando eles precisarem. Eu disse que poderia ir nos meus dias de folga se eles precisassem de alguém. — Albert pareceu especialmente animado ao ouvir aquilo. Ela deu outro gole no suco de laranja. — Posso te fazer uma pergunta?

— Claro.

— Quando você estava conversando com a Dawn, por que você disse que eu era sua neta?

Sharon sorriu calmamente.

— Te incomoda?

— Não, só fiquei pensando.

— Bom, foi o que ela pensou, então pareceu mais fácil entrar no jogo. E aí quando ela disse que eu era sua avó, eu percebi que gostei da ideia. Eu teria a idade certa para ser sua avó. — Ela suspirou. — Amy já deixou claro que não quer ter filhos, então acho que ver você como minha neta é a realização de um desejo. Espero que você não se importe.

— Me importar? — Niki disse espantada. — Eu adoraria que você fosse minha avó! Eu teria *sorte* de ter você como vó. — Sharon era muito melhor que qualquer um de seus parentes. Até o parente mais legal era pouco confiável, e todos tinham tantos problemas. Disfunção era a regra: eles sofriam de todos os males, de vícios a problemas financeiros, alguns com tendências a infringir as leis. Às vezes, ela se perguntava como tinha saído tão certinha, considerando os seus exemplos. Claro, ela ainda era nova. Tinha bastante tempo para fazer besteira.

— Bom, porque eu encontrei uma das vizinhas no posto de gasolina e ela viu que eu e você estávamos saindo do carro. Quando ela perguntou quem você era, eu disse que era minha neta e estava morando comigo. — Sharon envolveu a xícara de café nas mãos. — Escapou. O engraçado é que ela aceitou, sem fazer mais perguntas.

— Eu disse ao Albert do posto que eu estava morando com a minha avó — Niki admitiu. — É muito complicado explicar e eu não queria entrar em detalhes. — Ela aprendera há muito tempo a não falar sobre sua condição de criança de acolhimento para qualquer um. As pessoas ficavam curiosas de um jeito inadequado, faziam perguntas demais ou então reagiam com pena. Pena era muito pior. Niki não precisava que as pessoas se compadecessem dela, e não queria de jeito nenhum, ser taxada como *a garota adotada*.

Ser colocada em famílias acolhedoras não fora culpa dela. Ela e a mãe estavam bem e poderiam continuar vivendo daquele jeito pelo tempo que fosse. Sim, sua mãe era viciada, e muitas vezes elas ficavam sem comida ou precisavam se mudar porque o aluguel não era pago, mas ela sabia que a mãe a amava e Niki sempre encontrava um jeito de chegar ao fim de cada semana. Sozinha, ela mantinha as duas juntas. E, então, quando Niki fez doze anos, a vizinha que morava em frente, a senhora Washington, as denunciou e elas passaram a ser investigadas. A mulher do conselho tutelar dissera a Niki que o sistema auxiliaria a mãe dela a obter a ajuda de que precisava, e que as duas poderiam, futuramente, ficar juntas de novo. Mas não foi o que aconteceu: Niki foi morar com estranhos e, alguns meses depois, sua mãe teve uma overdose e morreu. Se Niki estivesse lá, aquilo nunca teria acontecido. Ela teria conseguido impedir.

E, então, todos os amigos e parentes que iam e vinham em sua vida até aquele momento foram embora definitivamente. Da última vez que soube, seu pai estava na cadeia, e mesmo que não estivesse, ela mal o conhecia, e o que ela sabia não era nada bom. Todos os parentes tinham uma opinião sobre o que deveria acontecer com ela, mas ninguém queria se responsabilizar por criar uma criança. O único tio que disse que ficaria com ela se recebesse auxílio financeiro do governo foi descartado por ter antecedentes criminais. Na época, fora uma decepção, mas, pensando em retrospecto, fora melhor assim.

— Então, é isso — disse Sharon. — Para o resto do mundo, você é minha neta e eu sou sua avó.

— Mas eu ainda vou te chamar de Sharon, se não tiver problema.

— Por mim, tudo bem.

O treinamento do Village Mart foi uma experiência divertida, algo que ela não poderia dizer de nenhum outro emprego. Albert e Fred ficaram impressionados com a velocidade com que ela pegou o jeito no caixa e frequentemente a elogiavam pelas interações com os clientes.

— Minha nossa, ela está com tudo! — Fred disse. — É melhor a gente se cuidar ou a Niki vai substituir nós dois. — Ele cutucava o irmão com o cotovelo.

— E por que isso seria uma má ideia? — Albert respondeu, espalmando o balcão. Alfred e Fred eram o oposto de Dawn e Max, o que fez Niki se perguntar por que algumas pessoas eram tão infelizes enquanto outras eram naturalmente animadas. A felicidade dos dois irmãos era contagiante. Rescendia como a luz do luar. Todos que entravam no posto de gasolina eram contaminados pelas suas personalidades agradáveis. Os clientes sempre saíam com um sorriso no rosto. Pela primeira vez na vida, ela não se incomodava por ter que ir trabalhar.

No seu segundo dia de trabalho, ela voltou para a casa de Sharon e descobriu que uma caixa grande fora entregue enquanto ela estava fora, e estava endereçada a ela.

— O que é isto? — ela perguntou a Sharon, que só encolheu os ombros.

— Acho que você vai ter que abrir para ver.

Dentro, havia uma jaqueta de inverno, luvas, cachecol e um chapéu, presentes de Amy, que, aparentemente, vinha conversando com a mãe. Sharon há tempos estava preocupada por Niki não ter um casaco, e se oferecera para levá-la a uma loja e comprar o que ela chamava de *roupas de sair no inverno*. Ela deixou claro que pagaria, dizendo que seria um prazer. Niki negou, por uma questão de princípios, ela não era uma garota carente e podia aguentar o frio. Algum dia, quando sentisse vontade, ela compraria um casaco com o próprio dinheiro.

Mas um presente era diferente. Como Amy se dera ao trabalho de escolher e enviar tudo aquilo, seria indelicado não aceitar.

Niki tirou o casaco da caixa e segurou em frente ao corpo. Era azul-marinho, quase preto, com o volume adequado. Pesado o suficiente para mantê-la aquecida, mas não tão grosso a ponto de ser volumoso. Tinha um capuz que ficava esticado nas costas quando não estava sendo usado. Ela aprovou. O cachecol era de tricô, marrom, que dava uma volta comprida, e o chapéu era uma boina soltinha da mesma cor. As luvas tinham o mesmo tom azul do casaco. Ela não tinha certeza sobre o chapéu, pois preferia não colocar nada sobre o cabelo, mas tudo mais estava perfeito.

Ela colocou o casaco, tirando o cabelo que ficara por baixo, e fechou o zíper da frente, então, experimentou as luvas, que serviram como se tivessem sido feitas sob medida para ela.

— O que você acha? — Sharon perguntou.

— Perfeito — Niki disse, abrindo os dedos das mãos para testar as luvas.

— Fica bem em você — ela disse em aprovação. — Agora, não preciso mais me preocupar por você estar no frio. Eu sempre me sentia péssima ao ver você lá fora usando só um moletom, e agora que você vai a pé para o trabalho, fiquei com medo de que você pudesse ficar doente.

Ela estava com medo de que Niki ficasse no frio e acabasse adoecendo? Que querida. Ao pensar nisso, Niki teve vontade de chorar. Ela teve algumas boas famílias acolhedoras, do tipo que parecia se importar com ela, mas nunca teve a sensação de que eles se *preocupavam* com ela. Era mais como se quisessem fazer um bom trabalho.

— Você é mesmo como uma avó — disse Niki, virando para o outro lado, temendo começar a chorar se visse o rosto de Sharon. — Acho que vou mandar uma mensagem agradecendo à Amy.

Ir a pé para o trabalho no dia seguinte foi uma experiência mais agradável agora que ela tinha roupas adequadas para o frio. Quando ela chegou no posto de gasolina, Fred disse:

— Que casaco bonito!

— É novo — ela entregou. Fred e Albert tinham uma presença tão reconfortante que ela se via contando a eles coisas que normalmente não revelava a ninguém. — Presente de uma amiga.

— Uma boa amiga.

— Tem razão. — Niki fizera muitos amigos ao longo dos anos, mas assim que ela deixava de frequentar a mesma escola, emprego ou abrigo que eles, todos pareciam dispensá-la. As pessoas não permaneciam. Exceto Amy, o que fazia dela a sua melhor amiga de toda a vida. Sem que Sharon soubesse, ela enviava mensagens à Amy quase todas as noites. Às vezes era só uma troca rápida, mas era legal disparar uma mensagem e saber que Amy estaria do outro lado. Amy ficara bastante impressionada com a forma como sua mãe havia lidado com Dawn quando Niki pedira demissão. Amy respondeu: *Que bom que ela te apoia*. Agora, eram duas.

Embora fosse apenas seu terceiro dia de trabalho no posto de gasolina, ela já se sentia confortável com a rotina, registrando as vendas, saindo para ajudar clientes que estavam tendo dificuldades na bomba e certificando-se de que a loja estava limpa e organizada. Às vezes, Albert lhe dizia para relaxar:

— Você está me deixando nervoso. Tudo bem parar para respirar de vez em quando. Você vai ver que não precisamos nos matar.

Os irmãos conheciam bem os clientes. Eles comentavam sobre as vendas e notavam quando alguém estava dirigindo um carro diferente. Eles também conheciam muitos dos clientes pelos nomes, e faziam questão de apresentar Niki aos mais fiéis.

— Niki começou no início da semana e já é indispensável — Fred dizia. — Não sei o que faríamos sem ela.

Os momentos de maior movimento eram os melhores, porque as horas passavam rápido. Na loja de suplementos, o relógio se movia a passos de tartaruga. Ali, o dia voava. Mesmo quando não entravam clientes, Fred ou Albert faziam comentários sobre os que estavam abastecendo. E quando não havia ninguém por perto, eles contavam histórias da juventude, das vezes que aprontaram na escola, relatos de como fora crescer no campo, e dos empregos que tiveram antes de comprar o posto de gasolina. Tantas histórias interessantes. Eles diziam que Niki era uma boa ouvinte, o que não era difícil, já que ela gostava de conversar com eles. Os dois eram engraçados e gentis, uma boa combinação.

Depois do almoço vinha uma calmaria, mas no final da tarde o movimento recomeçava. Naquela tarde, Fred estava repondo o refrigerador de cervejas e ela estava atrás do balcão quando Jacob Fleming entrou na loja. Ele usava o moletom de sempre, com o gorro na cabeça, o rosto escondido e a cabeça baixa, como se tentasse ficar invisível. Ainda assim, ela o reconheceu na mesma hora, sentiu o mesmo choque de familiaridade que sentira quando a mãe dele entrara na loja de suplementos. Até então, nunca havia lhe passado pela cabeça que ela pudesse encontrar algum dos membros da família Fleming em seu novo emprego, mas agora a ficha caía. Aquele posto de gasolina devia ser o mais próximo da casa deles, e eles tinham dois carros que precisavam de combustível. Havia uma possibilidade real de logo ficar frente a frente com Suzette Fleming outra vez. Não era uma ideia agradável, mas ela se consolava com o fato de ter sempre um dos irmãos trabalhando com ela, e eles serem legais e a deixarem sair do posto para ir ao banheiro ou para o que fosse. Se a mulher entrasse, ela teria a opção de escapar e deixar um dos dois cuidar da operação.

Ver Jacob não só a fez lembrar da mãe dele, aquela mulher desprezível, mas também lhe trouxe à mente a garotinha que ela vira buscar o cachorro no quintal. Se Jacob viesse com frequência, talvez ela pudesse estabelecer uma relação amigável com ele e fazê-lo, em algum momento, falar sobre a criança. Provavelmente havia alguma explicação razoável do porquê a garotinha estava morando com a família, mas algo naquilo certamente a incomodava.

Ela viu Jacob abaixar o capuz e andar se esgueirando pelos cantos da loja, indo parar na frente da seção de guloseimas. Depois de ponderar por alguns minutos, ele pegou um pacote grande de batatinhas e foi direto ao refrigerador de bebidas, abrindo a porta para pegar uma lata de refrigerante. Fred o notou assim que a porta do refrigerador fechou.

— Olá! Bom ver você por aqui, Jacob.

— Obrigado. Bom ver você também. — As palavras saíram num resmungo, mas o garoto conseguiu dar um leve sorriso. Nem mesmo adolescentes emburrados conseguiam evitar se afetarem pelo ânimo de Fred.

— Venha dizer oi para Niki, nossa nova contratada — Fred disse com a voz alta, fazendo um gesto com o polegar. — Acho que você vai concordar que ela é um avanço em relação aos velhotes malucos que trabalham durante o dia aqui. Ela já está deixando o lugar melhor.

Jacob foi todo desengonçado até o balcão, onde colocou seus produtos.

— Oi, Niki.

— Oi, Jacob. Prazer.

— O prazer é meu. — Ele pescou algumas notas no bolso enquanto ela fechava a compra.

Ela contou o troco e soltou as moedas na palma da mão dele.

— Você mora aqui por perto? — ela perguntou.

Ele fez que sim.

— Na Maple Avenue.

— Eu moro na rua de trás, na Crescent Street — ela disse. — Fui morar com a minha avó não faz muito tempo.

— Eu gostaria de poder morar com a minha avó — ele disse, com o rosto entristecido.

— É, é tão bom. Seus pais são difíceis de conviver? — Foi uma tentativa de fisgar algo, o fato de ele não estar se mexendo para ir embora era um bom sinal. Ele estava prestando atenção nela.

— A minha mãe é. Meu pai é tranquilo, mas ele não fica muito por aqui — Jacob suspirou.

— Nem me diga. Às vezes as mães são as piores — ela disse compassiva, colocando uma mecha de cabelo atrás da orelha. — E na minha casa não tinha como escapar. Eu sou filha única, então as atenções estavam sempre em mim. Eu sempre quis ter um irmão ou uma irmã. Seria legal ter alguém pra conversar, mas nunca aconteceu.

— É, eu também sou filho único.

— Não tem mais nenhuma criança em casa? — Ela tentou parecer casual, mesmo enquanto analisava o rosto dele em busca de alguma reação. E lá estava, uma leve hesitação. Por um breve momento, mas ela teve certeza do que viu.

— Não — ele disse por fim, erguendo os ombros. — Só eu. — Ele apoiou a mochila no balcão e escondeu as compras dentro. — Legal te conhecer, Niki.

— Digo o mesmo. Espero ver você em breve.

Ele andou até a porta, parando para olhar para trás ao sair. Niki sorriu e acenou discretamente. Ela criou uma conexão, ele voltaria, com certeza. E eles então conversariam de novo e ela acabaria tirando alguma coisa dele. Garotos adolescentes não falam tanto quanto as garotas, mas ela era uma boa ouvinte e sabia fazer as perguntas certas. Às vezes, era o que bastava.

Fred foi para o lado dela atrás do balcão.

— Que gentil da sua parte conversar com o Jacob.

— Ele vem bastante aqui?

Fred inclinou a cabeça, pensando.

— Depende do que você considera bastante. Umas duas vezes por semana, talvez. Sempre para fazer um estoque de porcarias. A mãe dele não permite essas coisas em casa, então nós somos o destino de sal e açúcar para ele. Nas primeiras vezes que ele veio, mal consegui fazê-lo olhar nos meus olhos.

— Vocês conseguiram conquistá-lo — Niki afirmou.

— Não foi fácil, ele é tímido. — Fred sorriu. — E carrega um peso nas costas, isso é bem visível.

— Os pais dele vêm aqui?

Fred balançou a cabeça, negando.

— Só o vi com o pai. Não conheço a mãe, mas Jacob dá a entender que ela é uma grande perua, então acho que ela deixa que o marido abasteça os carros. — Niki tinha mais perguntas, mas naquela hora a porta abriu e uma mulher loira e miúda entrou na loja. Fred entrou no seu modo de saudação. — Senhora Timmerman, linda como sempre. Como você está hoje?

Por enquanto, Niki se contentara em deixar passar o assunto Jacob Fleming. Haveria outras oportunidades.

Capítulo 17

Quando chegou em casa, Jacob ficou feliz ao ver que o carro da sua mãe não estava na garagem. Ele odiava aquela porcaria, pois era uma extensão dela, um carro idiota e reluzente, luxuoso e prateado, feito para chamar atenção. Ela amava o carro mais do que qualquer outra coisa no mundo. Claro, ela só amava por três anos e depois trocava de carro, por *outro* carro prateado. Para Jacob, o carro novo sempre parecia quase igual ao anterior, então ele não via o sentido daquilo. Seu pai achava o mesmo, e sempre que tentava convencê-la a ficar com o mesmo carro por mais alguns anos, ela o ignorava.

— O modelo deste ano tem opcionais de segurança melhores — ela dizia. Não importava o que ela dissesse: tanto Jacob quanto o pai sabiam a verdade. Era uma questão de status. Uma vez seu tio se enganara, confundindo o carro dela com outro, de outra marca, e ela ficou remoendo aquilo por uma semana.

— Como se eu fosse dirigir um carro desses — ela dissera, insultada.

A ausência do carro significava que Jacob não seria agredido verbalmente com perguntas sobre seu dia assim que passasse pela porta. Isso, junto com os lanches na mochila, o deixavam de bom humor, e conhecer Niki, a nova funcionária do posto de gasolina, tinha sido um enorme bônus no seu dia. Niki fora simpática e se interessara por ele, e ele achou até que aquilo era mais do que a simpatia dedicada aos clientes. Ela acabara de se mudar para cá, segundo ela, e morava na rua de trás da dele. Talvez ela quisesse fazer amizade? Ela não parecia muito mais velha do que ele, mas trabalhava durante o dia, então supostamente não ia para a escola. Embora isso não fosse necessariamente verdade. Jacob tinha um amigo que ficara cansado de ser importunado o tempo todo, então deixou de ir para a escola e passou a fazer as aulas a distância. Era possível que Niki fizesse o mesmo, ou talvez ela estivesse matriculada no *homeschooling*. Muita gente estava optando por esse método.

Se não tivesse que ficar em casa com a mãe, Jacob poderia se imaginar estudando a distância. Não teria como suas notas ficarem piores, e seria melhor para sua saúde mental. Seria legal não ter que lidar com os empurrões propositais no corredor da escola e as ofensas sobre o seu peso no vestiário. O ônibus da escola era um pesadelo ainda maior. Ele explicara aos pais que nenhum dos alunos mais velhos andava de ônibus da escola. Seu pai foi compreensivo, mas não ofereceu uma solução. Sua mãe dissera que ir andando lhe faria bem.

No início do ensino médio, ele conseguiu passar despercebido. Mas, no final do primeiro ano, os ventos mudaram e ele virou um alvo. Um garoto comentou sobre seu pescoço inexistente e as bochechas gorduchas e o chamou de *Cabeção*. O apelido pegou e agora todo mundo, até o pessoal do segundo ano, o chamava assim. Em termos de apelido, podia ser pior, então ele fingia achar graça. Mas ainda o irritava, mesmo que não admitisse. Às vezes, ele se pegava olhando no espelho, desejando ser outra pessoa, alguém que não tivesse um cabeção, ombros curvados e um corpo em formato de pera. Já era ruim o suficiente ser assim, e agora eles ainda precisavam o atormentar por causa disso? Que o deixassem em paz. O ensino médio era um tipo bem específico de pesadelo. De uma coisa ele sabia: assim que ele saísse, nunca mais pisaria os pés naquela escola. Nunca iria aos encontros da turma, passasse o tempo que passasse.

Chegando em casa, ele pendurou o blusão no armário do *hall* de entrada e colocou os calçados no tapete. Quando Mia veio ver quem chegara, ele perguntou:

— Cadê a minha mãe?
Mia balançou a cabeça, aparentando não saber.
Ele tentou outra vez:
— Ela disse quando voltaria?
— Só mais tarde. Ela deixou um bilhete dizendo que poderia se atrasar e que você deveria fazer o meu jantar. Disse que estamos sozinhos.
Jacob colocou a mochila no chão e abriu o zíper do compartimento principal.
— É o seu dia de sorte. Comprei umas batatinhas para nós. — Na verdade, ele comprara para si mesmo, mas depois de ver o rosto dela se iluminar, ele quis que aquilo fosse verdade.
Ela o seguiu até a cozinha, e ele fez um gesto para ela se sentar à mesa. Então, ele serviu a lata de refrigerante em dois copos, dando a Mia o copo com a menor quantidade. Largou as batatinhas em cima de dois guardanapos e passou um deles para ela, antes de enrolar a parte de cima do pacote e enfiar de volta na sua mochila. Mia, sentada com as pernas balançando debaixo da mesa, pegou uma batatinha e ficou olhando antes de colocá-la na boca. Enquanto ela mastigava, Jacob foi esconder a lata de refrigerante amassada por baixo de uma camada de lixo na lixeira da cozinha. Uma vez ele jogara uma lata na lixeira dos recicláveis, achando que sua mãe não perceberia. Ele não cometeria aquele erro de novo.
— Que gostoso. Obrigada, Jacob — disse Mia. Ela era engraçadinha, tão agradecida por tudo que aparecesse no seu caminho.
— De nada.
— Você comprou no posto de gasolina?
Sempre as perguntas. Ele tentava ser paciente com Mia, mas às vezes ela o enlouquecia. Jacob tentava levar em conta que se não fosse por ele, ela não saberia nada sobre o mundo lá fora. Ela tinha aquela porcaria de TV no quarto, mas antes de o pai de Jacob comprar uma antena no supermercado, a TV só ficava mostrando estática. Até hoje a imagem era péssima, mas era melhor do que nada. Presidiários têm mais opções de diversão do que a coitadinha da Mia. — Comprei no Village Mart. Tinha uma garota nova trabalhando lá. Bem simpática. — Ele tomou um gole da bebida. — E bem bonita. O nome dela é Niki.
— Niki — Mia pronunciou, como alguém que está aprendendo uma língua nova.
— Que cor é o cabelo dela?

— Escuro. Quase preto.
— Que nem o meu?
— Que nem o seu, mas mais comprido. Para baixo do ombro. Ela tem olhos escuros como os seus também. — Ele pegou algumas batatinhas e mastigou ao mesmo tempo que Mia. Se a sua mãe chegasse agora, ela o mataria, mas tanto ele quanto Mia sabiam limpar tudo rapidinho se ouvissem o portão da garagem subir. Eram cúmplices não declarados naquele crime. Nenhum deles queria despertar a ira dela.
— Eles têm muitas batatinhas?
Ele fez que sim.
— Muitas. E tem outros salgadinhos também. — As *tortillas* seriam sua primeira opção, mas ele parou de comprar depois de se enrascar por ficar com a camiseta suja de pó do tempero. Ele não notara, mas a sujeira não escapou aos olhos vigilantes da sua mãe. Ela notava tudo. Batata chips sem sabor, ele decidiu então, era a opção mais segura.
— Eles tinham bolinho de chocolate com recheio de creme? — desde que o pai de Jacob lhe dera um bolinho assim, ela ficara um tanto obcecada.
— Tinham. E todos os tipos de refrigerante. Latinhas e garrafas. Eu fiquei em dúvida entre pegar o de cereja ou o tradicional, mas acabei decidindo pelo tradicional.
— Eu gosto mais do de limão.
— Eu sei. Da próxima vez, compro um para você. E um bolinho também.
— Sério, Jacob? Seria tão legal!
Mia precisava de tão pouco para ficar feliz. Essa era a parte boa dela. A parte ruim era ter que manter a existência dela em segredo. A princípio, ele achara difícil. Tantas vezes ele quase deixou escapar, falando sobre ela para um amigo ou um parente. Certa vez, ele chegou a dizer o nome dela por engano, e teve que inventar uma história sobre uma priminha que viera visitar.
— Jacob? — perguntou Mia.
— O quê? — Ele arrotou para fazê-la rir, e conseguiu o que queria. A gargalhada dela parecia sair em bolhas.
— Posso fazer uma pergunta?
— Você já fez.
— Posso fazer *outra* pergunta?
— Certo. — Ele tinha ideia de onde aquilo levaria, e se sentiu desconfortável.
— Onde eu morava antes daqui?

Ele soltou o ar. Ela merecia saber, mas ele fora avisado milhões de vezes para não contar. Sua mãe dissera que todos iriam parar na cadeia se alguém ficasse sabendo. Claro, sua mãe nunca sonharia que seria Mia a fazer as perguntas. Mia não era nem uma pessoa para ela. Era mais como uma boneca que andava ou um aspirador de pó.

— Você morava em outra casa. Uma casa não muito legal.

— Como era?

Jacob lembrou. Ele tinha quase catorze anos na época, idade suficiente para se lembrar exatamente do que vira, mas ele também sabia que, tendo ouvido a versão da mãe sobre os eventos relacionados ao pai, sua memória poderia estar afetada. Ela tinha um jeito de convencer as pessoas de verdades diferentes, que não condiziam com a realidade.

— Era velha, e o telhado estava caindo aos pedaços. Dentro só havia insetos, e você estava suja e com fome.

— Mas, Jacob, eu não tinha uma mãe e um pai que cuidassem de mim?

Ela era só uma criancinha, mas às vezes mexia com os seus sentimentos. Havia algo naqueles grandes olhos castanhos e no jeito que ela olhava para ele que o fazia sentir um aperto no peito.

— Não. — Ele disse, triste. — Você não tinha ninguém para cuidar de você. Por isso que nós te salvamos e te trouxemos para cá.

— Então minha mãe e meu pai estão mortos? — Mia fixou o olhar nele, esperando pacientemente.

— Não sei. Provavelmente.

— Mas não tinha ninguém comigo?

Jacob sentiu sua frustração se transformar em irritação e disparou:

— Chega de perguntas! Você sabe que a gente não deve falar sobre isso. Pare de ser irritante.

Ela abaixou a cabeça, e ele não conseguia mais ver seu rosto. Quando ela olhou para cima, ele viu lágrimas reluzindo nos olhos dela. *Ah, merda.* Agora ela estava chorando.

— Mas Jacob, por que a gente não deve falar sobre isso? — ela disse, baixinho.

Ele suspirou.

— Eu não sei, Mia. Coma as suas batatinhas. — O clima no ambiente havia mudado: era esse o nível de controle que sua mãe exercia. Mesmo quando ela não estava por perto, a imagem dela pairava sobre eles, colocando um entrave nas coisas. Por fim, ele disse. — Não tem nada para contar, Mia. Você só tem a gente.

Ela fungou e pegou outra batatinha. Mia comia devagar, saboreando cada batatinha, enquanto Jacob podia comer o pacote todo de uma só vez, se assim se permitisse. Ter autocontrole com comidas gostosas não era o seu forte. Quando havia algo delicioso na sua frente, ele ficava maluco. Quando estava fora de vista, mas disponível, a comida o chamava. Mia dava mordidinhas delicadas e vagarosas. Talvez por isso ele fosse tão corpulento, enquanto Mia era uma coisinha tão pequenina.

Algum dia ele contaria a Mia o que se lembrava de quando eles a encontraram, mas não seria hoje. Ela era muito nova e inocente, e sua vida anterior fora horrível demais. Tudo que ela precisava saber é que sua situação era péssima, então Jacob e sua mãe a trouxeram para morar com eles. Ele se lembrava de como seu pai ficara enfurecido quando eles chegaram de uma viagem a Minneapolis, para o funeral do avô, e descobriu que eles, de alguma forma, tinham arranjado uma garotinha em algum lugar em Wisconsin, a caminho de casa.

Era simples assim. Antes, eles não tinham Mia e depois passaram a ter. E a forma como eles a pegaram parecia coisa do destino. Na verdade, sua mãe dizia que fora o destino: uma chance de ter uma menininha, depois de haver perdido a pequena Olivia.

Cerca de duas horas depois de encontrarem Mia e voltarem para a estrada, sua mãe parou no Walmart para comprar fraldas e roupas novas para ela, enquanto ele e Mia esperavam no carro. Naquela noite, eles dormiram em um hotel, e ela cortou o cabelo da garotinha, que estava tão emaranhado e cheio de nós que o pente não passava. A prioridade seguinte era um banho. A água e a toalha de banho ficaram marrons quando Mia saiu, parecendo outra criança. Mia ficou em silêncio o tempo todo, brincando com a água, deixando que a mãe dele fizesse o que queria. Como uma boneca.

No final das contas, Mia nem precisava de fraldas. Ela estava usando uma calcinha encharcada de urina quando eles a encontraram, que deixou um fedor horrível no carro, então eles presumiram que ela não fora desfraldada, mas na verdade ela era, e conseguia se segurar até chegar a um banheiro. Naquele primeiro dia, ela ficou em silêncio o tempo todo, sem chorar ou fazer barulho, mesmo tendo o cabelo puxado com o pente.

Depois disso, eles a alimentaram, e ela comeu como uma esfomeada. Comeu tão rápido que chegou a vomitar, e a mãe obrigou Jacob a limpar. Depois disso, eles começaram a dosar a comida em pequenas quantidades, o que parecia funcionar melhor.

Jacob foi quem carregou Mia para dentro quando eles voltaram para casa. Ela adormecera no carro. Ao entrar, ele a deitou devagar no sofá. Obviamente, seu pai tinha muitas perguntas, e sua mãe dera a versão abreviada:

— E, claro, nós tivemos que tirá-la de lá. O que mais poderíamos fazer? — A mãe dele fazia tudo parecer tão simples. Ela tinha duas emoções, até onde Jacob podia ver: ou ela estava satisfeita porque tudo estava do jeito que ela queria ou enfurecida porque não estavam. Sim, ela podia fazer com que a *satisfação* parecesse felicidade, alegria ou orgulho. Ela até podia dar a melhor risada forçada. A raiva era mais difícil para disfarçar, mas ela escondia, agindo como se estivesse indignada com razão ou tentando se controlar. Esse disfarce era uma estratégia para ela. Assim, ela se sentia superior quando os outros se aborreciam, enquanto ela mantinha uma atitude calma.

O pai disse:

— E que tal se parassem na delegacia mais próxima? Isso te passou pela cabeça?

— A delegacia mais próxima? — A mãe pareceu achar graça. — Nós estávamos no meio do nada, Matt. Não tinha nada por lá. Eu dei sorte de encontrar um Walmart para comprar algumas roupas para ela.

Jacob se lembrava de como seu pai ficara furioso ao ouvir que sua mãe pretendia ficar com Mia.

— Você não pode simplesmente ficar com outro ser humano, Suzette — ele dissera. — Ela não é um brinquedo. É uma criança, filha de alguém, e devem estar procurando por ela.

Sua mãe lhe lançou um olhar gelado, do tipo que finca uma punhalada emocional. — Matt, cuida da sua vida.

Aquilo o fez explodir, ele começou a esbravejar, dizendo que aquilo *era* a vida dele, que era a sua casa e sua família e que os dois seriam acusados pelo crime de sequestro. Ele andava rápido pela sala, enumerando motivo atrás de motivo, todos válidos, não que a razão prevalecesse quando a mãe de Jacob estava envolvida. Durante o tempo todo, Mia dormia no sofá, com o polegar na boca. Se ela conseguia dormir durante uma briga dos pais dele, Jacob se decidiu, ela poderia dormir com qualquer barulho.

Seu pai continuou gritando, enquanto sua mãe sorria, como se ela estivesse em vantagem. Ela não fez nada até ele pegar o telefone para ligar para a polícia, então, cruzou os braços e disse:

— Pense bem. Você quer mesmo fazer isso? Você sabe que eu seria obrigada a contar para eles o verdadeiro motivo pelo qual você largou a medicina. Certamente sairia no jornal, e todo mundo ficaria sabendo. Ou imagine que eu publique as fotos de você com aquela sua namoradinha vagabunda? Hein? Ou suas mensagens depravadas? O que seus pais pensariam do filhinho de ouro deles quando o vissem algemado, indo parar na cadeia por sonegação de impostos?

— Você não faria isso. — O sangue sumiu do seu rosto.

— Faria, sim. Claro, vou agir como se você tivesse ameaçado me matar se eu contasse. — Ela sorriu ao pensar. — E todos ficariam sabendo quem você é de verdade e me consolariam pelo meu sofrimento.

Ele hesitou, com o telefone ainda na mão.

— Você não pode provar nada.

Ela riu.

— Você é tão idiota, Matt. Eu tenho provas, cópias de documentos e capturas de telas das suas mensagens com a sua amiguinha. Se você não acredita em mim, vai em frente, liga para a polícia.

Arrasado, ele largou o telefone.

— Então é assim. Você entregaria o seu próprio marido.

— Só se você me obrigasse. Aí eu não teria escolha — ela passou o dedo pelas camadas do cabelo. — Não se dê ao trabalho de procurar a papelada. Está bem escondida. E se acontecer alguma coisa comigo, já tomei providências para levar a informação a público. — Seus lábios se alongaram num sorriso maligno. — Mas não se preocupe, querido. Eu vou te visitar na prisão. E sobre a garotinha, se alguém ficar sabendo, vou simplesmente dizer que ela apareceu na nossa porta. Quem vai dizer o contrário?

Eles se encararam, o clima tão tenso que deixou Jacob tonto. Por fim, o pai sucumbiu.

— Eu só não entendo, Suzette. Por quê? Por que você tem prazer em ser tão má e difícil? Por que você é tão insensata? Seria tão mais fácil não ser assim. Eu e Jacob não merecemos isso. Eu tento te fazer feliz. O que nós fizemos para você nos odiar tanto assim? — De um momento a outro, ele parecia mais velho, derrotado.

— Não seja ridículo. Eu não odeio vocês. Eu só sei o que eu quero. Eu tenho um temperamento forte, e isso é bom. Antes você admirava isso em mim, não é?

Seu pai ignorou a pergunta, mas apontou para Mia com um gesto de cabeça.

— Tudo bem, ela pode passar a noite. Mas eu vou fazer uma pesquisa na internet. Alguém deve estar procurando por ela.

Mas, ninguém procurava por ela. Não apareceu nada sobre uma criança desaparecida em Wisconsin e, mesmo quando seu pai ampliou a busca, não havia nenhuma garota desaparecida cuja descrição se encaixasse com a dela. Mesmo sendo miudinha, o pai de Jacob estimou que Mia teria mais ou menos três anos.

À medida que os dias e as semanas foram passando, seu pai apresentava inúmeros motivos contra a permanência dela ali, mas suas objeções foram se enfraquecendo com o tempo. Mia não falava muito no começo, mas às vezes ela fazia sons, e um deles, respondendo quando lhe perguntaram seu nome, soou como "Mia", então foi assim que passaram a chamá-la. Sempre que ela ficava doente, o pai ficava preocupado, pois ela poderia precisar de uma receita médica, mas aquilo nunca aconteceu. Mia quase nunca ficava doente e, quando ficava, eram só alguns espirros. Sua mãe dizia que era porque ela ficava segura dentro de casa e não mantinha contato com outras crianças.

— Ela está longe de qualquer germe nojento. — Afagava Mia na cabeça. — Você é uma menininha de sorte, sabia?

No início, sua mãe parecia amar Mia, chamando-a por apelidos carinhosos, preocupando-se com ela, vestindo-a com roupinhas fofas de menina, mas depois de uns seis meses, ela pareceu se cansar da coisa toda. Quando descobriu que Mia fazia de tudo para agradar, ela passou a dar tarefas de casa para ela. A cada mês, o trabalho de Mia aumentava. Ela nunca reclamava, fazia o que lhe pediam, sempre de bom humor e com um sorriso no rosto.

Anos mais tarde, Jacob leu uma história sobre Maria Antonieta, em que ela viajava com sua comitiva e, durante uma parada em um vilarejo pobre, ela viu um menino bonitinho e decidiu que queria ficar com ele, então levou-o para morar no palácio. Na história, Maria Antonieta tratava a criança como um bichinho de estimação, mas perdeu o interesse por ele quando começou a ter seus próprios filhos. As semelhanças entre a rainha e sua mãe eram inquietantes. Ele sabia que um dia ela se cansaria de Mia, e o que aconteceria? Ele estremecia só de pensar.

Uma vez, ele ouviu seus pais discutirem sobre o que aconteceria quando Mia ficasse mais velha. Mais ou menos uma semana depois que a menina fora morar com eles, seu pai disse:

— O que você vai fazer quando ela tiver na idade de fazer perguntas? Em algum momento, ela vai querer sair de casa e ver o mundo. E aí?

Sua mãe debochava.

— Você se preocupa sem motivo. Mia mal sabe falar, e está contente. Ela é feliz ali e faz o que mandam, não pode querer o que não conhece.

— E se alguém descobrir que ela está aqui e quiser saber de onde ela veio? Não tem como explicar a aparição de um ser humano, Suzette.

— Ah, Matt. — Ela balançou a cabeça. — Agora você está só criando cenários pessimistas na cabeça. Você também poderia se perguntar *E se um tornado destruir a casa? E se o telhado desmoronar?* A vida é incerta e tudo pode acontecer. Por que ficar pensando no lado negativo? Você deveria tentar ser mais positivo, como eu.

— Então, você não tem planos para o futuro dela? Não tem ideia do que vai fazer quando formos descobertos?

— Quem vai contar? — Sua mãe corria o dedo distraidamente pelas contas do colar. — Nenhum de nós, com certeza. E Mia não pode, então não vejo problema.

— Eu não acredito que você acha que isso é certo e pode continuar assim para sempre. Você sempre teve a cabeça nas nuvens, Suzette. Eu não vou para a cadeia por sequestro porque você perdeu a cabeça.

— Ninguém perdeu a cabeça — ela disse com desdém. — Se o pior acontecer, podemos levar Mia de volta para o lugar onde a encontramos. Nada grave. Não é como se ela pudesse dar detalhes sobre a nossa família. A menina nem sabe onde está. Ela só sabe algumas palavras: *cachorro, sim, não, Mia.* Como poderiam nos encontrar assim?

— Talvez ela saiba muito mais do que isso — o pai dele franziu a testa.

— Mia não fala muito, mas ela ouve. E vai saber o quanto ela entende?

— Bom, se for essa a sua preocupação, nós podemos tratá-la como um porquinho-da-índia. Ou talvez você e a sua namorada possam adotá-la. — Ela saiu devagar da sala, depois de dar a última palavra.

Jacob, que ouvia da outra sala, sentiu um tremor de ansiedade ao ouvir as palavras de sua mãe. Ela já falara sobre a namorada do pai antes, então não era nenhuma novidade, apenas um dos seus comentários maldosos e mentirosos para irritar seu pai, e Jacob também. Foi o comentário sobre o *porquinho-da--índia* que o fez perder o fôlego. Ele teve um quando estava na terceira série, um bichinho bonitinho chamado Duffy. Era branco e caramelo e vivia em uma gaiola no quarto de Jacob. Jacob era imensamente fascinado por Duffy, ficava observando o bichinho girar na roda da gaiola e o tirava lá de dentro para acariciá-lo.

Porém, sua mãe não era tão apaixonada por Duffy. Ela reclamava do cheiro e do barulho que animal fazia. Ver a serragem que o porquinho-da-índia jogava para fora da gaiola a deixava furiosa. É verdade, Jacob não limpava a gaiola tanto quanto deveria, mas ele era uma criança. Além disso, era o quarto dele. Se alguém tivesse que achar ruim a bagunça ou o barulho, deveria ser ele.

Um dia ele chegou da escola e viu que o bichinho não estava na gaiola, a portinha estava entreaberta. Ele o procurou, desesperado, pelo quarto todo, chamando Duffy pelo nome, em vão. Mesmo Jacob sendo um garoto crescido, começou a chorar. Ele foi até a mãe, que não estava surpresa, mas o seguiu em silêncio até o quarto.

— Tá vendo? — Jacob disse, dando um passo para o lado para deixá-la ver a gaiola. — Ele não tá aqui. De manhã ele estava, e agora sumiu.

— Estou vendo. — Suas sobrancelhas franziram. — Você deve ter deixado a porta da gaiola aberta. A porta do seu quarto estava fechada hoje?

— Não. — Seu comentário sobre a porta da gaiola o intrigou. Ele tinha certeza de que fechara e trancara a portinha, mas agora estava em dúvida. Será que ele teria esquecido?

Ele e a mãe fizeram uma busca rápida pela casa, a mãe ficando até de joelhos e mãos no chão para procurar por baixo dos móveis. Quando seu pai chegou em casa, ele participou da caçada.

— Não acho que ele possa ter ido muito longe — seu pai disse, concentrando-se nos quartos do andar de cima. Por fim, seu pai sugeriu deixar a gaiola no chão, com a porta aberta. — Talvez ele fique com fome e volte.

— É uma boa ideia — disse sua mãe, fazendo um sinal de aprovação.

Naquela noite, Jacob ouviu seus pais discutindo com as portas do quarto fechadas. Ele só conseguiu ouvir o que eles estavam dizendo quando foi até o corredor, quando ouviu sua mãe dizer:

— Bom, talvez se você tivesse consertado a trava da tela, isso não teria acontecido.

— Você quer que eu acredite que um porquinho-da-índia desceu as escadas e conseguiu abrir a tela para sair de casa? — seu pai soava incrédulo.

— Fala a verdade, Suzette. O que aconteceu?

— Como é que eu vou saber? — Jacob ouviu a irritação em sua voz. — Eu ajudei o Jacob a procurar. Ele estava tão transtornado. Eu me senti tão mal por ele.

Jacob nunca mais viu Duffy. Por fim, ele e o pai limparam a gaiola e a levaram para o porão. Ele não pensava no animal há muito tempo, mas ao ouvi-la falar sobre *tratá-la como porquinho-da-índia*, ele sentiu todas as peças do quebra-cabeça se encaixando no seu cérebro. O tanto que a mãe reclamava de Duffy. A porta da gaiola aberta, mesmo ele tendo certeza de tê-la trancado. O sumiço misterioso.

Jacob sempre suspeitara de que a mãe fosse capaz de qualquer coisa, e agora ele tinha certeza de que era verdade. Ele desejou que ela tivesse dado Duffy para alguém, e não que o tivesse soltado para fora. Mas ele não duvidaria de nada vindo dela.

Agora, Mia interrompia seus pensamentos.

— Jacob, o que você vai fazer para o jantar?

— Não sei. O que você quer?

— Cachorro-quente?

Jacob sabia que havia salsichas e pães congelados no *freezer*, no fundo da gaveta, debaixo de outras coisas. Sua mãe provavelmente não se lembrava que havia aquilo ali.

— Certo, você que manda. É meio cedo para jantar, mas se você quiser, eu posso fazer agora. O que você acha?

— Sim, por favor.

— Seu desejo é uma ordem, pequena.

— Ah, Jacob, você é a melhor pessoa do mundo. — Ela deixou escapar um suspiro baixinho, de tão feliz que estava.

Ele não conseguiu evitar um sorriso. *A melhor pessoa do mundo?* Era um baita elogio, e ele deveria se sentir lisonjeado, mas só conseguia pensar que Mia conhecia apenas três pessoas ao todo, então a concorrência não era tão grande.

Capítulo 18

Morgan estava sumida há quase quatro anos quando eles receberam as primeiras notícias. Era final do dia, durante a semana, no mês de julho, e estavam fazendo o que costumavam fazer após o trabalho. Edwin estava no fogão preparando o jantar, enquanto Wendy estava sentada no balcão da cozinha, respondendo e-mails no *tablet*, quando a polícia tocou a campainha.

Edwin parou de refogar os legumes e trocou um olhar intrigado com Wendy.

— Eu atendo — ela disse, descendo da banqueta para ir até a porta da frente. Ela esperou que fosse o equivalente físico de um *spam*, talvez uma criança da vizinhança pedindo doações para o time esportivo ou uma empresa de segurança passando uma conversa para vender seus serviços, então foi uma surpresa ver o detetive Moore parado na porta, com uma expressão séria no rosto.

— Senhora Duran? — ele disse, e seu tom de pena fez o coração dela afundar.

— Sim? — Wendy se viu prendendo o ar, como se fosse precisar do fôlego para mais tarde. — Você tem notícias sobre a Morgan? — Em um instante, ela ouviu o som do próprio coração batendo. Ela se segurou na lateral do batente da porta para se apoiar.

Em vez de responder, ele perguntou:

— O seu marido está em casa? Gostaria de falar com vocês dois juntos.

Ela fez que sim.

— Entre, por favor. — Ela o deixou parado na frente do tapete da entrada enquanto ia buscar Edwin.

Assim que todos se sentaram na sala de estar, Edwin se adiantou:

— Você tem notícias da nossa filha? — Ele apertou a mão de Wendy com carinho. Ela nunca se sentira tão grata por seu toque tranquilizador.

— Tenho. — Ele estava com um estojo com capa de couro nas mãos, do tamanho de uma pasta, algo que ela não notara antes, e agora abria para vasculhar dentro.

Wendy não conseguia mais esperar.

— Ela está morta, não está? — Ao dizer as palavras, ela sentiu que morria um pouco por dentro, mas precisava saber.

— Senhora, isso eu não sei. — Ele tirou algo do tamanho de um cartão de visitas e se levantou para mostrar a eles. — Vocês podem confirmar se esta é a carteira de motorista de Morgan?

Edwin pegou o documento e o segurou na palma da mão, enquanto Wendy se aproximou para enxergar melhor. Sem dúvidas, era a carteira de motorista de Morgan — aquela que ela ficou tão feliz ao conseguir aos dezessete anos. Na época, Morgan reclamara sobre a foto, mas Wendy achava que ela estava linda.

Edwin olhou para cima.

— Sim, esta é a carteira de habilitação da nossa filha.

— Ela se acidentou? — Wendy perguntou.

— Não. — O detetive mudou de lugar. — O documento foi encontrado durante uma investigação em Ash County. Um locador apresentou queixa na polícia por causa de um conflito com os inquilinos. Ele disse que estavam com o aluguel atrasado e, quando foi cobrar, o homem sacou uma arma e atirou. Por sorte, não acertou. Quando o delegado foi lá investigar, já tinham ido embora e o lugar estava destruído. Encontraram a carteira de habilitação no meio das coisas que os inquilinos deixaram.

Ash County? Wendy processou a ideia de que sua filha estivera em Wisconsin o tempo todo, que era possível que ela nunca tivesse saído do estado.

— Você acha que ela estava sendo mantida lá contra a vontade? — Edwin fez uma pergunta que não ocorrera a Wendy.

— Não temos muitas informações, mas não parece o caso. Os inquilinos eram um casal jovem, e o aluguel era sempre pago em dinheiro. O locador não ajudou muito, ao olhar para a carteira de motorista, não conseguiu confirmar se a mulher era Morgan, mas disse que poderia ser. Não conseguiu descrever bem o rapaz e só sabia o primeiro nome dele. Keith, talvez? — O detetive Moore ergueu uma sobrancelha. — Acredito que fosse esse o nome do namorado da Morgan, certo?

Havia tanto para digerir que Wendy sentia que estava sendo golpeada pelas palavras. Ela disse, baixinho:

— Sim, o nome dele era Keith.

— Eu estou com uma cópia do boletim de ocorrência, se vocês tiverem interesse.

— Sim, nós gostaríamos, obrigado — Edwin disse.

— Obrigada — Wendy repetiu, mas as palavras eram vazias.

Será que poderia mesmo ser Morgan? Fugindo do aluguel e deixando um imóvel destruído? Morgan e seu irmão tiveram uma boa criação. Edwin e Wendy viviam em função disso. Quantas vezes Edwin dissera: — Eu só quero que nossos filhos sejam felizes. — Talvez eles tivessem sido muito flexíveis? Era uma escolha tão difícil.

Wendy não queria pensar que sua filha estava vivendo aquele tipo de vida, mas a verdade é que ela não sabia.

O detetive a encarou. Ela achava que ele tivesse a idade de Morgan, uns vinte e poucos anos, mas as rugas ao redor do seu olhar de compaixão a fizeram perceber que ele devia ser mais velho.

— Repito, me desculpem por não ter mais informações.
— O locador sabia se eram casados? Ou se eles tinham algum emprego? — Wendy perguntou.

Ele balançou a cabeça.

— Quando você ler o boletim de ocorrência, vai saber de tudo o que eu sei. Eu vim direto para cá, porque achei que era importante mantê-los atualizados.

— Claro — Edwin disse. — E agradecemos muito por isso. — Ele olhou para a carteira de habilitação que segurava. — Podemos ficar com isso?

— Com certeza. — Ele voltou a atenção à pasta de couro e, por fim, tirou algumas folhas de papel de dentro. — Aqui está uma cópia do boletim de ocorrência.

Edwin estendeu a mão para pegar.

— Obrigado.

O detetive Moore disse:

— Vou deixar com vocês, então. Se tiverem mais alguma pergunta, fiquem à vontade para me ligar. — Ele se levantou. — Não estou dizendo que eu vá ter respostas, mas se eu puder descobrir alguma coisa para vocês, eu certamente o farei.

Eles o acompanharam até a porta, agradecendo-o pela visita.

O detetive Moore se virou para dizer uma última coisa:

— Queria que vocês soubessem que não nos esquecemos de Morgan. Eu sempre penso nela, na verdade. Mas ficamos limitados quanto ao que podemos fazer, dadas as circunstâncias.

— Nós entendemos — Wendy disse.

Edwin acrescentou:

— Agradecemos por você trabalhar no nosso caso.

Assim que o detetive saiu, os dois se sentaram no sofá para ler o boletim de ocorrência. Era breve e redigido de maneira formal. A não ser pelo tiro disparado contra o locador, não havia nada dramático. Apenas fatos. Wendy notou que a data indicada era de apenas quatro dias atrás. Ela não conhecia a cidade, mas uma busca rápida no Google mostrou que ficava a duas horas de distância da casa deles.

Assim que terminaram de ler, Edwin disse:

— Então, teoricamente, até quatro dias atrás, ela estava a duas horas daqui.

— Teoricamente? — Wendy pegou a carteira de motorista. — Eu diria que é mais do que uma teoria. Não há dúvidas que este documento seja dela.

Edwin estava com uma expressão pensativa, que Wendy chamava de *jeito de pensar*. Era ela que se apressava a tirar conclusões, enquanto ele preferia ponderar sobre todas as possibilidades. Em geral, o método dele funcionava melhor, mesmo assim a deixava enlouquecida.

— O documento é dela, mas não sabemos se a mulher em questão era ela. Alguém pode ter encontrado a carteira de habilitação ou roubado. Roubo de identidade é algo que acontece o tempo todo. Pode até ter sido deixada por um antigo inquilino.

— Mas o nome do rapaz era Keith — Wendy argumentou. — Seria uma grande coincidência.

— É verdade. Mas talvez fosse outro Keith, ou talvez o mesmo Keith com outra mulher.

Eles ficaram sentados em silêncio por um momento, até ela perguntar quase sem voz:

— Por que você não me deixa ter esperanças?

— Ah, querida. — Ele a envolveu nos braços. — Não estou tentando acabar com as suas esperanças. Estou tentando evitar que você se machuque.

— Eu já estou machucada. — Ela deitou a cabeça no ombro dele. — Eu preciso disso, Edwin. Você não imagina o quanto eu preciso disso.

— Eu sei.

— Acho que você não entende.

— Eu entendo. Mas nós processamos as coisas de formas distintas. — Ele beijou o topo de sua cabeça. — Eu tive uma ideia. Por que não ligamos para o locador para ver o que ele pode nos dizer?

O nome do locador era Craig Hartley. A ligação feita para o número que constava no boletim de ocorrência caiu em uma gravação. Edwin deixou uma mensagem de voz: *Olá, senhor Hartley. Aqui quem fala é Edwin Duran, e estou interessado em informações que você possa ter sobre seus antigos inquilinos.* Ele pediu que o locador retornasse a ligação o mais rápido possível, deixando o seu número de celular e o de Wendy. Em seguida, continuaram o que estavam fazendo, com uma sensação de desconforto pairando no ar.

Durante o jantar, Wendy disse:

— E se ele não retornar a ligação?

— É meio cedo para se preocupar com isso, você não acha?

Ela inclinou a cabeça.

— Não é cedo. Já faz anos. Cada minuto que passa é demais para esperar.

— Pelo silêncio, ela pôde ver que seu argumento o convencera.

Depois de terminarem de comer e lavar os pratos, ela deu um aviso:

— Se até amanhã de manhã não tivermos resposta, vou tirar o dia de folga, pegar meu carro e ir até aquela casa. Quero conversar pessoalmente com esse Craig Hartley. Se eu mostrar uma foto de Morgan para ele, talvez ele possa confirmar se era ela. E se for ela, preciso ver onde ela estava morando até quatro dias atrás.

— Então você já decidiu que a mulher era mesmo a Morgan?

Ela fez que sim.

— Sim. Eu decidi com base em uma carteira de habilitação e no fato de que o nome do sujeito era Keith. Além disso, eu preciso acreditar que era ela. É a primeira informação que indica que ela ainda está viva. Você não vai me convencer do contrário.

— Bom, se você vai, eu também vou. Vamos fazer isso juntos.

*

Era metade da manhã quando eles chegaram. Craig Hartley não havia retornado a ligação de Edwin, então Wendy tentou outra vez, deixando outra mensagem naquela manhã, dessa vez explicando que ela achava que a mulher em questão poderia ser a filha deles, desaparecida há vários anos. Ela pensou que talvez ele pudesse ser solidário com a dor de uma mãe, mas ela sabia que era mais provável que ele não se importasse de qualquer forma. Afinal de contas, o casal ficara devendo o aluguel e disparara uma arma contra ele.

O endereço da casa estava registrado como Avenida Quiet Creek, mas, a certa altura, o asfalto da avenida dava lugar a um pedregulho, e o caminho ficava acidentado.

— Isso sim é fugir dos caminhos mais batidos — Edwin murmurou. Quando chegaram onde a estrada acabava, havia apenas uma estrutura à vista, uma casa caindo aos pedaços. Wendy não conseguia imaginar ninguém morando ali.

— Você acha que é aqui? — ela perguntou, enquanto ele parava o carro ao lado do meio-fio. Ela esticou o pescoço para olhar, mas não havia endereço afixado em lugar algum.

— Só pode ser. É o fim da linha.

Eles saíram do carro e ficaram parados, observando. A casa, se é que dava para chamar assim, era construída com placas de madeira cinza e desgastada pelo tempo, estava escorada em blocos de cimento. Se algum dia já fora pintada ou colorida, não havia mais qualquer sinal de cor. Um pórtico pequeno se projetava à frente. O jardim em volta da casa estava coberto de lixo: latas vazias, pedaços de papel e tecido, um pneu velho e outras peças de carro, todas elas afundadas na lama. O telhado, cedendo, estava coberto de algo verde e peludo. A casa toda não tinha o tamanho da garagem deles.

— Ninguém poderia viver aqui — Wendy disse, por fim.

— Vamos dar uma olhada — Edwin saiu à frente, dando um passo para subir ao pórtico e espiar pela janela de vidro suja nos dois lados da porta. — Não dá pra ver muita coisa.

Wendy segurou na maçaneta e descobriu que girava com facilidade. Ela deu um empurrão e a porta abriu, rangendo. Edwin acenou com a cabeça, em aprovação. Assim que entraram, eles esperaram para os olhos se ajustarem à luz fraca.

— Imagino que a energia elétrica esteja cortada — ele disse. — Se eles não pagaram o aluguel.

— Não acho que tenha energia elétrica aqui. — Wendy vasculhou na bolsa e, ao encontrar o celular, acendeu a lanterna. A casa era composta de um único cômodo, um quadrado cheio de sujeira. As janelas estavam riscadas e encardidas, e o chão estava coberto com pilhas e mais pilhas de lixo. Em um relance, Wendy notou embalagens de iogurte vazias, pacotes de bolinhos e garrafas de cerveja. O único móvel, um sofá esfarrapado cor de mostarda, estava encostado na parede. O cheiro sufocante que invadia a sala só poderia ser de excrementos e urina humana. Em um lado da sala, havia uma panela amassada no chão, cheia do que parecia ser uma água turva. — Meu deus, que cheiro. Como alguém consegue aguentar? — Ela andou com cautela pela área, procurando sinais de Morgan. Ela se imaginou encontrando algum pertence de Morgan ou algo com a caligrafia da filha. Até uma lista de compras teria sido animador, mas estava claro que não haveria nada assim ali. Era como se alguém tivesse esvaziado o lixo do mês todo no chão da casa.

Edwin também pareceu chocado.

— Sem água, sem eletricidade, e não vi nenhum banheiro lá fora. Será que tem alguma coisa lá atrás?

Wendy balançou a cabeça. Eles poderiam dar uma volta no terreno antes de irem embora, mas ela sentia que não faria diferença. Andou pela casa, imaginando se poderia encontrar alguma pista se vasculhasse todo aquele lixo. Edwin deve ter tido a mesma ideia, porque encontrou um cabide de arame e começou a remexer os resíduos. Quando ela estava pronta para desistir, Edwin chegara à mesma conclusão. — Odeio ter que dizer isso, Wendy, mas não tem nada aqui.

— Nem tenho certeza se este é o lugar — ela respondeu. — Deveria ser interditado. Como podem alugar um lugar assim? — Sem dizer em voz alta, *quem* alugaria um lugar assim? Morgan poderia ir para casa a qualquer momento. Por que ela escolheria viver na miséria?

— Eu não sei — ele admitiu. — Talvez você esteja certa e não seja este o lugar. Se você quiser, podemos descer a rua e verificar o endereço mais uma vez. Talvez tenha alguém em casa que possa nos dizer onde o Hartley mora.

No pórtico, depois de fecharem a porta e saírem, Wendy bateu o pó da sua roupa, sem conseguir se livrar do sentimento de ter atravessado uma enorme teia de aranha. Ao menos, do lado de fora, o ar era respirável.

Quando estavam entrando no carro, uma caminhonete branca encostou atrás deles. Eles pararam e esperaram até que um homem atarracado saísse do carro. Ele usava uma camisa *jeans* para fora da calça, de um tom um pouco mais claro, um boné de beisebol e botas de caubói.

— Posso ajudar vocês, pessoal? — ele gritou, aproximando-se.

— Você se chama Craig Hartley? — Edwin perguntou.

— Sou eu mesmo. — Seus olhos se estreitaram. — Quem quer saber?

— Eu sou Edwin Duran, e esta é minha esposa, Wendy. Deixamos mensagens de voz para você.

Craig lhes lançou um olhar duro.

— Vocês são o casal procurando a filha. A que desapareceu uns anos atrás.

— Isso mesmo — Edwin disse. — Se você tiver um tempinho, gostaríamos de fazer algumas perguntas.

— Eu tenho um minuto, não muito mais do que isso. — O tom dele era relutante. — Eu tenho muita coisa para fazer.

— Obrigada — disse Wendy. — Você sabe se o nome da mulher era Morgan?

— Nunca ouvi o nome dela. Eu só falava com o Keith.

Edwin perguntou: — Que tipo de carro eles tinham? Você pegou o número da placa?

— Uma lata velha e, não, não peguei o número da placa. Acho que deveria ter feito isso. — Deu de ombros.

— Você sabe para onde eles iriam depois daqui?

— Não e, sinceramente, eu não me importo. Espero nunca mais vê-los.

Wendy levou a mão à bolsa e tirou duas fotos.

— Esta é a nossa filha, Morgan. É ela a mulher que alugava a casa de você? — Ela entregou as fotos para ele, e ele ficou olhando por um instante antes de balançar a cabeça.

— Pode ser — ele disse, devolvendo as fotos. — Eu mal via a mulher. Na maioria das vezes, eu só conversava com o rapaz.

— Como ele era?

— Um típico bosta. Viciado.

— Você acha que ele usava drogas?

Craig bufou irritado.

— Olha, senhora, eu sei que você sente falta da sua filha e tudo mais, mas, se eu fosse você, pediria a Deus que esse casal não tivesse nada a ver com ela. Para mim, eles eram uns drogados, entendeu? Eu os encontrei escondidos na minha cabana de caça e eles me imploraram para deixá-los ficar, então eu aluguei para eles a cinquenta contos por semana. Um ato de caridade, por assim dizer. Pagaram duas semanas e, depois disso, mais nada. Eles me davam todos os tipos de desculpas, e eu sou um cara bacana, tá legal? Eu dei várias semanas para eles conseguirem se organizar. No final das contas, eu cansei e estava pronto para mandá-los para a rua, aí ele enlouqueceu, sacou um revólver e tentou me matar. Quando os policiais chegaram, eles já tinham ido embora. Isso é tudo que eu sei. Agora vou ter o trabalho de limpar todo o lixo que eles deixaram. Você tenta fazer uma boa ação e o que acontece? Só se ferra, é isso que acontece. — Ele se inclinou para cuspir no chão.

— Eu entendo. — Wendy colocou as fotos de volta na bolsa.

— Não acho que você entenda — Craig disse. — Agora, se vocês não estiverem aqui para pagar o resto do aluguel ou me ajudar a limpar a casa, vou pedir para vocês irem embora.

— Só mais um minuto? — Wendy podia ouvir a súplica na própria voz. — Você sabe mais alguma coisa sobre eles? Eles trabalhavam em algum lugar ou recebiam visitas?

— Senhora, eu não sei. Eles me deram um dinheiro. Eu os deixei ficar. Se isso acontecesse de novo, com certeza mandaria eles embora. É isso que a gente ganha por ser legal. Nunca mais.

Edwin disse:

— Quando você limpar, se aparecer alguma coisa que os identifique, um documento ou qualquer coisa, você poderia nos ligar? Ou informar à polícia?

— Claro! — Ele ergueu as mãos. — Por que não? Agora, se vocês me derem licença. — Ele saiu de perto deles e atravessou o jardim para entrar na casa.

— Obrigada — Wendy falou alto atrás dele.

Entraram no carro, sem falar nada até saírem da estrada de chão e entrarem na estrada de asfalto. *De volta à civilização,* Wendy pensou.

— Que perda de tempo — Edwin disse. — Não conseguimos nenhuma resposta útil.

— Não, nada útil — Wendy concordou. Ela pensou na afirmação de Craig Hartley, de que eles eram um casal de drogados. Se fosse Morgan, ela estaria viva, mas precisando desesperadamente de ajuda. Ela sentiu uma onda de aflição lhe inundar. Que sentimento horrível de impotência. Ela não desejaria isso a ninguém.

Capítulo 19

Já estava escuro quando Niki saiu do Village Mart, às seis da tarde, mas estava a poucas quadras de casa e o caminho era iluminado por postes, então ela nunca sentia medo. Naquela noite, o tempo estava gélido, o vento soprava forte e ela ficou feliz por ter roupas novas e quentes. Lá em cima, o céu noturno estava limpo e nítido, a lua refletindo um feixe brilhante em um pano de fundo azul--escuro. Ela afundou o rosto no cachecol e se curvou um pouco à frente, dando passos apressados. Com a mochila pendurada em um ombro, ela apalpou seu bolso da frente, verificando se estava com o spray de pimenta que Sharon lhe dera. De fato, aquele era o bairro com a menor criminalidade em que ela já havia morado, mas ela se sentia melhor tendo-o à mão. Nunca se sabe.

Niki estava na metade do caminho para casa quando um carro encostou ao seu lado e deu uma buzinadinha. Ela olhou para o lado, não surpreendendo-se ao ver Sharon ao volante. Notara que Sharon tinha desenvolvido uma tendência de, *por acaso,* estar resolvendo alguma coisa mais ou menos na hora em que Niki deveria ir para casa a pé, e então ela parava para levá-la. Niki sentia-se tentada a dizer para ela não se incomodar, que ela não se importava em caminhar, mas era legal ter alguém cuidando dela.

Niki abriu a porta do lado do passageiro e entrou no carro, deixando a mochila no assoalho do carro e afivelando o cinto de segurança.

Sharon a esperou se ajeitar antes de seguir.

— Você teve um bom dia?

Niki notou que ela nem estava mais fingindo que o encontro fora acidental. — Muito bom. Adivinha quem veio comprar um lanchinho?

— Quem?

— Jacob Fleming!

— Sério? — a voz de Sharon tinha uma ponta de incredulidade. — Jacob Fleming. Quais as chances?

— Né? — Niki sabia que Sharon reagiria do jeito certo. — Ele é bem legal, na verdade. Fred nos apresentou e conversamos um pouco.

— Ele contou que a mãe dele tentou fazer uma menina ser demitida da loja de suplementos?

Niki riu.

— Não, não tocamos nesse assunto. Mas acho que nos demos bem. Assim, como amigos. Eu perguntei onde ele morava, ele disse que era na Maple Avenue, e eu disse que morava na rua de trás. Com a minha *avó*. — As duas sorriram. — Conversamos sobre nossas famílias, eu comentei que era filha única e ele disse que também era. Então, perguntei se não tinha mais nenhuma criança em casa, e eu juro que ele hesitou. Ele disse que não, mas sabe quando alguém faz uma pausa e dá pra ver, só pela expressão do rosto, que a pessoa vai mentir? Eu juro que vi isso no rosto dele.

Sharon virou na Maple Avenue, e Niki sabia que, mais uma vez, elas passariam na frente da casa dos Fleming. Tantas vezes elas haviam passado por aquele caminho. Nunca obtiveram nenhuma resposta com isso, mas Sharon continuava tentando.

Mas daquela vez foi diferente.

Aproximando-se da casa dos Fleming, elas viram que a porta da garagem estava aberta, e havia um carro prateado estacionado. A senhora Fleming estava saindo pelo lado do motorista. Ela devia ter acabado de chegar em casa.

— Lá está ela — Sharon disse. — A bruxa malvada de Maple Avenue.

— Meio estranho ela ter estacionado bem no meio da garagem, você não acha? Onde o marido dela vai colocar o carro?

— Talvez ele esteja viajando? — Sharon disse, encostando o carro no meio-fio. — Ou talvez o carro esteja na oficina?

— Viajando, eu diria. Faz uns dois dias que não o vejo da janela.

Sharon desligou o motor e o farol apagou. A senhora Fleming agora estava abrindo o porta-malas.

— Vou lá falar com ela — ela disse. — Vou perguntar se tem uma garotinha morando com ela. — As palavras dela estalavam cheias de determinação.

— Não sei se é uma boa ideia — Niki deixou escapar.

— Não, eu vou lá. Estou cansada de observar e esperar. Vou lá perguntar, pronto.

Niki sentiu um aperto no peito.

— Ela não vai te dizer nada, ela é uma mulher muito má.

Sharon deu de ombros.

— Já lidei com mulheres más antes. Acredite, elas ladram, mas não mordem. Além disso, o que ela pode fazer comigo?

Niki observou Sharon abrir a porta e atravessar a rua ligeiramente para alcançar a senhora Fleming antes que ela entrasse em casa. Ela a ouviu chamar:

— Com licença! — E viu a mulher parar e se virar.

Niki sentiu, ao mesmo tempo, medo e admiração ao ver Sharon correr pela calçada. Uma expressão que Evan gostava lhe veio à mente. *Bolas de aço.* Por trás da fachada simpática, Sharon tinha mais coragem do que a maioria das pessoas, ela tinha que admitir. Niki esticou o pescoço para enxergar melhor as duas mulheres conversando. A conversa não pareceu conflituosa, mas era difícil saber de longe. O que Sharon poderia estar dizendo que justificaria perguntar sobre um estranho na família? Várias ideias lhe passaram pela cabeça. Talvez Sharon estivesse fingindo fazer uma pesquisa? Dizendo que trabalhava para o governo, como recenseadora? Encarregada da vigia do bairro? Niki não conseguia nem imaginar. Quando Sharon voltou para o carro, a curiosidade estava acabando com ela, principalmente porque Sharon estava com um olhar triunfante no rosto.

— E aí? — perguntou, enquanto Sharon entrava e fechava a porta. — Ela te falou alguma coisa?

— Ah, não. Ela não vai entregar tudo assim. Mas ela foi simpática. Reservada, mas simpática.

Sharon ligou o carro e seguiu em direção à sua casa.

— Falei que eu tinha acabado de mudar para o final da rua e que tinha duas netinhas morando comigo. Que um dos vizinhos dissera que ela tinha uma garotinha da idade certa para brincar com elas e eu queria me apresentar para combinarmos um dia para as meninas brincarem. Eu disse que não tinha certeza se estava na casa certa, que às vezes eu sou um pouco esquecida. Eu agi como se fosse uma velha desmiolada.

— Não acredito que você inventou isso tudo. É genial!

— Tenho meus dias de inspiração — Sharon disse com orgulho. — Eu me apresentei com um nome falso e apontei para a rua, para mostrar a minha casa. Ela nem estava prestando atenção. Eu duvido que ela interaja com os vizinhos, e provavelmente nem sabe quem mora no final da quadra. Ela parece daquele tipo cheia de si.

— Muito cheia de si — Niki disse concordando. — E o que ela disse quando você perguntou se ela tinha uma garotinha?

— Ah, ela negou, claro. Disse que quem tinha me falado aquilo estava mal-informado. Que ela e o marido só tinham um filho, um garoto de dezessete anos chamado Jacob. Eu me desculpei pela confusão e perguntei se ela sabia me indicar um dentista, já que somos novas na região. Ela disse que não, que eles não estavam satisfeitos com o dentista deles e que também estavam procurando outro. Então perguntei sobre pediatras. Deu para ver que ela estava se irritando, mas continuou sorrindo. Por fim, ela me cortou e me desejou *tudo de bom*. Ela disse que não podia mais conversar e precisava sair.

Niki esperava um pouco mais.

— Bom, valeu a tentativa de perguntar. Você é mais corajosa do que eu.

O carro virou na Crescent Street e seguiu em frente. Elas estavam quase chegando em casa. Sharon virou para entrar e apertou o botão da porta da garagem. Depois de uma breve pausa para esperar a abertura total do portão, ela entrou com o carro. Assim que desligou o motor, ela disse:

— Ainda preciso te contar a melhor parte.

— Ah é? O quê?

— Na hora em que estávamos nos despedindo, a porta da casa, de dentro da garagem, abriu, e adivinha quem estava parada lá?

— Uma garotinha?

— Totalmente correto. Aquela garotinha abriu a porta e ficou lá parada bem debaixo dos meus olhos, com o rostinho espiando para fora. A senhora Fleming gritou: — Feche a porta! — e então me disse que precisava ir e correu para dentro.

— E isso aconteceu logo depois de ela te falar que não tinha uma garotinha.

— Exatamente. E eu posso afirmar que não era o filho dela. Eu vi a criança claramente. Não era o Jacob. A criança era um toquinho de gente, talvez cinco ou seis anos, com cabelos escuros, num corte tigelinha horroroso. Ela colocou a cabeça para fora da porta da garagem e, quando a senhora Fleming gritou, ela fechou a porta imediatamente.

— Então a senhora Fleming mentiu — Niki refletiu. — Quer dizer, é uma mentira deslavada, porque se fosse uma criança acolhida ou alguém fazendo uma visita, ela teria mencionado, não teria?

— Eu diria que sim. A maioria das pessoas teria mencionado.

— Mas por que alguém esconderia uma criança em casa?

— Não consigo pensar em nenhum bom motivo.

Niki se lembrou de notícias de pessoas que eram raptadas e mantidas prisioneiras por anos. Será que aquilo poderia acontecer em bairros de classe média? Talvez. Não é como se as pessoas fossem mais éticas só por terem dinheiro. Havia inúmeros criminosos e pessoas horríveis de todas as classes sociais.

— Será que devemos ligar para a polícia? Contar o que sabemos?

Sharon disse:

— Tenho a sensação de que alguma coisa precisa ser feita, mas talvez a gente deva conversar com a Amy antes.

Niki concordou.

— A Amy vai saber o que fazer.

Capítulo 20

Mia sabia que estaria encrencada quando abriu a porta da garagem e a Senhora gritou com ela, mas ela ainda não fora punida, então afastou o sentimento ruim e pensou no fato de que ela e Jacob agora tinham um novo segredo. Ela sorriu com alegria ao pensar nisso.

Alguns dias antes, ele desceu ao porão depois que ela já tinha ido se deitar e bateu de leve na porta dela antes de destrancar e entrar. Ela sabia que era Jacob antes de colocar os olhos nele, porque ele era o único que batia.

Mia sentou na cama e piscou quando ele acendeu a luz.

— Jacob?

— Desculpe por isso — ele disse, apontando para a luz. — Eu te acordei?

Ela balançou a cabeça.

— Não. — Mesmo se ela estivesse adormecida, não teria se importado. Quando Jacob vinha vê-la, seu dia ficava muito melhor. Não acontecia com frequência, mas quando acontecia, ele vinha com presentes: geralmente livros ou lanches. Da última vez fora um livro de caça-palavras, novinho, e ele lhe dera uma caneta só dela, para circular as palavras. Era o tipo de livro em que dava para escrever, ele dissera.

Sempre que Jacob lhe dava um presente, ele a advertia para não deixar a mãe dele saber. Se a Senhora descobrisse, eles pagariam caro. Mia não sabia exatamente o que aquilo significava, mas ela conhecia a Senhora o bastante para saber que seria ruim.

— Ei, baixinha — dissera naquela noite poucos dias antes. — Você tem um minuto para fazer uma coisa bem legal? — Ergueu uma sacola plástica.

Mia fez que sim com empolgação, e ele se sentou à beira da sua cama.

— Vou te perguntar uma coisa, e vai parecer estranho, mas acho que é uma boa ideia. Vou explicar tudo para você, aí você pode decidir se quer fazer, tudo bem?

— Tudo bem. — Ela gostou de poder ter escolha, mas sabia que se Jacob achava que era uma boa ideia, então provavelmente era uma boa ideia mesmo.

— Tá vendo isso? — Ele tirou uma caixa de dentro da sacola. — Eu comprei para você, e já li as instruções. É um tipo de teste especial. — Ele abriu a caixa e tirou de dentro um objeto de plástico, que segurou na mão. — Você vai cuspir neste frasco aqui. Quando estiver cheio, vou mandar pelo correio para um lugar, e eles vão fazer testes na sua saliva, para procurar por uma coisa que se chama DNA. Esses testes dizem muitas coisas sobre quem cuspiu. Eu espero que, assim, a gente consiga saber mais sobre o lugar de onde você veio e se existe algum parente seu.

Ela ficou intrigada.

— Parente meu? O que isso quer dizer, Jacob?

Ele ficou sem responder pelo que pareceu muito tempo, e então disse:

— Eu não acho que seu pai e sua mãe estejam vivos, mas talvez você tenha outros parentes: tias ou tios, ou primos, quem sabe. Talvez avós. Este teste pode nos dizer, se você tiver.

Mia sabia quem eram aquelas pessoas por causa dos programas de TV e dos livros, mas ela nunca achou que poderia ter os dela.

— Você acha mesmo, Jacob? Eu posso ter uma avó? — As avós da TV eram sempre legais.

— É possível. Mas, olha, Mia, isso pode não levar a nada, então não quero que você crie muitas expectativas, tudo bem? A gente faria isso só para descobrir tudo o que for possível, entende?

— Entendo.

— Se não der em nada, não quero ver você chorando por causa disso. Você ainda vai ter a gente, não vai? Não é como se você fosse perder alguma coisa.

Ela fez que sim.

— Tudo bem.

— Você tem alguma pergunta?

— Como funciona esse negócio com a minha saliva? Como isso tem a ver com os parentes? — Ela queria que fosse verdade, mas nada aquilo fazia sentido.

Jacob balançou a cabeça.

— É muito complicado. Confie em mim, funciona. Você confia em mim?

— Confio.

— Então você quer fazer?

— Quero — disse ela, entusiasmada.

— Você não pode dizer nada para a minha mãe e para o meu pai, entendeu? Se minha mãe descobrir, ela pode me matar. Você não quer que isso aconteça, quer?

— Não vou dizer nada — ela garantiu.

Cuspir no frasco foi um grande desafio, mas Jacob foi paciente com ela. Ele foi dando instruções, dizendo-lhe para ir com calma. O segredo, ele disse, era deixar a saliva se acumular na boca por um tempo antes de cuspir. Em certo momento, sua boca ficou seca, e ele a deixou descansar um pouco. Ela não tinha certeza se conseguiria juntar toda a saliva, mas depois de alguns minutos, deu certo. Quando a saliva atingiu a linha do frasco, Jacob a parabenizou com um soquinho. Ela observou enquanto ele tirava a parte mais larga de cima do tubo e rosqueava uma tampa para fechar.

— Parece um tubo de ensaio — ela disse.

Jacob olhou para ela surpreso.

— Como você sabe o que é um tubo de ensaio?

Mia encolheu os ombros.

— Sabendo, ué.

— Você é uma pessoinha esperta.

Ela gostava quando Jacob dizia gentilezas como aquela. Enquanto ela observava, ele colocou o tubo de ensaio em um saco plástico transparente, tirou um pedaço de plástico azul que envolvia a parte de cima, e pressionou para fechar. Feito isso, ele colocou tudo em uma caixa e fechou bem firme.

— É só isso. Vou mandar pelo correio e, em algumas semanas, teremos os resultados. Ele disse.

— Resultados?

— Um relatório que vai contar sobre a sua família.

— Isso também vai chegar pelo correio?

— Não, eu vou poder ver pela internet.

Mia sabia o que era internet. Jacob e seus pais estavam sempre de olho nos seus celulares ou outras telas, mas ela não podia. Eles podiam achar de tudo por lá: informações sobre o tempo, sobre o jogo de futebol que estava passando, quanto tempo levava para assar um frango. Qualquer pergunta que uma pessoa tivesse poderia ser respondida pela internet. Jacob às vezes a deixava olhar, quando não tinha ninguém por perto, e uma vez ele tinha até tirado uma foto dela, mas ele sempre ficava segurando o celular. Talvez um dia ela também pudesse.

— E depois você vai me falar o que tem nesse relatório?

— Acredite, baixinha, depois que eu descobrir, você vai ser a primeira a saber.

Capítulo 21

— Mia! — Suzette berrou entrando em casa. — Venha aqui agora mesmo! — Ela geralmente se orgulhava de ter um tom de voz agradável — seu professor de música da faculdade até a elogiara pelos seus tons suaves — mas aquela frase saiu de um jeito gutural, excessivamente alto. Ficou enfurecida ao ouvir a própria voz tão feia, absolutamente desnecessário. Por que a sua família a obrigava a chegar a esse ponto?

Mia saiu envergonhada da cozinha, mostrando no rosto que sabia que estava encrencada, com o corpo tremendo por saber o que estava por vir. *Ótimo.* Ao menos uma pessoa naquela casa entendia quando havia quebrado as regras. Suzette estava tão cansada de ter que manter todos sob controle. Era desgastante.

— Sim, Senhora? — Mia disse baixinho.

Suzette deixou cair a bolsa e as sacolas de compra e agarrou Mia pelos braços, prendendo-os junto ao seu corpo.

— Você pode me explicar o que foi aquilo? — Como a garota não respondeu, ela abaixou o rosto para ficarem frente a frente. — Você pode abrir qualquer porta lá de fora? — Ela chacoalhou Mia com tanta força que a criança começou a bater os dentes.

— Não, Senhora.

— Mas você abriu mesmo assim, não abriu?

— Sim, Senhora.

— Por que você fez isso sabendo que não podia? Por quê? — Ela sentiu a raiva crescer dentro dela, podia torcer o pescoço daquela criança se quisesse, mas se segurou. Ninguém dava o devido valor às situações em que ela poderia ter agido com raiva, mas não agiu. Houve momentos tentadores. Ela poderia ter arruinado a vida de Matt e o colocado na cadeia. Ela poderia facilmente mostrar a todos o bicho-preguiça sem noção que Jacob era e, quanto à Mia, ninguém sentiria falta de uma criança que nem existe.

Mais do que não ser valorizada por não acabar com eles, ela não recebia o reconhecimento que merecia por fazer o oposto. Com frequência, ela falava bem do filho e do marido, deixando de lado suas muitas fraquezas e criando atributos de personalidade fictícios que eles não tinham e nunca teriam.

Ela contava histórias dizendo que Matt a enchia de presentes extravagantes, dizendo: — Eu digo para ele que não precisa, mas ele insiste! Ele diz que nada é bom o suficiente para sua alma gêmea. — Os mimos eram justificados pela ideia de que Matt lhe daria aqueles presentes se ele ao menos reconhecesse a sorte que tinha por tê-la como esposa. Ela o fizera deixar de ser um imbecil e o transformara em um marido iluminado, algo muito gentil de sua parte. Em suas conversas fiadas, seu marido lhe escrevia bilhetinhos amorosos, que ela citava às mulheres dos seus círculos sociais.

Quanto à Jacob, ela precisava se esforçar para pensar em como fazê-lo parecer melhor. Suas notas eram horríveis e ele obviamente não era um atleta. Seu gosto para roupas era lamentável, assim como seus modos. Nada daquilo era culpa dela. Ela tentava ajudá-lo, tentava mesmo. A única opção que restava era retratá-lo como um artista secreto, um gênio disfarçado, alguém que não se importava em se conformar às expectativas da sociedade. Sozinha, ela era uma empresa de relações públicas encarregada de fazer a família Fleming ser invejada por qualquer um com quem ela tivesse contato. E, agora, Mia fizera algo idiota que poderia destruir tudo o que trabalhara tão duro para construir. Ela chacoalhou a garota mais uma vez.

— Responda!

— Desculpe — ela choramingou.

— Por quê, Mia? Por que você não me escuta? — Muitas vezes, Mia era apenas uma tela em branco, o rosto dela não dava nenhuma indicação do que estava acontecendo dentro daquele cérebro problemático. Essa era uma dessas vezes, o que deixava Suzette furiosa. Ela a empurrou contra a parede, esperando algum tipo de resposta, mas Mia só tremia e balançava a cabeça. — Você quer que a polícia venha e te prenda? É isso que você quer?

— Não, Senhora. — As palavras saíram em um sussurro.

— É isso que vai acontecer, sabia? Vão jogar você numa cela escura sem comida e sem água, cheia de ratos e insetos rastejando em cima de você. Parece divertido para você?

— Não, Senhora.

— Aqui, nós te damos uma casa boa, segura e confortável. Tudo que eu peço é para você seguir as instruções. Não é tão difícil, Mia, não é nada difícil.

— Sim, Senhora.

Suzette se lembrava de quando ela achava que Mia era um presente do universo, uma oferta para ajudar a superar a perda da bebê Olivia. *Há!* Não poderia estar mais enganada. Em poucos meses, ela percebeu que Mia não tinha o brilho que sua filha certamente teria. Olivia teria sido como Suzette, uma pessoa encantadora com uma personalidade dominante. Aquela criança tinha a personalidade de um pano de prato. Ela a chacoalhou de novo.

— Você precisa aprender, Mia. Comece a prestar atenção.

— Sim, Senhora.

Os passos pesados de Jacob desciam as escadas enquanto ela terminava de corrigir Mia. Sem dúvidas, ele planejava defender a empregadinha, algo que ele passou a fazer ultimamente. Sua interferência não era adequada. Ela não permitiria que um adolescente, um moleque, determinasse como ela tomaria conta da própria casa. Ainda estava pressionando Mia contra a parede quando ele apareceu, e nem se deu ao trabalho de virar a cabeça para notar sua presença.

— Nossa, mãe, estou ouvindo você lá de cima com o fone no ouvido. Qual é o problema agora?

A imagem dele, desleixado e gordo vestindo roupas enormes, a enojava. Mais ainda pela insinuação de que sua voz alta era uma reação exagerada.

Ele achava mesmo que ela queria vir para casa e encontrar outro problema para resolver? Não, ela não queria. Não seria bem melhor se todos fizessem o que ela mandava? A casa funcionaria bem, como um motor bem azeitado, e o mundo todo daria certo. Se eles seguissem as regras dela, a casa seria uma bela de uma utopia. Ela não estava pedindo demais.

Jacob chegou mais perto.

— Mia, tá tudo bem?

Então, era isso. Ele nem se importava com ela, mas presumia que ela estava exagerando e que Mia não tinha culpa nenhuma. Basicamente, ele estava escolhendo Mia em vez da própria mãe. Que insulto, depois de tudo que ela fizera por ele. Em um impulso de retaliação, ela empurrou Mia, derrubando-a no chão. Mia caiu com força, batendo a cabeça na parede ao cair. Suzette ficou feliz ao ver o choque no rosto de Jacob. Ela sempre sabia como chamar sua atenção.

— A Mia está bem — disse, ríspida. — Chegamos a um acordo, não foi, Mia?

Mia concordou em silêncio enquanto se sentava. Jacob congelou, seu rosto rechonchudo demonstrando horror.

— E, por fim, para deixar as coisas bem claras, Mia vai ficar sem jantar esta noite. E você também, Jacob, já que você não estava de olho nela. — A julgar pelo seu olhar, ela escolhera o castigo perfeito. Jacob ficaria chorando no quarto sem jantar, mas seria uma boa lição. Onde ele estava enquanto Mia estava expondo o segredo da família para uma estranha na garagem? Ele precisava assumir a responsabilidade por aquilo tudo. E para ele não seria um problema pular uma refeição. Ele tinha bastante gordura para queimar.

— Tá bom, mãe. Desculpe por não ficar de olho na Mia.

— Melhor assim. Agora vai colocar a Mia para dormir, e quero que você também passe o resto da noite no seu quarto. Vocês dois estão de castigo.

— Sim, mãe.

Mia se levantou com dificuldade e seguiu Jacob até a escada do porão. Assim que eles saíram de vista, Suzette entrou na cozinha para começar a noite. Ela quase conseguia sentir o gosto do vinho. Havia uma garrafa fechada de vinho branco esfriando na prateleira superior da geladeira. Seria sua primeira escolha, mas ela realmente precisava acabar com o *merlot*. Ela não gostava de ter várias garrafas abertas. Tão impróprio.

Sentada à mesa, saboreando seus primeiros goles de *merlot*, sua mente vagou para a velha que havia tido a audácia de entrar na sua garagem sem ser convidada. Que ousadia. Ela parecia bastante inofensiva, mas era estranho ela ter perguntado especificamente sobre uma garotinha. Só podia ser uma coincidência, mas era desconcertante.

Aquela semana estava colocando todos os tipos de desgostos no caminho dela. Primeiro, Dawn, da Magnificent Nutrition, ligando para contar que a avó da sua funcionária fizera ameaças sobre seu pedido especial, e agora aquilo. Suzette ouviu o pânico na voz de Dawn, mas não se preocupou. Ao que lhe parecia, não havia nada que pudesse levar até ela. Ela pagava em dinheiro e levava em uma sacola não identificada. Grande coisa. Mesmo se ela fosse pega com as pílulas, poderia dizer que não tinha ideia do que eram, que alguém devia ter trocado suas vitaminas.

A velha não era bem uma preocupação, só um incômodo. Não teria como ela saber sobre Mia. A criança nunca saía de casa, e as janelas do primeiro andar estavam sempre fechadas. Ninguém sabia que ela morava lá. Mas, claro, Mia tinha que abrir a porta bem naquela hora, no pior momento. A mulher não pareceu notar. Por sorte, ela parecia um pouco desmiolada, então não haveria problemas. Mas não poderia acontecer de novo e Suzette tinha certeza de que não aconteceria. Ela havia inspirado o temor divino em Mia, e em Jacob também. Ou talvez fosse o *temor de Suzette*. Ela riu da sua nova versão da expressão.

Era em momentos como aquele que ela sentia falta do pai. Ele falecera há cerca de três anos. Três longos anos. Tanto tempo para estar sem a única pessoa que a conhecia de verdade, e que a aprovava de todo o coração. A mãe dela ainda estava viva, mas era uma inútil. Ela fora uma mãe terrível quando Suzette era criança e agora, depois de envelhecer, ficara carente e complicada. Suzette ficava contente em deixar o irmão, Cal, tomar conta da velha. Ele estava, com certeza, planejando ficar com a parte dela na herança. Um idiota ganancioso, agindo como se a mãe importasse para ele, levando-a a consultas médicas e ajudando nos reparos da casa. Era tão óbvio que ele estava apenas tentando bajular. Bom, se ele queria deixá-la de fora da fortuna da família, precisava merecer.

Seu pai sempre lhe dizia que ela era especial e que se encantava a cada passo dela. Ele dizia: — Tudo que você precisa saber sobre Suzette é que ela está sempre certa e precisa ser o centro das atenções. — Ele dizia com tanto carinho que ela se iluminava ao ouvir aquelas palavras. Para ele, ela sempre estava certa, e ele ficava feliz por tê-la no centro do seu mundo. Durante sua infância, ele era sua torcida pessoal. Quando as outras garotas eram malvadas com ela, ele dizia que eram invejosas. Se ela não ganhava um prêmio na escola, ele dizia que os jurados eram idiotas. Quando os amigos viravam a cara para ela, ele dizia que um dia eles se arrependeriam. Que ela estaria melhor sem eles. Seu pai certamente prezava pelos interesses dela.

Sua mãe era outra história. Ela estava sempre pronta para baixar a bola de Suzette, dizendo que ela não era melhor do que ninguém e que precisava aprender a ceder e se dar bem com os outros. *Até parece*. Suzette logo aprendeu a ignorar toda aquela bobagem derrotista. Era à voz do pai que ela se agarrava.

Outra pérola de sabedoria que seu pai transmitira? Como se apresentar ao mundo. Ele começava fazendo uma pergunta:

— Você quer que todo mundo saiba que você é a melhor, Suzette?

Ela se inclinara para ouvir, sabendo na hora que aquilo seria importante. Ele continuou:

— Só tem um jeito de deixar isso claro para todos ao seu redor. Em primeiro lugar, você precisa saber que a sua concorrente não é a garota mais inteligente da turma, nem a mais bonita, e muito menos a mais alta, a mais rica ou a mais forte. A sua concorrente é a garota mais confiante. Pessoas confiantes conseguem o que querem, e os homens se sentem atraídos por mulheres confiantes, como ratinhos por uma ratoeira.

Foi o melhor conselho que ela já recebera, e aquelas palavras viraram o seu mantra. Às vezes, ela tinha vontade de compartilhar aquele conhecimento com os outros. Jacob seria um que precisaria de uma dose de segurança, mas ela sempre se segurava. Por que alguém mais deveria saber daquele segredo? O segredo era dela, a princesinha do papai, a garota mais confiante da turma e, agora, a mulher mais confiante de todas.

Ela deu mais um gole no vinho e sorriu.

Capítulo 22

Depois de deixar uma mensagem de voz para Amy, Niki e Sharon jantaram, ainda intrigadas com a menininha que a senhora Fleming negava veementemente morar em sua casa.

— Será que ela pode estar mantendo a menina lá por algum bom motivo? — Sharon perguntou. — Sei lá, talvez escondendo uma amiga e a filha de um marido abusivo? — Trinta anos antes, Sharon fizera isso para uma colega de trabalho. Ela se esquecera daquilo até há pouco. Matilda era o nome da mulher. Elas trabalhavam juntas, e ela mal a conhecia. Então, certo dia, Matilda chegou à sua porta com um filho de seis anos e uma mala pequena, implorando por um lugar para ficar. — Só por um ou dois dias — ela disse. — Até minha mãe conseguir comprar passagens para irmos para casa. — A casa dela ficava em Nebraska, onde ela crescera. O marido conhecia todos os amigos da esposa, mas não conhecia Sharon, então a casa dela era o esconderijo perfeito. Quando Matilda soube que as passagens estavam esperando por ela no balcão da companhia aérea, Sharon levou os dois até o aeroporto. Isso aconteceu antes da internet, então ela nunca soube como a história acabou. Ela desejava que Matilda e o filho tivessem conseguido viver uma vida mais feliz. O marido parecia ser um bruto.

— Talvez. — Niki pareceu incrédula. — Mas tem outras coisas que não se encaixam. Vou te mostrar assim que terminarmos de comer.

Assim que as louças estavam ajeitadas, as duas subiram as escadas, com o gato vindo logo atrás. Niki pegou uma cadeira do quarto da bagunça e contextualizou Sharon antes de apagar as luzes.

— Estive observando nos últimos dias, e identifiquei um padrão.

— Um padrão? — Sarge pulou para o colo dela, como se quisesse participar, e sem pensar, ela começou a acariciá-lo.

Niki olhou pelo binóculo por um instante, antes de abaixá-lo e colocá-lo nas mãos de Sharon.

— É. Todas as janelas do primeiro andar estão sempre fechadas. Pelo menos elas estavam, sempre que a gente passava de carro em frente. As do segundo andar parecem variar. Às vezes estão com as cortinas erguidas e às vezes abaixadas.

— Como fazem as pessoas normais — disse Sharon, levando o binóculo aos olhos. — Depende, se você está se vestindo ou se quer deixar o quarto mais iluminado, ou sei lá. — Ela espiou pelo binóculo, sem saber para onde estava olhando. O andar de cima estava escuro, enquanto no primeiro algumas janelas estavam com a luz acesa por trás das cortinas.

— Nunca vi o Jacob, o quarto dele deve ficar na parte da frente de casa. O quarto e o banheiro dos pais ficam virados aqui para nós, também tem outro quarto, deste lado da casa, à direita. Acho que é um escritório. Já vi o pai algumas vezes andando de cuecas por ali. Faz alguns dias que ele não aparece, pelo menos não que eu tenha visto — Niki disse.

— Ele anda só de cuecas?

— Sim, só de cuecas. — Ela balançou a cabeça e riu. — Mas ele não tem nada de especial, acredite. Caso você esteja se perguntando.

— Eu não estava mesmo.

— E, todas as noites, lá pelas oito, as luzes do porão acendem apenas por alguns minutos, depois apagam de novo, mas tem outra coisa. Consegue ver o que está acontecendo na janela do porão ali no canto, bem à esquerda?

Sharon levou o olhar para ver onde Niki estava apontando.

— Não consigo ver nada.

— Continue olhando. É difícil entender, mas tem uma parte do porão, um cantinho, onde, depois que as luzes apagam, eu vejo uma luz tremendo. É assim quase todas as noites.

Sharon manteve os olhos naquele lado da casa, frustrada por não ver nada. Era como uma vez na aula de biologia na escola, em que ela só conseguia ver os próprios cílios, enquanto o resto da turma estava exultante por ter visto um paramécio.

— Desculpe, não consigo... — e, de repente, ela conseguiu. Bem no canto mais baixo da casa, ela viu uma luz fraca tremeluzindo. — Agora estou vendo. O que é aquilo? Uma vela?

— Acho que deve ser alguém olhando para a tela de um computador ou assistindo à TV no escuro — Niki disse.

— Então eles têm uma sala de recreação no porão? — Ela devolveu o binóculo à Niki. — Você acha que é o Jacob?

— Não sei, mas eu tenho uma teoria. Se você estivesse mantendo alguém escondido, onde faria a pessoa dormir?

— No porão — Sharon disse, começando a perceber.

— E digamos que essa garotinha esteja sendo mantida lá embaixo. Faria sentido ela ir para a cama por volta das oito, certo? Mas hoje foi mais cedo. Por quê? O que aconteceu hoje de diferente dos últimos dias?

O coração de Sharon apertou.

— Ela se encrencou por ter aberto a porta enquanto eu estava conversando com a senhora Fleming. Ah, não, espero não ter piorado as coisas.

— Não se torture por causa disso. Estamos falando de uma criança sendo mantida em cativeiro — Niki disse. — Não acho que tem como ficar muito pior do que isso.

Elas continuaram observando a casa, mas nada de diferente aconteceu.

— E se uma de nós subisse a cerca e olhasse pela janela? — Sharon perguntou.

— Não sou contra essa ideia — Niki disse. — Qual é a altura da cerca?

— Uns dois metros. Eu fiquei chocada quando eles construíram. É difícil não levar para o lado pessoal quando um vizinho constrói uma parede enorme delimitando o terreno. Não há nenhum espaço entre as tábuas. É só uma massa sólida.

— Espera — Niki disse. — Faz quanto tempo que eles se mudaram?

— Uns cinco anos mais ou menos. Havia um casal idoso simpático morando ali antes deles. Joyce e Bill Stoiber. Eles criaram a família ali e, quando os filhos cresceram, o lugar ficou muito difícil de manter. Eles se aposentaram e foram morar em um apartamento na Flórida.

— Então os Fleming chegaram e imediatamente construíram um muro?

— Não imediatamente. Eles já moravam ali há talvez uns cinco ou seis meses na época. Eu fui lá me apresentar, mas eles não estavam em casa e eu nunca mais voltei.

Quando o celular de Niki tocou, Sharon abaixou o binóculo e Niki foi atender. Olhando para a cerca, ela disse:

— É a Amy. — E colocou a chamada no viva-voz.

Sharon sempre ficou impressionada com a facilidade que os jovens têm com os seus celulares. No escuro, ouvindo a voz de Amy ressoar, era como se ela estivesse ali no quarto com elas.

— Oi, Amy — Niki disse. — Adivinha o que eu e a sua mãe estávamos fazendo agora mesmo?

Amy normalmente odiava quando Sharon fazia aquele tipo de coisa, dizendo que não tinha tempo para jogos de adivinhação, mas, aparentemente, ela era muito mais tolerante com Niki, porque ela riu e disse:

— Diga logo!

— Estamos no andar de cima, no seu antigo quarto, sentadas no escuro, espiando o quintal do vizinho.

— O pessoal da cerca?

— Os próprios.

Sharon interferiu.

— A família Fleming. Você se lembra deles?

— Na verdade, não. Lembro de você falar que eles estavam construindo uma cerca, mas eu só conheci a família Stoiber.

É claro. Os Fleming se mudaram bem depois que Amy tinha ido embora e criado uma vida distante da mãe e da casa da família.

Amy perguntou:

— E por que vocês estão espiando a casa deles?

Sharon deixou Niki contar, começando pela foto que Sharon tirara na noite do eclipse da lua de sangue e terminando na parte em que Sharon fora até a entrada da garagem deles para perguntar à senhora Fleming, sem rodeios, se ela tinha filhos pequenos. Depois de explicar tudo, Niki disse:

— Então, você acha que deveríamos ligar para a polícia?

— Hum — Amy refletiu, mas apenas por alguns segundos. — Vocês não viram provas de crime nenhum, então seria uma decisão difícil para a polícia. Eles provavelmente investigariam por obrigação, mas poderiam enquadrar como uma queixa de perturbação. Uma rixa entre vizinhos. E a família Fleming não deixaria a polícia fazer uma busca na casa, então eles não teriam nada de concreto para continuar.

— Então não devemos ligar para a polícia? — Sharon perguntou.

— Acho que vocês deveriam ligar para o Conselho Tutelar e contar o que vocês acabaram de me contar. Isso é bem a área deles.

— Você acha que eles nos levariam a sério? — Niki perguntou.

— Eles precisam levar, é o trabalho deles. — Amy falou com alguém ao fundo, dizendo que só demoraria um minuto, e Sharon percebeu que ela ainda estava no escritório. — Vamos fazer assim — Amy disse, voltando à conversa. — Por que vocês não me mandam por e-mail tudo o que sabem sobre a família? Vou descobrir o que puder.

— Não sabemos muita coisa além dos nomes e do endereço — Niki disse.

— É um bom começo — Amy disse. — Mandem para mim e vou ver o que posso fazer.

Capítulo 23

Na manhã seguinte, depois de Niki sair para o trabalho, Sharon estava com o celular na mão, com o dedo encostado na tela, pronta para ligar para o Conselho Tutelar, quando o negócio tocou de repente e a assustou. Olhando para o nome na tela, Sharon ficou feliz ao ver que era Amy.

— Amy! — ela disse. — Quem bom que você ligou. — Ela apertou o botão para colocar a chamada no viva-voz, como Niki tinha ensinado, e colocou o celular na mesa de frente para ela. Niki estava certa: era mais fácil conversar assim.

— Olha, mãe, eu não tenho muito tempo, mas queria te contar o que descobri sobre a família Fleming.

Ao fundo, Sharon ouviu uns leves ruídos, o que indicava que Amy estava ligando do escritório de novo. Não admirava que ela não tivesse muito tempo para conversar.

— Vamos lá.

— Suzette Marie Fleming, sobrenome de solteira Doucette, idade quarenta e seis. Nascida e criada em Minnesota, formou-se com honras na Universidade de Loyola, que é onde acredito que ela tenha conhecido o marido, Matthew John Fleming, idade quarenta e sete. Ele fez o curso preparatório na Loyola e depois foi estudar medicina na Northwestern.

— Ele é médico?

— *Era* médico. Ele fazia parte de uma clínica na região de Chicago, mas há cerca de seis anos ele desistiu de praticar a medicina e se mudou para Wisconsin, onde comprou a casa que fica logo atrás da sua, e conseguiu um emprego em uma firma que vende equipamentos médicos. Ele é especialista em treinamento, viaja para todos os lugares para ensinar equipes a usar aparelhos de ressonância magnética, esse tipo de coisa.

— Por que ele desistiria da medicina? — Sharon refletiu. — Será que por ser muito estressante?

— Talvez — Amy disse. — Ou talvez ele tenha feito algo errado ou ilegal e foi pego. Às vezes, quando isso acontece, o infrator tem a opção de abandonar voluntariamente o trabalho, em vez de ser acusado de um crime. A casa que eles tinham em Illinois era uma mansão. A mudança para o seu bairro foi definitivamente um degrau abaixo para eles. Eu acho difícil acreditar que alguém largaria um emprego de prestígio que exige tantos anos de formação sem que algo dramático acontecesse.

— Errado ou ilegal? O que poderia ser?

— Pode ser qualquer coisa. Assédio sexual contra alguma funcionária, prescrição fraudulenta de receitas, problemas com requisições de seguros. Sabe, essas coisas de sempre — Amy, que tinha os instintos predadores de uma advogada, parecia francamente animada.

— Ah. — A ideia de largar uma profissão para evitar um processo era estranha para a lógica de Sharon, mas era bem o tipo de coisa de que sua filha entendia. — No que a mulher dele trabalha?

— Ela trabalhava com Recursos Humanos até o filho nascer e, desde então, não teve mais emprego. Mas ela se ocupa fazendo parte de comitês de várias organizações de caridade, a maioria delas ligadas a grandes empresas.

— E o filho deles?

— Jacob Matthew Fleming está no último ano do ensino médio. Ele tirou a carteira de habilitação há um ano, mas não cometeu nenhuma infração, até onde eu vi. Os pais dele têm algumas multas por estacionar em local proibido, e a mãe tem uma por andar muito devagar em uma rodovia interestadual. Além disso, a família não tem nada. Nenhuma queixa, nenhum indício de infração. Uma família normal de classe média de Wisconsin.

— Com uma cerca bem alta.

— Que foi autorizada pela prefeitura — Amy lembrou. — Algumas pessoas dizem que boas cercas rendem bons vizinhos.

— Já ouvi falar — Sharon bateu os dedos na mesa. — Mais alguma coisa?

— Não, foi tudo que encontrei.

Se houvesse algo a mais, Amy teria encontrado. Sharon tinha certeza.

— Está bem, obrigada.

— Você já ligou pro Conselho Tutelar?

— Não, eu ia ligar quando você ligou.

— Vai ficar bonito na ficha limpa deles — Amy disse, com um sorriso na voz. — Uma reclamação dos vizinhos.

— Você acha que é uma má ideia?

— Não, de jeito nenhum. Se tem uma criança em perigo, você está sendo heroica. Se você estiver enganada, não é nada demais. É sempre melhor errar para o lado da cautela em casos assim.

Sharon sabia que Amy estava certa, mas, poucos instantes depois, ligando para o número do Conselho Tutelar, ela ainda sentia que estava se intrometendo na vida de um vizinho sem muita evidência para corroborar suas suspeitas. Que bom que a chamada foi atendida por Kenny, um rapaz atencioso que sabia ouvir.

— Você ainda tem a foto que tirou naquela noite? — Kenny perguntou.

— Sim, está no meu celular. Mas não está muito nítida, me desculpe. Estava escuro e foi tirada por cima da cerca.

— Tenho certeza de que você fez o melhor que pôde. — O tom de voz de Kenny era tranquilizador. — Você vai estar em casa a manhã toda?

— Posso ficar. Vocês vão vir à minha casa?

— Eu não, mas algum dos funcionários daqui. Vamos fazer assim: em mais ou menos uma hora, eu vou retornar sua ligação, informando quando alguém pode ir até aí checar tudo o que você me contou.

Sharon expirou aliviada.

— Então, vocês vão mesmo investigar?

— Nós levamos todas as denúncias muito a sério — Kenny garantiu.

Quando Sharon desligou, um medo sombrio saiu do coração dela. Que alívio. Ela fizera tudo o que podia por aquela garotinha da janela. Os órgãos responsáveis estavam sabendo e cuidariam de tudo.

Capítulo 24

No final da aula, Jacob saiu da escola e entrou no ônibus, mas, em vez de ir para casa, desceu uma parada antes e foi andando até o Village Mart. Sua mãe fizera um excelente trabalho aterrorizando a coitadinha da Mia na noite anterior, mas o que ela não sabia é que, quando mandou os dois para o quarto sem jantar, eles já haviam comido. Naquela hora, a pequena Mia já havia comido um cachorro-quente e meio, e Jacob, dois cachorros-quentes e mais a metade que ela deixou. Além disso, teve as batatinhas e o refrigerante que eles comeram mais cedo, os dois estavam de barriga cheia. Nenhum deles se importou em passar a noite no quarto. Jacob ficaria lá de qualquer forma, e era uma trégua para Mia, que podia se acomodar e ficar assistindo à TV sem ser incomodada.

Sua mãe se orgulhava por ser tão inteligente, mas na verdade ela era uma completa idiota.

Depois que sua mãe mandou os dois para o quarto, ele levou Mia para o andar de baixo e, assim que tomaram uma distância da qual não seriam mais ouvidos, trocaram sorrisos, sabendo que tinham passado a perna nela. Antes de a mãe chegar em casa, depois de comerem, Mia limpara a mesa e Jacob lavara e guardara a louça no armário. As salsichas e pães que eles não comeram foram guardados de volta no freezer, escondidos por baixo dos legumes congelados e dos *nuggets* de frango. Eles foram cuidadosos para não deixar nenhuma bagunça e, nesse processo, não deixaram nada que indicasse que já haviam jantado.

O humor de Mia só se estragou pela preocupação de ficar trancada.

— Eu tomei muito refrigerante — ela disse —, e se eu precisar ir ao banheiro?

Jacob sabia como era ficar deitado na cama angustiado.

— Vamos fazer assim — ele disse —, eu vou fechar a porta, mas não vou trancar. Se você precisar ir ao banheiro, não faça nenhum barulho e feche bem a porta quando voltar para o quarto. E lembre-se de não dar a descarga e nem ligar a torneira. — A mãe dele às vezes tinha uma superaudição.

— Mas, e de manhã... — Mia disse, com o rosto transparecendo preocupação, e Jacob sabia que ela estava imaginando a mãe dele se deparando com a porta destrancada no dia seguinte. Os dois estariam ferrados.

— Pode deixar que eu mesmo desço para abrir amanhã de manhã — ele prometeu.

— De verdade? — o medo nos seus olhos se dissipou.

— De verdade. Ela nunca vai saber.

— Obrigada, Jacob.

— De nada.

— Jacob? — ela disse, sentando-se na cama de armar. — Você é tipo meu irmão?

Como responder àquela pergunta? Ela era o mais próximo de uma irmã que ele já tivera e, pelo que ele ouvia dos outros garotos sobre os irmãos, eles tinham o mesmo tipo de sentimento confuso que ele tinha por Mia. Ela podia ser irritante, tanto que às vezes ele acabava estourando com ela, descontando suas frustrações nela. Outras vezes, a forma como ela o olhava acalentava o seu coração. E, é claro, os dois estavam sob as vistas da mãe dele, então eles tinham uma parceria silenciosa para que ela os deixasse em paz.

— Acho que sim — ele disse, afinal. — Tipo um irmão.

— Bem que eu achei. — Ela sorriu. O coração de Jacob se partiu um pouquinho. Mia era grata por nada, e mais uma vez ele ficou abalado ao pensar em como era errado mantê-la ali, trancada em casa. Por sua mãe, Mia nunca sairia de casa. Mas seu pai dizia que ela precisava de sol e ar fresco, que humanos não foram feitos para ficar trancados o tempo todo. Então, de vez em quando, Mia podia ir ao quintal durante o dia, mas só quando a mãe dele tinha certeza de que nenhum dos vizinhos estava por perto, e mesmo assim ela ficava nervosa. Jacob tinha certeza de que uma cerca de dois metros de altura oferecia toda a proteção de que eles precisavam. Sua mãe era paranoica por natureza.

Mia vivia num mundinho muito pequeno, e seus dias eram repletos de tarefas e mais tarefas.

Mas se não fosse com a família de Jacob, onde ela estaria? Poderia ser muito pior, segundo sua mãe, e ele vira com os próprios olhos, então ele sabia que era verdade. Quando eles viram Mia pela primeira vez, sua mãe estava dirigindo pelas estradas secundárias a caminho de casa, voltando do funeral do seu avô. Sua mãe estava perdida, tinha desligado o GPS por causa da voz que a irritava e porque ela achava que sabia melhor. Para começo de conversa, sua mãe era uma péssima motorista, mas se tornava uma maníaca completa quando estava perdida, socando o volante com o punho e xingando por não conseguir encontrar as placas das ruas. Como se as placas das ruas fossem ajudar nas infinitas estradas rurais de Wisconsin, onde tudo parecia igual.

Jacob estava prestes a ligar o GPS para ir para casa quando viu alguma coisa pequenininha se mexendo no meio da estrada. Ele gritou:

— Freia, mãe! — E agarrou o volante, algo que a teria enfurecido em circunstâncias normais, mas como ela havia notado a mesma coisa, estava ocupada demais pisando nos freios para reagir ao que ele estava fazendo. Eles frearam quase em cima de uma bebê, que estava vestindo apenas uma calcinha caída, meias sujas e um pijama rosa manchado com estampa de gatinhos. Sua mãe colocou o carro em ponto morto e acendeu os faróis, e os dois saíram e caminharam até a garotinha. Mia ficou lá parada com o dedo na boca, encarando-os com seus olhos enormes. Ela não reagiu, nem recuou de forma alguma. O cabelo dela era grosso, cortado na altura dos ombros, todo embaraçado e oleoso. Exceto pelos seus grandes olhos castanhos, não havia nada de fofinho nela.

Sua mãe se agachou na frente dela, examinando-a como se fosse um bicho.

— Oi, lindinha — ela disse, com um tom agradável —, como é seu nome? — Além da sujeira e do cheiro de xixi, a garotinha se manteve em silêncio, aparentemente inabalada depois de quase morrer atropelada. — Você mora aqui perto?

— Será que precisamos ligar para a polícia? — Jacob perguntou, e quando sua mãe fez que sim, ele pegou o celular. Mas quando ele tentou fazer a ligação, descobriu que estava fora da área de serviço. Não era uma surpresa, já que sua mãe havia escolhido o plano de celular mais barato.

— É porque estamos no meio do nada — disse a mãe, ríspida. — É como tentar ligar da lua. É impossível. Não dá.

Na sua aula de história mundial, o professor de Jacob reproduzira para a turma gravações bem nítidas feitas na lua, mas Jacob achou que sua mãe não gostaria de ser contrariada naquela hora. Ou melhor, em momento algum. Ele disse:

— E agora?

Sua mãe suspirou.

— Pegue-a no colo, vocês dois podem sentar no banco de trás. Vamos descer a estrada e descobrir de onde ela é.

Foi uma das poucas vezes que Jacob se lembrava da mãe fazendo algo decente sem pensar em si mesma, mas, claro, quando encontraram a casa de Mia, eles ficaram chocados com o que viram e, com medo de morrer ali mesmo, deram o fora rapidinho. Como não podiam deixá-la ali, o plano mudou. E eles trouxeram Mia para casa, agora ela morava com eles. Ao longo dos anos, houve momentos em que ele ficou tão bravo com a mãe, com o jeito que ela o insultava por causa do peso e o chamando de *inútil*, que ele ficava tentado a denunciá-la, a contar à polícia sobre Mia e sobre como sua mãe mantinha a garotinha na casa deles há três anos. Ir para a cadeia seria uma bela de uma lição para ela. A única coisa que o impedia era que, segundo as pesquisas que ele fez na internet, seu pai estava certo. Sequestro era um crime grave em Wisconsin. Provavelmente, seu pai e sua mãe seriam acusados, e ele também. Ele tinha dezessete anos, quase um adulto. Mas mesmo se não o acusassem de crime algum, sem os pais, onde ele moraria? Com os parentes de outro estado? E por que seu pai deveria ser preso? Ele era um cara decente, encurralado em uma situação complicada.

Então as coisas ficaram daquele jeito e, conforme os meses se passavam, Mia fazia mais perguntas, todas voltadas a ele. Seus pais achavam que ela tinha um vocabulário de dez palavras, porque ela era quietinha quando estava perto deles. Era uma estratégia inteligente, Jacob pensava. Sua mãe se sentia ameaçada por qualquer um que pensasse com a própria cabeça, e ela odiava que a respondessem. Mia, de alguma forma, sentiu aquilo e manteve uma fachada inofensiva.

Todos aqueles pensamentos passavam pela cabeça de Jacob enquanto ele voltava da escola. Ele gostava de ir ao posto de gasolina Village Mart e ser cumprimentado pelo nome pelos velhos. Havia uma sensação acolhedora naquele lugar. Agora, com a nova funcionária, Niki, ele ficava com ainda mais vontade de passar por lá. Ele não costumava ir dois dias seguidos, mas queria vê-la de novo, e para comprar uns bolinhos e um refrigerante de limão para Mia.

Ele empurrou a porta para abrir, Niki olhou para ele detrás do caixa e sorriu. Quando ela disse:

— Oi, Jacob! —, ele se sentiu como se estivesse chegando em casa.

Capítulo 25

Niki estava sozinha na loja quando Jacob chegou. Albert estava nos fundos ajudando a descarregar um caminhão. Ela se oferecera para carregar as caixas até o depósito (fazia sentido, pois ela era forte e uns cem anos mais nova do que Albert), mas ele recusara a oferta.

— Velhos como eu precisam se mexer — ele disse. — Prefiro me esgotar a enferrujar. Fique aqui dentro que está mais quente.

Então, ela ficou atrás do caixa, de olho nos carros que chegavam e saíam das bombas. Só um rapaz entrou, para comprar cigarros, quando ela se virou para pegar o pacote na prateleira de baixo, ele disse, envergonhado:

— Eu prometi que pararia de fumar se passasse a custar mais do que cinco dólares o maço, mas esse dia chegou e aqui estou eu. — Ele entregou uma nota de vinte, ela registrou a compra e entregou o troco.

— É um hábito difícil de cortar — ela disse, compreensiva.

— Nem me fale. — Ele colocou o troco no bolso e desejou-lhe um bom dia.

Quando Jacob entrou, Niki estava contente por conta da distração. Ela o reconheceu de longe. Havia algo no seu jeito derrotado de andar, com a cabeça baixa, o rosto parcialmente coberto pelo capuz do seu blusão. Ele carregava a mochila pesada pendurada em um ombro.

Quando Niki o cumprimentou pelo nome, seu rosto se iluminou. Ela sabia que Sharon planejava ligar para o Conselho Tutelar naquele dia para denunciar os Fleming, mas acreditava que a investigação ainda não teria iniciado. Quanto ao Jacob, ela planejava ser simpática, mas não muito. Mesmo com seu ar triste, isso não queria dizer necessariamente que ele não tinha culpa pelo que estava acontecendo na casa dele. Para Niki, ele era apenas uma fonte de informação e nada mais.

Ela observou Jacob abrir, decidido, a porta da geladeira de bebidas e escolher uma lata de refrigerante antes de se direcionar ao setor de lanches. Chegando ao caixa, ele colocou no balcão um pacote de bolinhos de chocolate com recheio de creme e o refrigerante ao lado.

— Esses bolinhos são uma delícia — ela disse. — Boa escolha.

— Não são para mim — Jacob disse, parecendo envergonhado.

— Então é uma escolha ainda melhor, porque você está comprando para alguém.

— Acho que sim. — Ele deixou a mochila no chão e se abaixou para vasculhar um dos bolsos. Ao se levantar, trouxe uma nota de dez dólares novinha, que ele fez deslizar pelo balcão.

Niki entregou os produtos. Depois de colocar o dinheiro no caixa, ela disse:

— Para a sua namorada?

— O quê? — As sobrancelhas dele se ergueram.

— Os bolinhos. Você disse que não são para você. São para a sua namorada?

— Eu não... quer dizer, eu... — Ele balançou a cabeça, parecendo perturbado. — Não, é para uma criança que eu conheço.

— Que atitude gentil! — Niki colocou o troco na mão dele. — Aposto que ela vai adorar! — Ela ficou olhando para o rosto dele, esperando uma reação.

— São os preferidos dela. É uma surpresa.

Agora estava comprovado que era para uma menina. Ponto para Niki.

— Que gentileza. Eu vejo que muitas pessoas só pensam em si mesmas. Não sei por quê. Egoísmo, eu acho. Mas não é tão difícil se esforçar um pouco pelos outros, né? Quer dizer, às vezes um gesto pequeno pode fazer diferença para alguém. Eu sei que aquela coisa do movimento de *gentileza gera gentileza* é meio clichê hoje em dia, mas acho que é verdade.

— Niki se ouvia tagarelando, mas ele não estava se mexendo e parecia estar gostando, então ela continuou: — Você é um tipo raro, Jacob. Volte para me contar se ela gostou do presente. Eu adoro ouvir essas histórias. — Por dentro, ela se contorceu, pensando em como aquilo soava brega. *Eu adoro ouvir essas histórias? Que tipo de história seria essa? Dar um bolinho de presente para uma criança?*

Apesar da tentativa de conversa estúpida, parecia que o objetivo estava sendo cumprido. Jacob aparentava ser alguém não muito acostumado a receber elogios.

— Pode deixar — ele disse. — Posso voltar amanhã. Quer dizer, se você estiver trabalhando.

Niki fez que sim.

— Eu fico aqui de quarta a domingo, das nove às cinco, então com certeza estarei aqui.

— Fantástico. — Ele colocou os produtos na mochila e guardou o troco no bolso.

— Pode contar com isso. Estarei por aqui.

— É sempre bom poder contar com alguma coisa — Jacob disse, e ela sentiu uma melancolia em sua voz.

— O mundo pode ser meio, sei lá, às vezes. É bom saber o que esperar.

— Tá certo. Acho que nos vemos amanhã então. — Ele ergueu a mochila até o ombro e caminhou em direção à porta.

— Tchau, Jacob — ela falou alto e, sem se virar, ele ergueu a mão em sinal de despedida.

Niki manteve os olhos na janela, vendo-o passar pela primeira fileira de bombas, e franzindo a testa discretamente ao ver dois rapazes se aproximarem, vindos da calçada. Eles o chamaram de um jeito que pareceu amigável, mas ela reconheceu em Jacob a atitude defensiva de inclinar os ombros. Eles não eram amigos, e ele não estava feliz por vê-los. Agora, os dois estavam parados diante de Jacob, bloqueando o caminho. Ela não conseguia ouvir o que eles diziam, mas ele parecia estar se afastando deles, encolhido. Niki já vira aquele tipo de coisa, e ela sabia como era.

A porta que dava para o estoque se abriu, e ela ouviu a voz imponente de Albert dizer:

— Está feito. O que eu perdi?

— Nada de mais — Niki disse, com o olhar ainda nos três adolescentes do lado de fora. — O de sempre nas bombas. E Jacob veio comprar umas guloseimas, aqueles bolinhos de chocolate com recheio de creme. Ele disse que são para uma garotinha que ele conhece. Ele já fez isso antes? Comprar alguma coisa para alguém?

— Não que eu saiba — Albert disse, parando ao lado dela.

Suas palavras mal foram ouvidas, porque agora os dois garotos estavam indo para cima de Jacob com uma atitude ameaçadora. Um deles lhe deu um chacoalhão, fazendo-o tropeçar para trás. Sem perder tempo, Niki disse:

— Já volto. — Passou apressada por Alfred e correu para fora, com o coração disparado. Ela se aproximou dos garotos, gritando: — Ei, Jacob!

Os três pararam para olhar para ela. Jacob parecia o mais surpreso.

— Oi? — ele disse.

Ela correu até o lado dele e enganchou o braço no cotovelo dele, os dois ficando de braços dados.

— Boa notícia! Meu chefe disse que posso folgar hoje à noite, então a gente pode sair.

— Certo — Jacob disse, com uma expressão confusa.

— Eu sei, eu te falei que ele tinha negado, mas eu implorei e disse que era importante para a gente sair esta noite, então ele mudou de ideia. Boa notícia, né?

— É.

— Então nosso *encontro* está marcado?

— Claro. — Algo na forma como ele disse a fez pensar que ele estava começando a entender. — Com certeza.

— Oba! — Ela se inclinou e lhe deu um beijo na bochecha. — Não se esqueça. Foi um trabalhão conseguir organizar os meus horários.

— Não vou esquecer — ele prometeu, endireitando-se para parecer mais alto.

— Desculpa por interromper, pessoal — Niki disse. — Mas namoradas sempre em primeiro lugar.

— Claro, sem problemas — disse o mais alto. Ele trocou um olhar com um amigo.

Então, o segundo disse:

— A gente se vê depois, Cabeção.

Jacob e Niki ficaram vendo os dois garotos irem embora, para o lado oposto da casa de Jacob.

— Valeu — Jacob disse, com as bochechas ficando vermelhas. Ele pareceu envergonhado ao cruzar o olhar com o dela.

— Imagina. Preciso voltar ao trabalho — Niki disse, encolhendo-se. Agora que o confronto tinha acabado, ela sentia o frio do ar de inverno.

— Certo, até mais.

Ela ficou observando o garoto se afastar, depois se virou e correu de volta para dentro da loja.

— Me desculpe por isso — ela disse para Albert, entrando pela porta e assumindo o posto atrás do balcão.

Albert ainda estava de olho na janela, observando Jacob descer a rua pela calçada.

— Sem problemas — ele disse, bruscamente.

— Tem alguma coisa que você quer que eu faça?

Em vez de responder à pergunta, Albert lhe lançou um olhar de aprovação e disse:

— Eu vi o que você fez ali. Foi legal, sair em defesa do Jacob.

Niki deu de ombros.

— Nunca gostei desses valentões.

— Ninguém gosta, mas pouca gente quer se envolver. O jeito como você foi defendê-lo foi excepcional. Eu diria que você é uma pessoa extraordinária, Niki Ramos.

Niki não se sentia uma pessoa extraordinária, mas aceitou o elogio de qualquer forma.

— Obrigada.

Capítulo 26

Suzette queria gritar. Era de tarde, estava quase na hora de Jacob voltar da escola, quando a campainha tocou — e continuou tocando. Ela não notou quando começou, mas já tinham passado ao menos dez minutos. O toque tinha um padrão. Duas batidas rápidas e uma pausa bem longa, tão longa que todas as vezes ela esperava que tivesse acabado, mas então recomeçava. Ela tinha uma regra de só atender à porta se estivesse esperando alguém, mas a invasora — aquela mulher — não entenderia o recado. E definitivamente havia uma mulher parada sozinha sobre o tapete da entrada. Suzette confirmou, espiando pelas persianas.

A mulher estava bem-vestida para o padrão da maioria das pessoas, mas Suzette a medira rapidamente, notando que a bolsa era falsificada e seu casaco era de um estilo marinheiro de botões, sem personalidade, encontrado em qualquer loja de departamento. Será que ela era de alguma das instituições de caridade de que Suzette participava? Improvável. Ela parecia uma corretora de imóveis ou uma agente do censo. Que incômodo!

A campainha tocou mais duas vezes, o barulho era tão irritante que Suzette sentiu vontade de torcer o pescoço da mulher. Mais uma espiada pela janela mostrou a mulher parada calmamente em frente à porta, como se ela tivesse todo o tempo do mundo. Suzette entrou na cozinha, onde Mia estava de mãos e joelhos no chão lavando o piso. A criança só tinha feito metade. Um absurdo. Mia levava a vida inteira para esfregar os pisos, mas costumava fazer um trabalho excepcionalmente bom, então Suzette não gostava de apressá-la.

— Mia? — Suzette parou na porta, com a mão na cintura.

A criança interrompeu o trabalho e olhou para cima.

— Senhora?

— Desça *imediatamente*. Só volte quando eu chamar. Entendeu?

Mia fez que sim, torcendo o pano.

— Vai! Agora! — Era exasperante para Suzette ter que erguer a voz. Por que era tão difícil seguir ordens?

Mia colocou o pano ao lado do balde, levantou-se com dificuldade e se dirigiu à porta do porão, puxando-a para fechar. Quando Suzette não ouviu mais os passos da criança na escada, ela ajeitou o cabelo e caminhou até a porta da frente. Tanto trabalho para fazer uma campainha parar de tocar. Ela pegaria o cartão de visitas da mulher e a mandaria embora.

Quando a porta abriu, o rosto da mulher se iluminou, como se a reconhecesse.

— Aí está você — ela disse. — Suzette Fleming? Que bom que encontrei você em casa. — Seu cabelo grisalho estava preso nas laterais, como se ela fosse uma colegial geriátrica.

Seu comportamento indicava uma familiaridade que fez Suzette hesitar. Será que elas se conhecem? Nada na mulher parecia familiar.

— Posso ajudar?

Ela sorriu.

— Sou Franny Benson, assistente social da prefeitura. Eu trabalho para o Conselho Tutelar. Tivemos uma denúncia na vizinhança, e eu adoraria fazer algumas perguntas, se você tiver um tempinho. — Ela mostrou um documento qualquer.

Suzette suspirou irritada. *Sempre as perguntas. Esse povo não para de querer a minha opinião sobre os acontecimentos da vizinhança?*

— Desculpa, mas não estou interessada. Obrigada e... — Suzette começara a fechar a porta, quando a mulher voltou a falar.

— Espera! Eu soube que você faz muitos trabalhos comunitários e participa dos comitês das instituições beneficentes locais!

Suzette abriu a porta um pouco mais.

— Você sabe do meu trabalho?

— É claro!

— É mesmo? — Os lábios de Suzette se alargaram em um sorriso. *Ela sabe sobre a minha liderança nos comitês.* E Matt achando que o trabalho dela era uma perda de tempo. Ele dissera exatamente isso, que se ela achava que aquilo elevaria seu *status*, ela estava completamente enganada. — Ninguém se importa com um bando de madames conversando sentadas em volta de uma mesa, naquilo que vocês chamam de *reunião* — ele dissera, fazendo aspas com os dedos ao dizer a última palavra. — Os executivos que ficam bajulando vocês só fazem isso porque vocês arrecadam dinheiro para eles.

Franny disse:

— Se eu puder entrar um pouquinho, adoraria conversar com você.

— Eu tenho uns dez ou quinze minutos — Suzette disse, cedendo. Ela abriu a porta e conduziu Franny para dentro, pegando o casaco da mulher e levando-o até o armário do *hall* de entrada. — Por aqui. — Franny, com sua bolsa grande pendurada na mão, seguiu-a até a sala de estar. Suzette sentia um orgulho compreensível daquela sala, com suas cristaleiras cheias de valiosos bibelôs de porcelana.

Depois de sentarem, Franny disse:

— Que casa linda a sua.

— Obrigada. Nós gostamos dela.

Franny vasculhou dentro da bolsa e tirou uma pequena prancheta e uma caneta.

— Eu sei que o seu tempo está curto, então vou ser breve.

— Agradeço por isso — Suzette disse.

— Como você gostaria de ser descrita? Ativista social? Humanista? Filantropa?

— Pode usar o meu nome se quiser. Suzette Fleming. — Ela sentiu uma onda de satisfação consigo mesmo. — E *humanista* é o que chega mais perto do que eu faço, embora eu não veja dessa forma. Estou só tentando fazer a minha parte.

— Você está sendo modesta, senhora Fleming. Se todos dedicassem um tempo para trabalhar pelas instituições de caridade, o mundo seria um lugar melhor.

— Obrigada — disse, repousando o olhar sobre suas mãos unidas. *Humanista*. Ela gostava do som dessa palavra.

A próxima batelada de perguntas tinha a ver com a família de Suzette. Ela anotou os nomes e as idades do marido e do filho, e perguntou sobre a escola de Jacob.

— Então, Jacob é seu único filho?

— Sim, Suzette disse, inclinando suavemente a cabeça. — Jacob é um aluno nota dez, cheio de amigos. A nossa casa é praticamente um ponto de encontro para os jovens do bairro. Eles se reúnem aqui, tem sempre alguém saindo e alguém entrando. Muitas pessoas diriam que é um caos, mas eu até prefiro assim — ela se inclinou. — Acho melhor ficar de olhos neles, concorda?

— Ah, com certeza — Franny disse.

— Eu e meu marido nos entendemos perfeitamente bem quanto à criação de Jacob.

— Entendo. Tem mais alguma criança morando aqui? Talvez de um casamento anterior ou uma visita?

— Não, não mesmo. Somos só nós três, e gostamos que seja assim. Somos uma família muito unida. — Ela bateu com a ponta dos dedos na testa. — Nem te conto as histórias! Aquele dramalhão adolescente de sempre, mas, é claro, para ele parece sério. Então eu escuto. É importante dar apoio.

— Tão importante.

— Você deve se lembrar dessa idade. Sempre tem alguma crise, e agora é ainda pior com as redes sociais. Os boatos voam, e as fofocas se espalham loucamente. Não sobre o Jacob, é claro. Ele não precisa se preocupar com esse tipo de coisa. Mas ele é como eu, sempre cuidando dos mais fracos. É um verdadeiro exemplo para os outros alunos. Eu e o pai dele temos muito orgulho.

— Ele parece um garoto maravilhoso. Então seria correto dizer que, além do seu filho, não houve mais nenhuma criança na casa nas últimas semanas?

— Além dos seus amigos da escola? — Suzette franziu a testa. — Não. Nenhuma.

— Nenhuma criança mais nova esteve na sua casa?

— É claro que não. Alguém disse que havia uma criança aqui? — Aquela mulher a estava deixando nos nervos.

— Estou apenas checando uma denúncia — Franny disse. — Procedimento de rotina. Estou visitando várias pessoas do bairro.

Será que ela estava imaginando coisas? Algo na expectativa de Franny olhando para Suzette fazia seu pescoço enrijecer. Era quase como se aquela mulher soubesse sobre Mia. Mas, claro, aquilo era impossível. Era provável que ela estivesse procurando por famílias acolhedoras. *Até parece.* Suzette deu uma risada alta.

— Não estou interessada em cuidar de crianças menores. Como você deve imaginar, meu trabalho me mantém bastante ocupada. Você me pegou em casa hoje, mas geralmente isso não acontece. Estou quase sempre correndo. Bom, você tem mais alguma pergunta, antes que eu a acompanhe até a porta?

Franny piscou.

— Posso pedir um copo d'água? Eu detesto pedir, mas estou sentindo minha garganta seca. Um golinho já ajudaria.

— Certamente. Um momento. Eu já volto. — Suzette se levantou e saiu da sala. Que tédio era ter que fazer sala para aquela mulher, sobretudo considerando que era funcionária da prefeitura, o que significava que seus impostos pagavam o salário dela. Franny não era nada mais do que uma empregada de Suzette. *Ah, por que é que fui deixar ela entrar na minha casa? Vivendo e aprendendo. Nunca mais.* Suzette deu a volta no balde abandonado por Mia e pegou um copo do armário, indo enchê-lo no *dispenser* da porta da geladeira. Dois goles e ela mostraria o caminho da rua para aquela mulher. Quando ela se virou, teve um sobressalto ao ver Franny parada na entrada da cozinha. *Que atrevimento.*

— Que cozinha linda — ela disse com um ar despreocupado. — Imagino que você tenha reformado, estou certa? Os balcões e armários parecem novinhos. — Ela deu a volta em torno de Suzette, passando a mão pela bancada.

Suzette estava cansada da conversa.

— Aqui está a sua água.

Franny pegou o copo.

— Obrigada.

Mas ela não tomou a água imediatamente. Suzette queria enfiar o copo na boca dela e fazê-la beber tudo de uma vez. Mas, não, a mulher não parou de tagarelar.

— Eu adoraria ter uma cozinha assim. — Ela baixou o rosto e percebeu o balde no chão. — Ah, vejo que interrompi seus trabalhos domésticos. É por isso que você demorou para atender a porta?

— Sim, eu estava mesmo esfregando o chão — Suzette disse.

— Ah, você não tem uma faxineira?

Suzette suspirou.

— Não, eu não tenho nenhum tipo de ajuda. Faço tudo sozinha, e prefiro assim. Quando eu faço as coisas, sei que estão bem-feitas. Os outros costumam preferir o jeito mais fácil.

— Eu costumo usar calça *jeans* para fazer trabalhos domésticos. — Franny deu uma quase risada. — Eu sou tão desastrada, se eu vestisse algo tão elegante quanto a roupa que você está vestindo, eu provavelmente destruiria tudo.

— Sim, eu sou muito cuidadosa.

— Você deve ser mesmo.

Aquela conversa estava desgastando Suzette.

— Eu não quero ser mal-educada, mas você precisa ir agora. Eu tenho um compromisso agendado e não quero me atrasar.

— É claro. — Franny virou a água em um gole. — Obrigada pelo seu tempo.

Suzette a conduziu até a porta da frente.

— Parece que a temperatura caiu. Acho que é melhor você se apressar. — Ela pressionou a mão contra as costas de Franny e a conduziu com firmeza pelo corredor de entrada. — *Passar bem* — ela disse, assim que a mulher saiu pela porta.

E já vai tarde.

Capítulo 27

Desde que Jacob enviara pelo correio a amostra de saliva de Mia, ele entrava no *site* quase todos os dias para verificar se os resultados estavam prontos. Obter a amostra de saliva sem seus pais perceberem foi fácil, e ele sabia que Mia não diria nada. Fazer o cadastro pela internet também foi tranquilo. Ele precisou de um endereço de e-mail falso, o que não era nada difícil. Riu sozinho ao cadastrar o nome dela como Mia Mystique, e inventou uma data de nascimento falsa para fazê-la parecer ter dezoito anos. Ele tomou cuidado para manter o perfil em modo privado, para que pudesse ver quem se conectaria à Mia, sem que ninguém pudesse acessar os dados dela. Tudo isso fora feito às escondidas (o que era fácil, pois assim que ele entrava no quarto, seus pais pareciam se esquecer dele).

Por sorte, comprara o *kit* em uma loja, então as taxas do laboratório eram incluídas no custo de caixa, e ele nem precisou usar o cartão de crédito. Caso contrário, não teria dado certo.

Ele estava muito orgulhoso de si mesmo por ter tido essa ideia para conseguir obter mais informações sobre Mia. Jacob queria saber sobre o passado dela — um pouco pela Mia, mas também para se opor à sua mãe, cuja posição sempre fora de dizer que ninguém a queria, que eles eram tudo o que ela tinha. Para Jacob, parecia uma alegação estúpida. Só porque Mia não estava no *site* de crianças desaparecidas não queria dizer que ela não era procurada por alguém.

Jacob sabia que sua mãe teria um colapso se soubesse o que ele fizera, mas ele não se importava. Uma vantagem é que ele vinha sentindo uma mudança na relação de poder entre eles ultimamente. Talvez porque agora ele era fisicamente maior do que ela, ou talvez porque ele não se importava mais e ela sentia que seu domínio sobre ele estava ficando mais frágil. Ela estava passando mais tempo enfiada no quarto, enquanto seu pai passava as noites no sofá do escritório de casa. Seu pai havia, inclusive, levado muitas das suas roupas para lá. Aquela pequena família disfuncional estava ruindo, o que era assustador e empolgante ao mesmo tempo.

Quando apareceu a notificação no seu celular, informando que ele recebera o e-mail com os resultados do DNA, ele estava no quarto, acabando de se vestir para a escola. Uma olhada rápida o informou que ele tinha vinte minutos antes de o ônibus passar para pegá-lo. Se tivesse que ficar sem café da manhã, tudo bem: ele tinha uma caixa de biscoitos recheados no armário da escola para casos de emergência como aquele.

Ao entrar no *site*, ele deu uma olhada na página inicial e então clicou no link *Ascendência*. Naquela página, ele conseguiu descer até uma seção que se chamava *Lista de parentes por DNA*. Quase que instantaneamente ele viu uma lista, que começava com *Avó, Avô, Tio*. Os nomes ao lado eram *Wendy Duran, Edwin Duran* e *Dylan Duran*. As palavras foram um tapa na cara, o fizeram perder o ar. *Puta merda, a Mia tem avós e um tio?* Ele clicou aleatoriamente e apareceu então o percentual de DNA compartilhado com cada pessoa. Jacob não tinha certeza de como aquilo funcionava, então ele não sabia se 24,7 por cento era a quantidade normal de DNA que uma pessoa compartilhava com os avós. Ele teria que pesquisar mais tarde. Outra página decompunha a ancestralidade de Mia, que era majoritariamente europeia e 24 por cento porto-riquenha.

A sensação de euforia por saber que ele tinha conseguido, que sozinho ele tinha conseguido descobrir mais sobre Mia, se transformou em uma sensação desagradável ao pensar no que aquilo significava. Agora que ele detinha aquelas informações, o que faria? Ele sabia que havia uma forma de encontrar e mandar mensagens para aquelas pessoas pelo *site*, mas o que ele lhes diria? E se fossem pessoas horríveis? Se fosse esse o caso, Mia estaria melhor se ficasse com a sua família.

Outro problema: a ideia de ver seu pai, que fora contra manter Mia em casa desde o princípio, indo para a cadeia, o perturbava. Mas ele tinha uma sensação de que isso podia acabar acontecendo. Sua mãe mentia com a mesma facilidade com que respirava e era a mais convincente entre os dois. E se Mia fosse viver com aquelas pessoas e seu pai fosse para a prisão, Jacob teria que ficar sozinho com a mãe? Um pensamento terrível. Ainda assim, ele queria saber mais.

Num impulso, entrou em uma rede social e pesquisou pelo nome Wendy Duran. Apareceram algumas, mas a candidata mais provável era uma mulher mais velha que, por coincidência, morava em Wisconsin. Ela não postava muito, mas também não configurara a conta em modo privado, então Jacob conseguiu ver tudo. Os velhos eram tão burros com a tecnologia, mas dessa vez essa foi uma vantagem para ele.

Ele foi descendo a página até que notou uma foto de família, os pais com um filho e uma filha. A julgar pelas roupas, não era recente. Wendy escrevera: *Férias em família. Dylan tinha catorze anos, Morgan tinha doze.*

Wendy Duran, que morava em Wisconsin, e tinha um filho chamado Dylan.

Só podia ser aquela a família. Ele examinou a foto, tentando ver se a filha, Morgan, se parecia com Mia. Parecia um pouco, mas a semelhança não era óbvia.

E agora? Ele não faria nada por enquanto, precisava de tempo para pensar e decidir a melhor forma de agir. Mas, primeiro, ele precisaria pegar o ônibus da escola e enfrentar o dia.

Capítulo 28

Sharon havia estacionado no quarteirão de baixo, de onde observava e esperava Franny Benson sair da casa dos Fleming. Ela simpatizara bastante com a assistente social quando elas se conheceram mais cedo na casa dela, mas Sharon queria ter certeza de que ela iria até o fim. Franny parecia se importar, então era um ponto positivo, mas ela não falava muito, então era difícil entendê-la. Ela pareceu mais interessada na foto borrada, aquela tirada por cima da cerca. Ficou olhando para a foto por um bom tempo e pediu que Sharon lhe enviasse por mensagem. Quando Sharon alegou não saber como fazer aquilo, ela gentilmente se apoderou do telefone e mandou para si mesma. Depois, quis subir ao segundo andar para ver o ponto de observação da janela de Niki, onde ficou parada, primeiro observando e, em seguida, tomando notas.

Durante toda a visita de Franny, Sharon se pegou tagarelando, tentando convencê-la de que, mesmo não havendo provas, seus instintos sobre aquilo eram fortes.

— Eu sei que vi uma garotinha espiando pela porta da garagem. Eu apostaria minha vida nisso — ela disse.

Franny apenas continuou escrevendo. Ela parecia acreditar, mas como não respondia, Sharon não tinha como continuar.

— Você vai entrar e procurar pela casa? — Sharon perguntou.

— Faremos tudo o que pudermos dentro dos limites legais. Precisamos agir como manda a lei.

— Eu entendo. — Sharon não gostou, mas entendia. — Você vai voltar para me contar o que descobriu?

— Eu volto a falar com você, e você receberá uma carta da minha repartição, informando que a sua preocupação foi verificada, o que significa que as medidas apropriadas foram tomadas. É basicamente uma confirmação de que nós checamos a sua denúncia.

— Você acredita em mim, não acredita? — Sharon por fim perguntou, aguardando uma confirmação. Franny era gentil, mas Sharon queria mais. Um pouco de indignação cairia bem.

— Por que eu não acreditaria? — Franny disse, guardando o caderno dentro da bolsa. Ela seguiu Sharon até o andar de baixo, pegou seu casaco e suas luvas, apertou a mão de Sharon e disse que entraria em contato.

Só depois que ela saiu Sharon percebeu que a mulher, na verdade, não dera uma resposta direta a nenhuma de suas perguntas. Franny tinha seus motivos, Sharon estava certa disso, mas ainda assim aquilo a deixava com uma sensação desagradável.

Franny não dera certeza de que iria direto para a casa dos Fleming, mas Sharon achava que era quase certo que sim. Depois de se despedir de Franny, Sharon foi até a janela da frente para observar o carro da assistente social descer a rua e esperou alguns minutos antes de entrar no seu carro. Ela não estava exatamente seguindo a assistente social, pois Sharon deu a volta pelo outro lado do quarteirão. Seu raciocínio era simples: ela morava naquele bairro e costumava passar por aquela rua. Quem poderia dizer que não era o caso dessa vez? E se ela encostasse o carro para olhar para o celular, bom, não era um crime, era? Acontecia. Às vezes temos que olhar alguma coisa no celular.

Era sempre uma boa ideia ter uma desculpa pronta. Ela fora pega de surpresa algumas vezes na vida e agora era muito mais esperta.

Quando ela passou pela casa da família Fleming, avistou a assistente social parada em frente à porta, de costas para a rua. Sharon deu mais uma volta, encostou no final da rua e desligou o motor. Franny não tinha ideia de qual carro Sharon dirigia, então era improvável que ligasse os fatos, mesmo se a visse. Minutos se passaram e nada mudou e então, de repente, Franny deu um passo à frente e sumiu — para dentro da casa, supostamente, mas daquele ângulo Sharon não conseguia ver o que acontecera.

Quinze minutos se passaram e, então, quando Sharon achou que não poderia mais aguentar o suspense, Franny saiu da casa, andou pela calçada e entrou no carro. Um minuto depois, Sharon viu as luzes vermelhas do freio acenderem, e o carro estava em movimento, descendo a rua. Sharon se sentiu decepcionada. Era só isso? Era besteira, ela sabia, mas uma parte dela esperava ver Franny sair da casa de mãos dadas com a garotinha. Salvo isso, Sharon se contentaria em ver um batalhão de carros de polícia se dirigindo à casa, com agentes por todos os lados, mandado de busca nas mãos. Os policiais vasculhariam todos os cantos até encontrar a criança e salvá-la do que quer que estivesse acontecendo ali. Essa última ideia era completamente improvável, mas Sharon a apreciava bastante, principalmente porque ela sairia como a heroína da história.

A vizinha observadora que confiou nos próprios instintos e não desistiu: assim que a imprensa a chamaria.

Ela ficou incomodada pela visita da assistente social ter sido muito breve, pelo visto, não resultando em nada. Observar a mulher entrar no carro e sair dirigindo lhe causou um sentimento de desamparo e decepção. Será que a assistente social simplesmente perguntou ao senhor ou à senhora Fleming e eles negaram que havia uma garotinha morando ali, dando o caso por encerrado?

Essa foi a pergunta que ela fez a Amy naquela noite durante uma conversa telefônica. Ela e Niki compartilharam histórias sobre como fora o dia de cada uma. Niki contou que Jacob fora ao Village Mart e comprou bolinhos, que ela acreditava serem para a garotinha, e Sharon contou a Niki sobre a visita da assistente social. Agora, as duas estavam sentadas à mesa da cozinha, encarando o telefone diante delas como se fosse um tabuleiro *ouija*, capaz de lhes dar respostas.

Amy reiterou a pergunta.

— Você está perguntando se eles vão confiar apenas nas palavras dos Fleming?

— Sim — Sharon disse. — É exatamente isso que eu quero saber. Você acha que o caso está encerrado? — Ela olhou para Niki, que se inclinava para ouvir.

— Duvido. Acho que quando ela falou que eles fariam tudo dentro dos limites legais, ela estava dizendo que suas mãos estavam atadas. Na verdade, estou bastante impressionada por ela ter conseguido entrar na casa. Ela deve ser uma excelente profissional.

Sharon sabia que Amy estava certa, mas todo o processo ainda a deixava impaciente. Ela perguntou:

— Então, se Franny fez perguntas sobre uma garotinha que morava na casa deles e os Fleming negaram, o que acontecerá?

— Bom, ela não pode acusá-la de mentir. — Amy estava do lado delas, mas ainda falava da sua posição de advogada, algo que Sharon achava um tantinho irritante.

— Mas então de que serviu a conversa com eles?

— Imagino que a assistente social assumiu uma postura não acusatória para poder entrar na casa. As pessoas raramente deixam alguém entrar se acham que terão algum problema, então ela provavelmente agiu como se fosse um assunto rotineiro do bairro. E, assim que entrou, ela deve ter tentado entender a casa, procurado por sinais de crianças morando ali. Ela pode ter perguntado de modo casual se alguma criança pequena esteve na casa deles recentemente. Como assistente social, ela deve ser habilidosa em identificar se as pessoas estão mentindo. Depois da visita, vão tomar decisões sobre como proceder a partir disso. Só porque você não viu nada acontecendo não significa que não está acontecendo nada. A polícia local deve ser informada e ficará de olho na casa, observando as pessoas entrando e saindo e se há alguma criança. A assistente social pode entrevistar outros vizinhos e perguntar se eles viram algo de suspeito. Tudo isso eles podem fazer dentro dos limites da lei.

Dentro dos limites da lei, essa frase de novo.

— Ela me disse para informá-la se eu visse mais alguma coisa — Sharon admitiu.

— Às vezes, essas coisas levam tempo — Amy disse. — Os Fleming também têm direitos. E há uma possibilidade de vocês estarem erradas.

— Ela não está errada — Niki disse, pulando na conversa, e passando a contar para Amy sobre seu encontro com Jacob. — Eu tenho quase certeza de que os bolinhos eram para a garotinha.

Amy riu.

— Eu acredito em você, Nikita, mas o argumento do bolinho não é válido em um tribunal. Se não houver mais nada concreto, o Conselho Tutelar terá que agir com cautela.

— E se — Niki perguntou, trazendo o telefone para perto dela na mesa — nós ligarmos para o corpo de bombeiros um dia quando toda a família estiver fora e dissermos que vimos fumaça saindo da casa? Eles não teriam que invadir e procurar?

Sharon estava prestes a aplaudir o pensamento fora da caixinha, mas Amy não ficou tão entusiasmada.

— Falsa comunicação de incêndio é crime — ela disse, com firmeza. — E eles pegam pesado com quem faz esse tipo de chamada, principalmente se puderem provar que foi de propósito e com más intenções.

— Mas como eles descobririam? — Sharon perguntou. — Nós diremos que achamos ter visto a fumaça. As pessoas cometem erros. — O gato se esfregou no seu tornozelo, e ela se abaixou para acariciá-lo.

— Sim, as pessoas cometem erros, mas quais as chances de você ter visto fumaça na casa deles logo depois de denunciar a família para o Conselho Tutelar? — Sharon podia imaginar Amy balançando a cabeça com tristeza.

— Eles ligariam os pontos?

— É claro — Amy disse. — E se houver uma chamada para um incêndio de verdade enquanto eles estão investigando uma denúncia falsa? Você gostaria de ser responsável pela morte de alguém?

Sharon suspirou.

— Claro que não.

— Acreditem em mim, gente, eu sei que vocês têm boas intenções, mas não façam nada por impulso. Eu não tenho tempo para pegar um avião até Wisconsin para tirar vocês duas da cadeia.

Sharon disse:

— Nós não vamos para a cadeia. — A ideia era absurda.

— Prometam que não vão fazer nada precipitado. Você denunciou o que viu. Agora acalme-se e deixe os especialistas fazerem o trabalho deles.

Elas encerraram a ligação prometendo a Amy que não fariam nada precipitado. Logo depois, Sharon virou para Niki e disse:

— Acho que é isso então. Aliás, achei brilhante a sua ideia de ligar para os bombeiros.

Niki ficou refletindo.

— Ainda acho que é uma boa ideia. Quer dizer, eu entendo o argumento dela sobre afastar os bombeiros de um incêndio de verdade, mas quais as chances de acontecer um grande incêndio na mesma hora?

Elas ficaram sentadas em silêncio, pensando na probabilidade.

— Poderíamos fazer, mas de forma anônima — Sharon sugeriu. Sarge deu um miado choroso e ela deu um tapinha nas próprias pernas, chamando-o para subir no colo. Assim que ele pulou e se acomodou, ela o acariciou atrás das orelhas.

— Por qual telefone? Tudo pode ser rastreado.

Sharon pensou.

— Tem algum telefone público no posto de gasolina?

— Não, acho que não existem mais telefones públicos por aqui.

— Ainda tem no aeroporto.

— E na rodoviária.

— Não adianta para nós. Os dois ficam muito longe.

Niki bateu um dedo na mesa.

— Eu tenho uma ideia, um jeito para eu me aproximar da janela do porão, mas eu precisaria da sua ajuda.

— É só dizer. Eu topo.

Capítulo 29

Quando a Senhora ordenou que Mia subisse à cozinha, ela estava muito irritada.

— Onde você estava com a cabeça, Mia, deixando o balde no meio da cozinha assim? — A Senhora chutou o balde com a ponta do seu sapato de bico fino, e a água espirrou pela borda.

— Desculpe, Senhora — Mia disse.

— *Desculpas* não resolvem.

Mia não sabia mais o que dizer, então simplesmente concordou.

— Não fique aí parada feito uma idiota. O chão não vai se limpar sozinho. Vá trabalhar!

A Senhora saiu da sala, e Mia imediatamente voltou a esfregar, sem nem trocar a água, que ficara gelada enquanto ela estava fora. Quando a Senhora ficava com aquele tipo de humor, o ar se infectava, deixando a casa toda com um aspecto cinzento. Mia fazia de tudo para ficar fora do seu caminho. Depois de terminar de limpar o piso, ela começou a tirar o pó, mesmo não sendo o dia de espanar. Crisco a seguia de perto como se sentisse necessidade de ficar próximo a uma presença amigável. Ele era um cachorro esperto.

Quando Jacob voltou da escola naquele dia, a Senhora gralhou com ele, repreendendo-o por chegar tarde em casa, mas Jacob era mais esperto do que ela. Ele disse:

— Lembrei que você falou que eu precisava me exercitar mais, então dispensei o ônibus e voltei andando. Estou me sentindo ótimo. Talvez eu faça isso todos os dias.

— Então, tudo bem. — Ela pareceu perturbada. — Mas da próxima vez, ligue se for se atrasar. Eu fiquei preocupadíssima.

— Tá bom, mãe, eu vou ligar. Desculpe por ter deixado você preocupada.

— Quando a Senhora se virou, Jacob deu uma piscadela sabida para Mia. Quando a Senhora subiu, e assim que eles ouviram as tábuas do chão guinchando lá em cima, Jacob foi até Mia e sussurrou:

— Trouxe um doce para você. Vou deixar debaixo da sua cama, tá bom?

Mia balançou a cabeça para cima e para baixo, mal conseguindo conter a empolgação. *Um doce só pra mim!* Jacob era mesmo como um irmão mais velho. Depois de voltar do porão, Jacob foi se esconder no quarto, e Mia logo ficou sem nada para fazer. Por alguns minutos, ficou sentada no primeiro degrau da escada, acariciando Crisco. Quando ela se sentiu tomada por uma onda de cansaço, decidiu se deitar atrás do sofá por um tempinho. O espaço entre o sofá e a parede formavam um cantinho aconchegante, bem do tamanho dela. Ela entrou de costas, colocando primeiro o pé até sumir por inteiro, e fechou os olhos para descansar.

Mia não queria cair no sono, mas acabou caindo. A próxima coisa que ela ouviu foi o Senhor chegando em casa do trabalho, falando alto:

— Olá, cheguei. — Ela acordou de sobressalto e começou a sair do esconderijo, mas percebeu que a Senhora estava na sala, sentada em uma cadeira de frente para ela, esperando pelo Senhor. Por sorte, ela não viu Mia.

— Estou aqui — disse a Senhora.

Mia notou que a voz dela estava normal, então talvez ela não estivesse mais de mal humor. Ela ouviu o Senhor largando a mala no chão, em seguida, ouviu seus passos entrando na sala e o rangido do sofá quando ele se sentou.

— Como foi seu dia, querido? — a Senhora perguntou.

— Foi longo. Meu voo atrasou — o Senhor disse. — Estou feliz por estar em casa.

— Há! — a Senhora zombou, e Mia ficou tensa.

Ah não. A pergunta sobre o dia dele fora uma armadilha. Ela sentiu pena do Senhor, porque tinha uma ideia do que aconteceria em seguida.

— Você acha que teve um dia longo? Você não tem ideia. Espere até ouvir o que eu tive que enfrentar.

O Senhor ficou em silêncio enquanto a Senhora falava sobre uma mulher que viera bater à porta deles.

— Fingindo ser uma das minhas fãs. — Mas não era o caso, disse a Senhora, ela só estava bisbilhotando, fazendo perguntas sobre quantas crianças havia na casa. — Aí ela me seguiu até a cozinha e fez um comentário malicioso sobre o balde de limpeza da Mia, dizendo alguma coisa sobre as minhas roupas, que eram chiques demais para fazer faxina. Não que ela tivesse alguma coisa a ver com isso!

Quando a Senhora ficava aborrecida, as palavras saíam rápido, afrontando e ricocheteando nas paredes, como num ataque de raiva. Mesmo detrás do sofá, Mia podia sentir sua fúria.

— Espera um pouco — o Senhor disse, interrompendo. — Ela perguntou quantos filhos nós temos?

A Senhora odiava ser interrompida, e seu tom frio refletia isso.

— Sim, Matt. Entre outras coisas. Ela queria saber a minha opinião sobre a escola do Jacob. Eles não têm grupos focais para esse tipo de pesquisa? Eu pensava que havia maneiras mais eficientes de avaliar tudo isso sem ter que bater de porta em porta. E desde quando é minha responsabilidade mantê-los informados? É óbvio que eles não têm ideia de como eu sou ocupada.

— E ela era uma assistente social que trabalhava para a prefeitura? — As palavras dele saíam devagar, fazendo Mia se lembrar de Jacob quando ele explicava as coisas para ela.

— Eu já te disse isso, Matt. Tente me acompanhar.

— Suzette, me escuta. — Mia sentiu que ele deslocou seu peso no sofá.

— E se ela souber sobre a Mia e estiver investigando? E se alguém descobriu que ela está morando aqui e fez uma denúncia?

— Foi uma visita de *rotina*, Matt. Ela estava visitando várias casas do bairro. — Mia podia imaginar a Senhora fazendo uma careta e cruzando os braços em frente ao peito, do jeito que ela fazia quando estava descontente.

— É claro que ela diria isso — o Senhor disse. — Você só pode ser a pessoa mais burra do planeta, Suzette, por deixar uma assistente social entrar em casa.

— Eu sou burra? Você está dizendo que eu sou burra? — Detrás do sofá, sentindo-se desconfortável, Mia mudou de posição. Ela estava com vontade de ir ao banheiro, mas não tinha como sair do esconderijo agora.

— Nesse caso, sim.

Do nada, a Senhora gritou tão alto que Mia tremeu. Ela não emitia nenhuma palavra, era apenas um berro raivoso e frustrado, assustador pela intensidade. Durou tanto tempo que Mia cobriu os ouvidos com as mãos.

Quando ela parou, o Senhor disse:

— Já chega de agir feito uma criança!

Mia ouviu a Senhora saltar da cadeira. Ela gritou:

— Eu não preciso ouvir isso! — O que ela ouviu em seguida foi a Senhora saindo de súbito da sala para subir as escadas, e o Senhor indo atrás dela, ainda argumentando sobre a assistente social.

Mia deslizou para fora do esconderijo e foi direto para o banheiro. Ela fez o que precisava fazer com um suspiro. Assim que lavou e secou as mãos, espiou pela fresta da porta. A área estava limpa. Agora ela precisava encontrar alguma coisa para fazer para parecer ocupada quando a Senhora descesse.

☾

Jacob estava muito concentrado em um jogo e usando fones de ouvido quando ouviu o berro da mãe. Ele pausou o jogo e tirou o fone. *O que é dessa vez?* Não parecia que ela tinha se machucado. O tom era mais de fúria do que de dor. Depois que ela parou de gritar, subiu as escadas com raiva e seu pai a seguiu, chamando-a pelo nome. Outra discussão. A casa parecia um campo de batalha na maior parte do tempo. O pai estava argumentando sobre deixar alguém entrar em casa e depois disse algo sobre Mia. Para Jacob, parecia engraçado que a pequena Mia, a pessoa mais doce e menos ameaçadora do mundo, tivesse o poder de despertar medo no coração dos seus pais.

É claro que não era exatamente *dela* que eles tinham medo, mas da ideia de terem problemas por causa delas. Às vezes, seu pai passava meses sem tocar no assunto, e até Jacob se esquecia que a permanência de Mia na casa deles não era autorizada pela justiça. Se ninguém falasse a respeito, quase parecia que ela era adotada. Ou *fora salva de uma vida horrível*, como sua mãe dizia. Mas aí acontecia alguma coisa que aterrorizava o seu pai, ele discutia com a mãe e os dois tinham uma briga colossal cheia de xingamentos e acusações. Cada um ameaçava colocar o outro na cadeia, ou expor seus podres para os avós, o que Jacob achava engraçado. Mesmo sendo velhos, eles não queriam que seus pais soubessem que fizeram algo errado. Tão estúpido. Ter a aprovação do seu pai e da sua mãe não significava nada para ele agora. Quando ele chegasse aos quarenta, então, ele estaria muito ocupado vivendo a própria vida e não teria tempo de se importar com a opinião deles.

Ele ouviu seu pai gritar:

— Será que você pode usar a cabeça pelo menos uma vez, Suzette? Você já ouviu falar que assistentes sociais fazem visitas de rotina?

— Claro que sim. — Ela sempre estava na defensiva. — É isso que elas fazem, Matt. — Não dava para dizer nada para ela.

Jacob se levantou e abriu a porta para ouvir às escondidas.

— Estou falando para você, parece que alguém sabe sobre a Mia e nos denunciou.

A mãe debochou.

— Ah, Matt, pare de ser tão dramático. Ninguém sabe sobre a Mia. Como poderiam?

Seu pai não desistiria.

— Pense um pouco! Alguém já viu a menina? Talvez, pela janela? Você já falou sobre ela em alguma conversa? Ela estava em alguma foto que você postou, talvez ao fundo?

— As janelas ficam fechadas e faz meses que ela não sai.

Jacob andou pelo corredor até chegar ao quarto dos pais. A porta estava entreaberta.

— E as fotos das redes sociais?

— Eu nunca posto fotos de casa — a mãe disse, imperiosamente. — É a minha conta profissional. Eu só posto fotos tiradas durante eventos e reuniões.

— Estou com um mau pressentimento sobre isso.

Quando eles brigavam, Jacob sempre ficava do lado do pai. Sua mãe tinha uma tendência a ignorar as preocupações do marido, fazendo pouco caso dele sempre que podia. A ironia é que seu pai era muito mais inteligente do que ela.

— Ah, Matt, esquece isso. Se a mulher voltar, não vou deixá-la entrar. Você está fazendo um alvoroço por nada.

Jacob empurrou de leve a porta, que se abriu. Sua mãe estava sentada ao pé da cama, olhando para as unhas. Seu pai estava parado de frente para ela. Jacob limpou a garganta e os dois viraram para olhar para ele.

— Jacob, querido, não é um bom momento — a mãe disse.

— Alguém viu a Mia sim — Jacob disse.

— O quê? — Seu pai voltou a atenção para ele. — O que você disse?

— Alguém viu a Mia. Uma mulher.

— Ontem, enquanto você estava viajando. A mãe estava na garagem conversando com uma vizinha, e a Mia abriu a porta para olhar. A mãe fez um estardalhaço por causa disso. Ela mandou nós dois para o quarto sem jantar.

O pai olhou para a mãe com um olhar acusatório.

— Você não pretendia me contar isso?

— Não foi nada. Jacob está exagerando. — Sua mãe se levantou. — Uma intrometida da rua de baixo veio conversar comigo enquanto eu estava esvaziando o porta-malas do carro. Conversamos por um minuto e eu me livrei dela. — Ela deu de ombros.

— Ela viu a Mia?

— Acho que não seria possível. Foi só por um segundo, e depois eu disse à Mia para fechar a porta.

Seu pai disse:

— Se não foi nada, por que você mandou os garotos para o quarto sem jantar?

— Porque eles não me ouvem, é claro. — Ela conseguia distorcer os fatos do jeito que lhe convinha. — Mia sabia que não podia abrir a porta para a rua, e Jacob deveria ficar de olho nela. Os dois sabem das regras. É essencial ter consistência na disciplina das crianças, Matt. Você saberia se ficasse mais em casa, em vez de sair vagabundeando pelo país fazendo sabe-se lá o quê. — Ela acenou uma mão na direção dele.

— E o que a intrometida da rua de baixo queria saber?

Sua mãe suspirou dramaticamente para mostrar que estava cansada de tantas perguntas.

— Ela e a neta acabaram de se mudar para o bairro. Ela queria saber se tínhamos crianças pequenas em casa, para marcar um dia para as crianças brincarem. Eu disse que só tínhamos um filho adolescente e a mandei embora.

Sinceramente, Matt, estou ficando com dor de cabeça. Acho que essa conversa acabou. — Ela se virou e entrou no banheiro, batendo a porta.

Seu pai foi até lá e ficou parado com o nariz colado na porta.

— Você não vê a relação, Suzette? Alguém vem, pergunta se temos filhos pequenos e logo depois aparece uma assistente social bisbilhotando? Tem coisa aí. Você está se enganando se acha que podemos continuar vivendo assim para sempre. Chegou a hora de abrir o jogo sobre a Mia.

— Saia de perto da porta, Matt — Suzette gritou. — Essa conversa acabou. Já chega.

Capítulo 30

Naquela noite, a Senhora fez Jacob colocar Mia para dormir, pois ela se recolheria para descansar no seu quarto.

— Estou com uma dor de cabeça terrível e não quero ser incomodada — ela disse, mas tanto Mia quanto Jacob notaram a garrafa de vinho que segurava na mão enquanto marchava escada acima. Ela não dissera uma palavra ao Senhor, que estava esticado no sofá, assistindo à TV, com o controle remoto em cima da barriga. Qualquer um que passasse pela casa naquela hora não perceberia que uma briga estrondosa acabara de acontecer.

Às vezes era assim. A calma depois da tempestade.

Jacob desceu a escada junto com Mia, sem falar nada, até chegarem ao cantinho do porão que ela ocupava.

— Não se esqueça, eu deixei um doce para você debaixo da sua cama — ele disse. — Está num saco plástico. Deixe a embalagem e a lata dentro do pacote quando você acabar, eu vou voltar para buscá-los amanhã de manhã bem cedinho.

— Obrigada, Jacob.

— Vou deixar destrancado — ele disse, apontando para o cadeado. — Para você poder escovar os dentes depois de comer. A minha mãe vai estar meio fora de si, então acho que não precisamos nos preocupar, mas é sempre bom tomar cuidado.

Mia concordou. Os dois sabiam que uma tempestade de fogo irromperia se a Senhora pegasse Jacob levando doces escondidos para a menina e deixando a porta destrancada. O vinho diminuiria as probabilidades de ela descer, mas todo cuidado era pouco.

Mia sentou de pernas cruzadas na caminha.

— Jacob? Por que o Senhor achou que a moça estava perguntando sobre mim?

— Você ouviu aquilo, né? — ele ficou impressionado. Mia não deixava nada escapar.

Ela fez que sim com a cabeça intensamente.

— Você não precisa se preocupar com nada — Jacob disse, esperando que suas palavras fossem de conforto. — Vamos cuidar de você e não deixar que ninguém a leve embora.

— Mas por que alguém me levaria embora? Para onde eu iria?

— Olha, Mia — ele se agachou para ficar da altura dela —, quando as pessoas salvam uma criança, elas oficializam com documentos, conversam com um juiz, coisas assim. Nós pulamos essa parte, porque você estava em um lugar tão ruim que era uma emergência. Nós *precisávamos* tirar você daquela situação imediatamente e trazer você para cá.

— Mas vocês não poderiam conversar com um juiz e explicar? — Ela fazia parecer tão simples.

Ele respirou fundo. *Como é que eu vou explicar?*

— Não, porque eles brigariam com a gente por não termos conversado antes. É muito complicado, mas você não precisa se preocupar com isso. Só coma o seu docinho. Amanhã as coisas vão voltar ao normal por aqui. Você sabe como é a minha mãe. — Ele se levantou, satisfeito por ter sanado todas as dúvidas da menina.

— Mas e se a moça voltar...

— Ela não vai voltar, e mesmo se voltar, minha mãe não vai deixá-la entrar.

— Tá bom. — Ela parecia satisfeita.

— Boa noite, Mia.

— Boa noite, Jacob.

Ele fechou a porta e esperou para ouvir o gritinho de alegria de Mia ao descobrir os bolinhos e o refrigerante de limão.

— Obrigada, Jacob — ela falou alto.

— De nada, baixinha. — Ele torceu para que ela não comesse tudo de uma vez e passasse mal. Quase voltou para avisá-la para não comer demais, mas depois mudou de ideia. Mia não era como Jacob. Ele não sabia comer com controle, enquanto ela tinha autocontrole e parava de comer quando estava satisfeita. Ela era esperta assim. Mais do que isso, também entendia a mãe dele. Nem todo mundo conseguia lidar com Suzette como Mia lidava.

Para uma criança tão pequena, ela já havia entendido como a vida funcionava.

Capítulo 31

Elas colocaram as roupas de inverno — casaco, chapéu, cachecol —, Sharon optou por botas de inverno, enquanto Niki preferiu a agilidade do seu tênis. Molhar o pé era menos importante do que conseguir escalar a cerca rápido e em silêncio.

— Você tem certeza disso? — Sharon perguntou, tirando um banquinho do armário. Era do tipo dobrável, que, para Niki, parecia uma escadinha. Sharon havia buscado um pedaço de corda na garagem, e agora estava enrolando em volta da alça do banquinho, dando um nó bem firme.

— Claro — Niki vestiu as luvas. — O que pode acontecer de pior? Se eles me virem, eu saio correndo a toda. — Ela não estava tão confiante quanto tentava demonstrar. Suzette Fleming era uma mulher assustadora, e não se surpreenderia se ela chamasse a polícia e a acusasse de invasão de propriedade. Claro, aquilo só aconteceria se alguém a pegasse em flagrante, e Niki não estava planejando ser pega. Era um plano simples. Pularia a cerca, atravessaria o jardim, olharia pela janela, tiraria algumas fotos e voltaria antes que alguém a notasse.

A assistente social precisava de algo concreto, alguma *prova*, fotos eram uma prova. A forma de obter a evidência podia ser problemática, mas talvez não importasse, principalmente porque havia uma criança em jogo. Era mais fácil pedir perdão do que pedir permissão.

Era a noite perfeita para uma missão de reconhecimento de terreno. Niki não via o pai de Jacob há dias, então ele provavelmente estava viajando. Jacob não olharia para aquela direção, pois o quarto dele ficava do lado oposto da casa. A mãe também não seria um problema, pois era muito cedo para ela ter ido para o quarto. Niki certificou-se de escolher um horário em que todos os quartos que davam para o jardim estavam com as luzes apagadas. Sem luzes, sem pessoas. Apenas o mistério de uma luz tremeluzindo na janela do porão.

O clima também estava perfeito. A neve caía na forma de uma poeira úmida, e a brisa estava forte o suficiente para apagar qualquer pegada que ela deixasse.

Niki enrolou o cachecol em volta da parte de baixo do rosto e puxou o capuz por cima da cabeça. Da cabeça aos pés, apenas seus olhos estavam visíveis. Ela duvidava que os Fleming tivessem uma câmera de segurança nos fundos da casa. Mesmo se tivessem, provavelmente a câmera estaria direcionada aos pontos de entrada, enquanto ela chegaria pelo canto do quintal. Do ponto de vista logístico, dificilmente seria flagrada, mas ainda era um risco. Aquele disfarce todo garantiria que ela não poderia ser identificada em uma filmagem.

Elas saíram pela porta dos fundos do pátio de Sharon. Quando Niki olhou para trás, viu Sarge observando as duas marcharem pela neve até os fundos do terreno.

— O gato deve estar se perguntando o que nós estamos fazendo — ela disse.

— Até eu estou me perguntando o que nós estamos fazendo — Sharon riu baixinho, com o banquinho enfiado debaixo do braço e arrastando o pedaço de corda pela neve. Quando chegaram aos fundos do terreno, ela desdobrou o banco e posicionou-o de frente para a cerca. — Você está nervosa?

Niki negou, balançado a cabeça.

— Não. Vai levar só uns minutinhos e, se der certo, vamos poder seguir em frente.

— Desde que você não seja pega.

— Isso não vai ser um problema. Eu sou sorrateira como uma ninja.

Sharon fora bastante animadora da primeira vez que elas conversaram sobre aquilo. Ela disse que era a favor, na teoria, mas se preocupava com a prática. Ela não queria que Niki se machucasse ou corresse perigo. Se Amy estivesse aqui, ela não teria permitido que Niki pulasse a cerca para espiar os vizinhos. Por mais durona que Amy fosse, ela ainda era uma advogada e, logo, alguém que gostava de seguir regras. Ela falava sobre processos e diligências, para garantir que tudo estivesse nos conformes. Niki podia ver que Sharon era mais frouxa. Preferia fazer as coisas do jeito certo, mas seu lado materno falara mais alto desta vez. Tinha uma preocupação de mãe, tanto pela criança misteriosa quanto por Niki. Ela justificara a invasão dizendo:

— Já tive meu quintal invadido por crianças. Não que eu adore, mas não é nada demais. — Claro, ninguém precisava escalar uma cerca de dois metros para entrar no seu terreno.

Niki bateu no bolso, para garantir que estava com o celular, e tentou subir no banquinho. Sharon segurou firme, sussurrando: — Não sei se é alto o suficiente.

— Olha só. — Niki subiu no banco e olhou para a casa dos Fleming, verificando se ainda estava escura e silenciosa. Assim que confirmou que sim, ela se segurou na parte de cima da cerca e passou uma perna para o outro lado. As ripas da cerca eram robustas, de cinco por dez centímetros, e a mais alta ficava posicionada em um local adequado para Niki apoiar os dedos enquanto deslizava por cima da cerca. Em um segundo, ela subiu a cerca e pulou no chão do quintal dos Fleming. — Vamos lá — ela disse, baixinho. Conforme planejado, Sharon ergueu o banquinho dobrado e passou por cima da cerca. Niki puxou o banco para baixo e o abriu, para deixá-lo preparado para a volta.

Em silêncio, ela cruzou o quintal acompanhando a linha da cerca, prestando atenção em cada barulho: um cachorro latindo no quintal do vizinho, o sopro do vento, o som do alarme de um carro disparado ao longe. A neve caía como uma poeira úmida, de um jeito que era difícil dizer se estava nevando mesmo ou se era apenas o vento soprando. Ela andou com cuidado, consciente de que cada passo deixava uma pegada que poderia denunciar sua presença, mas estava tranquila, pois tinha certeza de que aquela neve inconstante encobriria seu rastro.

A luzinha na janela do porão foi o que a atraiu, como um inseto é atraído por uma chama. Chegando mais perto, ficou evidente que aquela luz era mais fraca do que ela achava. Na verdade, era incrível que tivesse conseguido avistá-la da janela do seu quarto. Quando chegou na casa, ficou decepcionada ao ver que a janela do porão era feita de tijolos de vidro. Oito quadrados perfeitos, quatro na fileira de cima, quatro embaixo. Sólidos, ondulados e impenetráveis. A fonte de luz ficava mais forte de perto, mas ela não conseguia ver o que a emitia ou quem estava lá dentro. Ela fechou o punho, pensando em talvez dar um soco no vidro, mas desistiu. O que ela conseguiria com isso? De certo, só assustaria a criança e o barulho chamaria a atenção dos outros membros da família.

Não, aquilo fora uma perda de tempo. Ela se virou e voltou pelo caminho que fez para chegar até ali, tentando ficar perto da cerca e voltar ao lugar onde ela havia deixado o banquinho. Jogando a corda por cima, ela sussurrou para Sharon:

— Prepare-se, estou voltando. — Ela esperou até que a corda estivesse bem esticada antes de subir. Pular a cerca daquele lado era muito mais fácil, conseguiu passar as duas pernas com facilidade. Um pulo rápido ao chão e pronto. Sharon puxou a corda, uma mão depois da outra, até nivelar o banquinho com a cerca, Niki ficou na ponta dos pés e puxou-o pela alça. Com uma pequena manobra, elas conseguiram fazer o banco passar por cima da cerca.

— Você conseguiu tirar fotos? — Sharon perguntou.

Niki balançou a cabeça.

— Não tinha nada para fotografar. As janelas do porão são de tijolos de vidro.

— Ah, que pena — Sharon disse, decepcionada. — Bom, pelo menos valeu a tentativa.

Elas voltaram em silêncio para a casa, onde Sarge as esperava atrás da porta do pátio, com uma patinha erguida no vidro. Parecia até que ele estava acenando.

Capítulo 32

Suzette caminhava a passos lentos no escuro, com uma taça de vinho na mão. Ali, no conforto do seu quarto, com todas as luzes apagadas, ela podia beber sem ser julgada. Começara a deixar uma taça e um saca-rolhas no armário do banheiro, por trás da sua fileira de cremes faciais. Tê-los por perto era perfeito naquelas noites em que ela precisava de um tempo sozinha, algo que acontecia com mais frequência quando Matt estava em casa. Nessa noite, ela estava de péssimo humor. Por culpa do Matt, óbvio. Sempre ele. O único membro da família que ela não conseguia manter na linha. Ela conseguia lidar com o garoto, e Mia era moleza. Ela conseguia mantê-los sob controle com um pouco de esforço e olhares severos.

Mas Matt era outra história. Era óbvio que ele se achava o mais esperto dos dois, e ele chegava a *repreendê-la*. Que audácia. Ela tomou um gole enorme de vinho, esvaziando a taça, e serviu-se de mais um pouco. Seus olhos agora estavam bem acostumados e, mesmo no escuro, ela servia o vinho como uma *sommelier* profissional. *Toma essa, Matt.* A garrafa estava ficando vazia, e a mulher desejou ter trazido outra para o andar de cima.

Ela se sentou na poltrona perto da janela e cruzou as pernas, ainda pensando no discurso de Matt. Mesmo sob o efeito do álcool, podia ouvir suas palavras de escárnio. *Você está se enganando se acha que podemos continuar vivendo assim para sempre. Chegou a hora de abrir o jogo sobre a Mia.*

Hora de abrir o jogo? No que ele estava pensando? Que eles iriam até uma delegacia com Mia e diriam que encontraram uma criança perdida? Ele estava fora de si. Se a assistente social tivesse vindo porque eles estavam sendo investigados, não era mais um problema. Como sempre, Suzette resolveu a situação com elegância. E mesmo se a assistente social quisesse voltar, Suzette tinha uma solução. Era só não a deixar entrar, e pronto. Sem mandado judicial, nada feito. Problema resolvido.

A casa era dela e ela fazia as regras.

Suzette desviou a atenção para a janela, pensando se alguém tinha soltado Crisco. Mia parecia bastante atenta às necessidades do cachorro, então era provável que ela já tivesse cuidado disso. Engraçado aquele vínculo entre os dois seres menos inteligentes da casa. Eles podiam ter vindo da mesma ninhada, pelo jeito que se entendiam, como uma família, os dois motivados apenas por comida e elogios. Como almas gêmeas primitivas. A vida era mais fácil para Mia e Crisco, Suzette concluiu. Todas as necessidades deles eram atendidas pelos outros. Nada com o que se preocupar.

Deve ser bom.

Ela esvaziou o copo e estava se levantando para se servir de mais uma taça quando algo no quintal chamou sua atenção. Estava escuro lá fora, mas não um breu completo. Parte da lua brilhava, os vizinhos de um dos lados estavam com as luzes da varanda acesas e as luzes da rua iluminavam um pouco, passando pela fileira de casas. Ainda assim, não era fácil entender o que estava vendo. Ela se levantou da cadeira e foi direto até a janela.

Movimento. Alguém estava no quintal, caminhando ao longo da cerca. Ela apertou os olhos. Jacob? Não, a pessoa era mais magra e se movia com mais agilidade. Também não era Matt, pelo que conseguia ver. Seu coração acelerou. Pensou se deveria gritar para avisar Matt que tinha alguém lá fora. Ou deveria ligar para a polícia? A pessoa vinha se aproximando enquanto Suzette observava e chegou tão perto da casa que ela não conseguia mais ver. Será que invadiriam? Seu celular, lembrou-se de repente, estava carregando no balcão da cozinha. Ela podia gritar para Matt, que estava lá embaixo, mas odiava a ideia. Depois de todo o vinho que havia tomado, certamente arrastaria as palavras, e ele com certeza acharia aquilo o máximo.

Ele que lidasse com o assaltante invadindo a casa. Ela desejou que houvesse uma briga e que Matt acabasse no lado errado de uma faca. Isso o ensinaria a não falar dela de forma depreciativa.

O invasor apareceu mais uma vez, voltando para os fundos do terreno pelo lado do muro e subindo a cerca tão rápido que parecia um ginasta fazendo um número artístico. Um segundo depois, um objeto volumoso subiu até a cerca e foi puxado para o outro lado. Uma escada? Só podia ser.

Por que alguém entraria no quintal deles? Ela virou o último gole de vinho, saiu do quarto e atravessou o corredor, passando pelo quarto de Jacob. Viu a luz acesa debaixo da porta, mas o quarto estava completamente quieto. Fazendo a lição de casa, ela esperava, mas era mais provável que estivesse jogando. *Bom, não é problema meu.* Ela seguiu em frente, descendo a escada. Depois de deixar a taça de vinho na pia da cozinha, entrou na sala de estar para confrontar Matt, que estava assistindo a um programa policial na televisão. *Como sempre.*

— Você sabia que alguém acabou de entrar no nosso quintal? Eu vi da janela do quarto.

Ele não tirou os olhos da tela.

— Provavelmente era o Jacob com o cachorro. Ou talvez seja só sua imaginação.

Só imaginação? Ele estava fazendo referência à bebida. *Bruto.*

— Errado — ela disse. — O Jacob está no quarto, então não foi ele. Eu tenho certeza de que vi alguém caminhando pelo quintal e depois subindo a cerca para sair.

— Aham — ele disse. — Eu não ouvi nada. Provavelmente alguma criança. Um dos amigos de Jacob querendo fazer uma brincadeira. — Ele bocejou.

— Jacob não tem amigos.

— Isso é pura maldade sua. Desnecessário, Suzette.

Ela podia jurar que ele fazia aquele tipo de coisa para provocá-la.

— Ter alguém pulando uma cerca de dois metros e andando no nosso terreno não te incomoda? Talvez estejam rondando a casa para invadir depois.

— Duvido muito. — Ele pegou o controle e começou a trocar de canal.

— Se você estiver mesmo preocupada, podemos manter as luzes de fora acesas a noite toda.

— Eu sempre falo para você que precisamos de um sistema de segurança.

— Sim, e eu disse que, se você quer um sistema de segurança, deveria ligar para algumas empresas e pedir orçamentos. Eu não posso fazer tudo sozinho, Suzette.

Quando ele começava com essas conversas improdutivas e hostis, ela achava melhor simplesmente se afastar. Não dava para perder tempo caindo naquele tipo de bobagem. Além disso, o vinho estava fazendo sua cabeça girar e ela precisava de silêncio para pensar. Jacob estava no quarto, então não ajudaria em nada.

Era óbvio que ela estava sozinha, mais uma vez. Foi até o armário do *hall* de entrada, calçou botas de inverno, vestiu o casaco e as luvas e pegou uma lanterna pequena da gaveta de utensílios de cozinha. Nos fundos da casa, ela acendeu a luz da varanda antes de sair.

O frio intenso a pegou desprevenida, pinicando nas bochechas e fazendo seu cabelo esvoaçar. Ela expirava vapor por causa do ar gelado. O frio acabou com a sensação quente que o vinho lhe deixara no corpo. Sair com aquele tempo a deixava irritada. Aquilo era trabalho para o Matt ou para o Jacob, mas Matt não estava disposto a ajudar, e Jacob provavelmente faria tudo errado. *Inúteis. Eram dois inúteis.*

Ela andou até a cerca dos fundos, de onde vira a escada ser recolhida, mas não havia nada lá, nem pegadas. A neve que caía estava mascarando as provas. Ela apontou a lanterna para as ripas da cerca, procurando lugares onde a madeira pudesse ter sido cortada, mas não viu nada fora do comum. Ela virou e refez os passos do invasor, andando junto à cerca, com a lanterna à frente.

Ao se aproximar da casa, ela viu marcas na neve que poderiam ou não ser pegadas. Não estavam bem definidas, e a cada minuto ficava mais difícil enxergá-las. Ela entrou em casa e olhou para a sua janela no andar de cima. Este fora o ponto cego, onde a pessoa parou antes de se virar. Sua atenção estava na janela do porão, que levava ao quarto de Mia. A pirralhinha estava assistindo à TV lá embaixo, o que não era exatamente uma surpresa. Suzette não se importava com o que ela fazia à noite, desde que ela estivesse descansada o suficiente no dia seguinte para fazer as tarefas domésticas.

A parte preocupante foi um pensamento que lhe passou pela cabeça, de que quem quer que estivesse no quintal tinha ido até aquela janela por suspeitar que Mia estivesse lá embaixo. Que bom que a janela era de tijolo de vidro.

Ao entrar, molhada e frustrada, as emoções começaram a surgir. Ela estava indignada porque alguém invadira o terreno, irritada porque Matt se negava a levar suas preocupações a sério e, principalmente, porque teve que sair de casa naquele frio congelante para investigar. Quanto mais ela pensava, mais nervosa ficava.

Suzette bateu a neve das botas, tirou as luvas e jogou-as no tapete da porta dos fundos. Em seguida, descalçou as botas e desceu ao porão para buscar Mia. Alguém precisava dar um jeito naquelas roupas molhadas, e não seria ela.

Quando chegou ao porão, ficou intrigada ao ver que o cadeado na prateleira de Mia não fora trancado. Jacob fazendo besteira, óbvio. Ao puxar a prateleira na sua direção, ela viu Mia sentada de pernas cruzadas assistindo à TV e comendo algo que parecia um bolinho. O choque no rosto de Mia ao vê-la foi impagável. Ela colocou o bolinho de lado, como se adiantasse de alguma coisa.

— Mia? — Suzette disse com firmeza. — O que você tem nas mãos?

Mia ergueu a mão esquerda, mostrando que estava vazia.

— A *outra* mão. — Suzette estava odiando o som da própria voz, tão rouca e seca. Odiava com todas as forças. Por que ela sempre tinha que fazer o papel de ogra? Ela não queria ter que impor regras, mas alguém precisava impor. Vendo de fora, sua vida parecia um sonho, mas, na verdade, era bastante cansativa. Às vezes, só de pensar em tudo o que ela precisava controlar já lhe dava dor de cabeça.

Mia ergueu a outra mão, a que segurava um bolinho embrulhado em um guardanapo.

— Você pode comer no seu quarto?

Mia balançou a cabeça.

— Responda, diabo! Use suas palavras! — Suzette sabia que estava prestes a ter um ataque de nervos, algo que a deixava enfurecida. Ela se orgulhava de ser tão autocontrolada e não deixaria uma criança desobediente tirar isso dela. Inspirou com força e, entre os dentes cerrados, disse:

— Vou perguntar mais uma vez. Você pode comer no seu quarto?

Os olhos de Mia se encheram de lágrimas.

— Não, Senhora.

— Então você sabia que não podia comer no seu quarto, mas está comendo mesmo assim. É isso mesmo?

Mia balançou a cabeça em negativa, mas se obrigou a enunciar um *Sim, Senhora*.

— Por quê, Mia, por que você faria isso mesmo sabendo que não pode? — Suzette queria agarrar a menina pelos ombros e chacoalhá-la até ela ficar toda mole, mas, de forma surpreendente, se controlou. — Por quê?

O queixo da criança caiu, e ela murmurou.

— Não sei.

— Você acha que eu sou burra? Você achou que eu não descobriria?

— Não, Senhora.

— Dá isso aqui para mim. — Suzette estendeu a mão, e Mia deu o bolinho para ela. — Ora, ora, quem diria. Bolo de chocolate. Foi o Jacob quem te deu?

Mia hesitou, agora as lágrimas rolavam pelo seu rosto.

— Responda! Foi o Jacob quem te deu?

— Sim, Senhora.

— Venha comigo. — Agarrando Mia pelo braço, ela a tirou da cama e a arrastou escada acima. No primeiro andar, parou na beira da escada e gritou:

— Jacob, desça já aqui! — e continuou andando até a sala, puxando Mia consigo. Ela estava preparada para dar um belo de um sermão em Matt e, desta vez, ela não o deixaria passar por cima dela.

Capítulo 33

Jacob estava com os fones no ouvido e, dessa vez, concentrava-se na sua tarefa de casa. A professora de inglês pediu que a turma escrevesse redações *individuais*, com ênfase no *individual*. A senhora Rathman sugerira alguns assuntos: detalhar o que os definia como pessoas, escrever sobre um evento que mudara a vida deles, ou contar uma história sobre a superação de alguma adversidade. Jacob não sabia como começar a falar desses assuntos, então, sua redação foi completamente fictícia, a história do tempo que passara pescando com seu tio-avô Stevie e toda a sabedoria que o velho lhe transmitira, pouco tempo antes de sua morte inesperada causada por um ataque cardíaco, que ocorreu assim que devolveu o barco à locadora. Como não estava limitado pela verdade, Jacob conseguiu entrar na história, embelezando-a com detalhes emocionais que certamente encheriam de lágrimas os olhos da senhora Rathman. Se as notas das provas não fossem seu ponto forte, talvez ele pudesse escrever uma redação destruidora.

Ele foi interrompido quando a porta abriu e viu Mia parada no corredor, com uma expressão hesitante no rosto. Tirando os fones, ele disse:

— O que foi?

— A Senhora quer que você desça. — Pelo jeito que ela falou, Jacob sabia que não era alguma coisa boa. E como sua mãe mandou Mia chamá-lo, era provável que ela tivesse tentado gritar e ele não ouviu, o que significava que já estava enfurecida. Ela ficava louca quando alguém não atendia às suas demandas.

— Eu tô ferrado? — ele perguntou.

Ela fez que sim.

— Por quê?

— Por causa do bolinho. Desculpe, Jacob. — O lábio inferior dela tremia de um jeito que o fez sentir pena da Mia e raiva da mãe ao mesmo tempo.

— Não se preocupe com isso, Mia. Não é sua culpa. Eu vou assumir a responsabilidade.

Mia foi na frente e desceu com ele até a sala de estar, onde seu pai estava sentado no sofá, com as pernas esticadas sobre a mesa de centro. Enquanto isso, sua mãe estava parada em frente à janela, com um bolinho na mão. Sua postura estava relaxada, mas ela tinha aquele olhar de maluca que Jacob tanto temia.

— A Mia disse que você queria falar comigo? — ele perguntou, tomando o lugar ao lado do pai. Mia, sem saber aonde ir, ficou parada junto à porta.

— Você pode tratar de me dizer o que é isto, Jacob? — Ela segurava o bolinho de um jeito arrogante, sugerindo que ele fora pego em flagrante.

Jacob inclinou a cabeça para um lado. Ter o pai ao seu lado lhe deu uma dose extra de coragem.

— Para mim, parece um bolinho de chocolate com recheio de creme, mãe, mas eu tenho a impressão de que você já sabe disso.

— Que falta de respeito — ela espumou de raiva, jogando o bolinho contra ele. O bolinho deslizou pela mesa de centro, indo parar no chão. — Como você se atreve a dar isso para a Mia? Como você se atreve? Você conhece as regras da casa. É *absolutamente proibido comer nos quartos*. Em hipótese alguma. E a outra regra? Nós só comemos no horário das refeições. Sem lanchinhos. Você entendeu?

Jacob fez que sim.

— Eu sei que as regras são essas.

— E mesmo assim você decidiu ignorá-las.

— Eu não estava ignorando. Só pensei em fazer uma exceção dessa vez e deixar a Mia comer um bolinho.

— Uma *exceção*? Não existe exceção. — Sua voz estava alta e estridente. — O que você fez é imperdoável. Já basta você ter descaradamente ignorado as minhas regras, mas envolver a Mia, que agora vai achar que não precisa me ouvir? Imperdoável!

O pai tirou as pernas da mesa de centro, descansando os cotovelos nos joelhos.

— Suzette, acho que você está exagerando. O Jacob só estava tentando fazer uma coisa legal.

De canto de olho, Jacob viu Mia, tremendo, parada no lugar.

— Você está agindo como se eu tivesse matado alguém, mãe. É só um bolinho. Eu sou gordo, mas a Mia não é. Por que ela não pode comer um doce de vez em quando? — Jacob disse.

A mãe estava nitidamente enfurecida, mas em vez de explodir, ela se segurou e falou devagar e com calma.

— Não vou mais ficar ouvindo isso. Vocês todos estão avisados. Jacob, eu não quero mais encontrar nem sinal de doces aqui ou no quarto da Mia. Se eu encontrar uma migalha sequer, vou jogar seu celular no triturador de lixo. Vou subir para o meu quarto, e não quero mais ser incomodada pelo resto da noite. — Ela saiu furiosa da sala. Alguns minutos depois, eles a ouviram remexendo na geladeira. Todos sabiam o que aquilo significava. Outra garrafa de vinho para seu exílio no quarto.

Assim que a ouviram no andar de cima, o pai de Jacob se virou para ele e disse:

— É impressão minha ou ela está ficando cada vez pior?

— Difícil dizer — Jacob respondeu. — Talvez esteja pior. — Era difícil avaliar. Ela tinha um humor tão inconstante, mas seus acessos de raiva pareciam estar acontecendo com mais frequência.

— Você sabe onde ela tem comprado os comprimidos ultimamente?

— Nem ideia.

— Mia, eu preciso conversar com o Jacob um pouquinho, então por que você não desce para o seu quarto? E não se esqueça de escovar os dentes, tá bom? — o pai disse.

Ela concordou e saiu.

Matt apertou o espaço entre as sobrancelhas e suspirou:

— Jacob, nós precisamos conversar.

— Certo — ele respondeu. Eles quase nunca tinham tempo para conversar a sós e Jacob chegou a pensar que talvez fosse um bom momento para contar ao pai sobre os resultados do exame de DNA de Mia. Ele deixaria o pai falar primeiro, e depois conversariam sobre a família de Mia.

— Antes de mais nada, eu quero me desculpar por você ter tido que crescer em uma família tão problemática. Você está com quase dezoito anos e eu sei que não tivemos tantos anos bons. Eu gostaria de poder dizer que fiz o melhor que pude, mas, olhando para trás, não tenho certeza disso. Eu falhei de tantas formas, e peço desculpas por isso.

— Não peça desculpas. Você é um pai incrível.

O pai ergueu a palma da mão.

— Fico feliz, mas não estou buscando elogios aqui. Eu cometi muitos erros. Você já deve saber que eu tive que abandonar a medicina porque um dos gestores descobriu que eu cometi um crime. Bom, vários crimes, para falar a verdade. Fraude de faturamento envolvendo planos de saúde. Eu fiz isso porque não estava conseguindo gerar lucros, e fiquei com medo de perder o emprego. Uma mulher que trabalhava para mim me ajudou. Você já deve ter ouvido sua mãe falar dela. — Ele ergueu as sobrancelhas. — Essa mulher, o nome dela é Jayne. Tivemos um caso, algo de que eu não me orgulho, já que ambos éramos casados com outras pessoas na época. Nós dois fomos demitidos e, para evitar envolver a polícia, eu concordei em abrir mão do meu registro no Conselho de Medicina. Eu não falo com a Jayne há anos. Foi algo terrível e vergonhoso, e eu me arrependo de tudo o que aconteceu.

Foi algo próximo do discurso que Jacob ouvira da mãe ao longo dos anos, mas era diferente ouvir o pai admitir. Era mais triste.

— Todo mundo erra — disse Jacob.

O pai balançou a cabeça.

— Foi um erro muito feio, e agravou ainda mais a situação com a sua mãe, que faz questão de sempre me lembrar do que eu fiz, e usa essa informação para fazer o que quer. Eu nunca deveria ter deixado ela me chantagear para manter a Mia aqui. Se você quer saber a verdade, sinto nojo de mim mesmo. Eu decidi que, depois que você terminar o ensino médio, eu vou abrir o jogo.

— Abrir o jogo?

— Não posso mais viver assim. Eu vou à polícia confessar tudo. Conversei com um amigo advogado e discuti o cenário com ele, hipoteticamente, é claro, e ele acha que há boas chances de o crime de fraude ter prescrito. Se for esse o caso, eu não seria processado. Mas ainda tem a questão da Mia. Você ainda era menor de idade quando ela foi trazida para cá, mas sua mãe pode tentar te envolver nisso, então talvez você também seja acusado. Mas acho que se nós dois contarmos a mesma história, podemos nos livrar da acusação de sequestro. Minha esperança é que, mesmo que eu seja arrastado para dentro dessa confusão, você possa ser poupado.

— Mas *nós* não tínhamos a intenção de sequestrar a Mia.

— Eu sei — o pai suspirou. — Estou pensando em dizer que a sua mãe apareceu em casa um dia com a Mia, dizendo que ela era filha da prima dela, adotada da América Central. A história que ouvimos é que a Mia ficaria conosco enquanto a prima estava tratando um câncer. Um favor para um parente que acabou durando mais do que o previsto. Você acha que se sentiria confortável contando essa história?

Jacob fez que sim.

— Se fosse para ajudar.

— Ajudaria bastante. Ainda haveria uma acusação criminal, mas, se tudo der certo, a sua mãe seria a única incriminada. É um tiro no escuro, provavelmente eu também serei envolvido, mas ao menos você seria poupado. Já conversei com a sua avó e o seu tio Cal, disse que possivelmente enfrentaríamos alguns problemas familiares em breve, que deixariam você sozinho. Você vai poder contar com eles.

— Certo. — Jacob franziu a testa.

O pai colocou uma mão no seu ombro.

— Ainda vai demorar um pouco, então teremos tempo para alinhar nossas histórias. É importante ser coerente nos detalhes. Mas vamos treinar, tá bom?

— Claro, pai. — Jacob percebeu que aquele não era o momento certo para contar ao pai sobre os resultados do DNA de Mia. Se a polícia descobrisse que alguém da casa tinha providenciado um teste desses, desmentiria a história que seu pai forjara para explicar a presença da menina. Ele começou a se arrepender de ter feito o teste.

— Eu te amo, Jacob. Nós vamos passar por isso.

— Também te amo. — Sua cabeça girou. Até então, ninguém mais sabia do teste de DNA. — Mas o que vai acontecer com a Mia se seguirmos o seu plano?

— Não sei ao certo. — Matt suspirou mais uma vez, e agora Jacob notou como ele parecia acabado, como se não tivesse uma boa noite de sono há muito tempo. — Acho que ela ficaria sob a guarda do estado, e se não conseguissem encontrar a família, provavelmente ela iria para uma família acolhedora.

— Então ela pode morar com estranhos? — Jacob imaginou o medo de Mia ao ser mandada para longe, e seu coração se despedaçou. Sua vida agora não era ótima, mas ao menos já era familiar.

— Eu sei, seria difícil para ela, mas pense assim: ela vai poder ir para escola e interagir com crianças da idade dela. Ter uma vida um pouco mais normal.

— E não vai ter que ficar trabalhando o dia todo.

Seu pai concordou.

— Vou limpar essa bagunça de bolo aqui. Por que você não desce, vê como a Mia está e se não tem farelos no quarto dela? Quando sua mãe ficar sóbria, não queremos que ela comece tudo de novo.

Capítulo 34

Jacob levou o aspirador para o quarto de Mia e a encontrou sentada na cama, com os olhos arregalados.

— Desculpa, Jacob. Mil desculpas.

— Não precisa pedir desculpas. Você não fez nada de errado.

— Mas o bolinho...

— Mia, não tem nada de mais. A minha mãe que exagerou. Muitas crianças que eu conheço costumam comer doces, até dentro do quarto, e os pais deles nem sabem, ou nem se importam.

— Sério? — Ela se sentou, erguendo a coluna.

— Sim, é sério.

— Então as outras famílias são diferentes?

Ela sabia tão pouco do mundo. Jacob achava triste e engraçado ao mesmo tempo. Se ela pudesse se lembrar de onde veio, ela saberia que as coisas podiam ser muito diferentes. No dia que a levaram, suja e fedida, eles a colocaram no carro e sua mãe desceu a rua, indo na direção de onde Mia viera. Não viram casa alguma até chegarem a um barraco decadente, caindo aos pedaços, no fim da rua.

— Acho que é aqui — a mãe dele disse, encostando o carro. Ela desligou o motor e saiu, mas Jacob, sentado no banco de trás com a garotinha no colo, não mexeu um músculo. A mãe não podia estar falando sério. Aquilo não podia ser a casa de alguém. — Jacob! — ela vociferou. — Se mexe! Eu não tenho o dia todo.

Eles cruzaram o jardim entulhado de lixo e foram até à porta, com a mãe à frente e Jacob carregando a criança, que estava chupando o dedo.

— Olá! Tem alguém em casa? — a mãe chamou, alegremente, como se estivessem fazendo uma visita social, levando um prato de sopa para um vizinho doente ou flores para uma pessoa que acabara de perder um familiar. Quando ela bateu à porta, o gemido longo que a porta fez ao se abrir pareceu a

Jacob o barulho de uma casa mal-assombrada.

— Acho que não tem ninguém morando aqui — Jacob disse.

Mas sua mãe já estava entrando no lugar e fazendo um gesto para Jacob acompanhá-la. Assim que entraram, os olhos deles levaram um tempo para se ajustarem à luz.

— Oi, tem alguém em casa? — sua mãe gritou, e a voz ecoou. A casa era um único cômodo grande, parecido com uma caixa, e as paredes interiores eram feitas de chapas de compensado de madeira. Havia janelas dos lados, mas todas estavam encardidas. O lugar fedia, como se alguém tivesse defecado em algum canto e deixado ali. Um latão de lixo estava transbordando em um canto, e o lixo se espalhava pelo chão ao redor. Insetos pretos enormes chafurdavam na sujeira. Uma montanha do que parecia uma pilha de roupa suja estava em um sofá afundado, encostado na parede. — Olha só pra isso — a mãe disse, revirando alguma coisa no chão. Ela ergueu o objeto, segurando com a ponta dos dedos. Minicalças rosa sujas com uma estampa de gatinho. — Isso aqui faz um conjunto com a blusa da menina. — Um sinal de que eles estavam no lugar certo. Ela deixou a calça cair no chão de novo.

Jacob colocou a garota no chão e ela foi cambaleando até a pilha de roupas no sofá. O garoto percebeu, num susto, que havia uma pessoa debaixo da pilha. Ele só conseguiu ver o que parecia ser a parte de trás da cabeça de uma mulher. Ele apontou, e sua mãe também viu.

— Oi! — ela falou em voz alta. — Nós trouxemos sua filha. — Ela chacoalhou Jacob pelo braço. — Acorda ela.

Relutando, Jacob foi até o sofá. De perto, ele viu que em cima da mulher havia uma pilha de cobertores esfarrapados. A garotinha deitou a cabeça nas costas da mulher, em uma demonstração de afeto.

— Com licença — ele disse e, como a mulher não se mexeu, tirou os cobertores do rosto dela. O que ele viu o aterrorizou. O rosto estava todo manchado, como em um filme de terror. A parte do braço que estava exposta também estava sem cor e, quando ele tentou empurrar, o braço estava firme. Firme demais. A temperatura da pele dela também estava errada. Fria, mais fria do que o normal. A voz dele saiu como um sussurro alto:

— Ela tá morta.

— Ah, pelo amor de Deus — sua mãe disse, como se aquilo fosse um grande inconveniente. Ela chegou perto para ver com os próprios olhos e, pelo jeito que franziu a sobrancelha, ele viu que ela estava chegando à mesma conclusão.

— Você acha que é a mãe dela?

— É o que parece — ela suspirou. — Acho que não podemos deixá-la aqui com uma mulher morta. Pegue a garota, Jacob, vamos deixá-la na casa do vizinho.

Jacob ergueu a menina, sustentando-a no quadril, ainda cambaleando por causa do que tinha acabado de ver. Ele fora ao funeral do seu avô, mas vê-lo em um caixão aberto era menos horrível do que ver a mulher no sofá. A imagem ficou gravada no seu cérebro, junto com o cheiro do lugar, e a sensação de que havia insetos rastejando pela sua pele. Segurar a garota junto ao corpo, com o cheiro de urina, agravava ainda mais a sensação de sujeira. Que lugar. Como era horrível pensar que a mulher morta provavelmente era mãe da garotinha e elas moravam ali.

Eles estavam na entrada, descendo os degraus, quando um homem surgiu em um dos cantos, vindo dos fundos da casa. Era um cara enorme, usava uma camiseta regata manchada de suor, uma calça *jeans* dura de lama e balançava um revólver na mão, que pendia ao lado do corpo. Andava cambaleando, como se estivesse lutando para manter o corpo ereto. Ele não os viu, até que a mãe de Jacob disse:

— Olá? Essa menininha é sua?

Jacob soube o momento exato em que o homem de cabelos escuros notou a presença deles, porque ele deu um passo para trás e ergueu o braço que segurava a arma, apontando-a na direção deles.

— O que vocês estão fazendo? — ele perguntou, enfurecido.

Sua mãe congelou, ergueu os braços em rendição e disse:

— Espera um pouco. Nós encontramos essa criança andando na rua e só estamos trazendo-a para casa.

O homem esbravejou uma sequência de palavrões imundos, todos direcionados à mãe de Jacob. Alguns eram palavras que Jacob *pensava* em relação à mãe, mas nunca diria em voz alta.

Por fim, o homem deixou escapar:

— Foi o Hartley que te mandou aqui? Você pode dizer para ele... — e assim seguiu mais um bombardeio de obscenidades, todos xingamentos dirigidos ao tal de Hartley, seja lá quem fosse.

— Nós estamos indo embora — sua mãe disse, e ela fez um sinal para Jacob, indicando que ele colocasse a garotinha no chão, mas os braços de dele travaram em volta da criança, que agora estava repousando a cabeça em seu ombro.

— Pode crer que vocês vão embora — ele disse, rosnando, e foi então que começou a disparar contra eles. *Bang, bang, bang!* O barulho ecoou na cabeça de Jacob, acompanhado pela risada gutural do homem.

Sua mãe gritou para ele entrar no carro, e ela não precisou falar duas vezes. O coração de Jacob nunca batera tão rápido. Ele achou que estava tendo um ataque cardíaco. Apertando a garotinha ainda mais forte contra si, ele entrou no carro, sentando-se no banco traseiro o mais rápido que pôde. Sua mãe correu até o outro lado do carro, sentou-se no banco da frente e ligou o motor. Para Jacob, tudo parecia acontecer em câmera lenta.

Não havia espaço para dar a volta, então ela dirigiu o carro em marcha à ré, enquanto o homem os seguia devagar, andando pelo meio da rua, ainda apontando a arma contra eles. — Vai, vai, vai! — Jacob gritou.

— O que você acha que eu estou fazendo? — ela respondeu, com a voz desesperada. Quando eles já estavam mais distantes, ela fez um retorno, engatou a primeira marcha e saiu cantando os pneus. Foi só quando eles não podiam mais vê-lo pelo retrovisor que ela disse:

— Ele te acertou, Jacob?

— Não, eu tô bem. E você? — A mãe dele estava bem, assim como a garotinha.

Eles já estavam a uma hora de distância daquele lugar miserável quando lembraram que haviam planejado deixá-la na casa de um vizinho. Nessa altura, ela estava dormindo. Antes que ele percebesse, sua mãe já havia comprado roupas, entrado em um hotel e dado banho na menina. Quando ela finalmente colocou Mia para dormir, ela caiu no sono, com o dedão na boca. Jacob se lembrava da mãe parada ao lado dela, dizendo:

— Olivia costumava dormir chupando o dedo assim. — O comentário chamou a atenção, porque ela nunca havia falado sobre Olivia com ele antes. — É como se eu estivesse ganhando uma segunda chance. — Algo havia mudado, mas Jacob não conseguia entender muito bem o quê.

Seu pai foi quem observou que uma visita à delegacia de polícia seria a forma mais óbvia de agir, uma vez que haviam descoberto um corpo, levado tiros e estavam com uma garota que não pertencia a eles. Sua mãe zombou, dizendo que para ele era fácil apontar soluções. Quem poderia saber o que ele teria feito de fato se estivesse naquela situação?

Era difícil acreditar que Mia, a garota de grandes olhos castanhos sentada em uma cama à sua frente, era o mesmo bebê daquele dia. Parecia que ela sempre fizera parte da casa.

Saindo dos seus devaneios, ele percebeu que ela ainda estava esperando uma resposta para a pergunta sobre as diferenças entre as famílias.

— Todas as famílias são diferentes, mas a minha é bem perturbada, comparada à maioria das outras. Agora dá licença — ele disse, e fez um gesto para que a menina saísse da cama. Ela se levantou e ficou parada na porta. Jacob começou a trabalhar, tirando a embalagem plástica de baixo da cama e passando o aspirador no quarto. Não viu nenhuma migalha, mas aspirou de qualquer forma, só por garantia.

— Eu não fiz bagunça — ela disse, depois que ele terminou. — Eu tomei cuidado.

— Estou vendo. Muito bem. — Ele abriu a embalagem e viu que o pacote do bolinho estava dentro. — Onde está a latinha de refrigerante?

Ela foi até o armário e abriu uma gaveta, de onde trouxe a latinha para entregar para ele.

— Eu não tomei tudo.

— Você quer terminar?

— Não, eu estou satisfeita.

— Você que sabe — ele disse, virando o resto e finalizando com um grande arroto, só para fazê-la rir. Ele colocou a lata na embalagem. — Você sabe que eu vou ter que trancar a porta esta noite, então se você precisa se limpar ou ir ao banheiro, a hora é agora.

— Não preciso — ela disse. — Eu já fui.

— Então tá bom. Boa noite, Mia.

— Boa noite, Jacob. Posso perguntar só mais uma coisa?

— Claro, se for rápido.

— Você já teve notícias do teste de saliva? Você já sabe de onde eu vim?

Ele ainda não estava pronto para contar o que havia descoberto.

— Eu tenho algumas novidades, mas é meio confuso, então ainda estou tentando entender o que significa. Quando eu souber mais, eu te conto.

— Tá bom. Obrigada, Jacob.

— Bons sonhos, Mia. Até amanhã. — E, assim, ele puxou a estante e trancou o cadeado.

Capítulo 35

Por mais de dois anos, Edwin viu Wendy guardar a carteira de motorista de Morgan como um talismã, tirando-a do porta-joias de vez em quando para segurá-la nas mãos, estudando o rosto da filha, como se aquilo fosse trazê-la de volta. Às vezes, ela ligava para o detetive Moore, para ver como estavam as coisas. Quando ela relatava a conversa a Edwin mais tarde, sempre dizia:

— Ele é tão bacana, sempre pede desculpas por não saber de nada.
— Edwin queria dizer para ela parar de ligar, mas ele sabia que era uma compulsão, uma necessidade materna de fazer *alguma coisa*, qualquer coisa. Ele entendia e ouvia.

Quando o telefone tocou numa manhã de sábado, ela nem ouviu porque tinha acabado de sair do banho e estava secando o cabelo. Edwin atendeu e foi encontrá-la no banheiro.

— O detetive Moore ligou — ele disse. — Ele tem algumas informações sobre o local onde encontraram a carteira de motorista de Morgan, e está vindo conversar.

— Quando?
— Ele disse que está a dez minutos daqui.
— Que tipo de informação?

Edwin tinha uma ideia, mas era um pensamento horrível, horroroso, e ele não diria, pois podia estar errado.

— Não sei, Wendy. Você sabe tanto quanto eu. Acho que vamos ter que esperar para descobrir.

Foi ele quem recebeu o detetive Moore na porta e o levou até a sala de estar. Wendy se levantou para apertar a mão do detetive, e Edwin notou a forma como o homem apertou a mão da sua esposa, lançando um olhar longo e gentil para ela. A compaixão, tão óbvia, deixou-o sem fôlego e o fez pensar que as notícias não seriam boas.

— Você aceita beber alguma coisa, detetive? Sei que você está no seu horário de trabalho, mas temos refrigerante, água, suco... — Wendy disse.

— Não, muito obrigado, eu não vou me demorar.

Deixando de lado as gentilezas, o detetive Moore sentou de frente para onde eles estavam sentados no sofá e começou a falar.

— A notícia que eu trago não é das melhores, sinto muito por ter que contar isso para vocês. Eu recebi uma ligação da delegacia do condado de Ash. A casa onde a carteira de motorista de Morgan foi encontrada foi demolida e, ontem, quando estavam nivelando o terreno, encontraram um corpo enterrado atrás de onde ficava a casa. O relatório oficial da perícia ainda não saiu, mas o médico-legista disse que era de uma mulher, e estima que a idade seja entre 25 e 30 anos. Eles acreditam, pelo estado do corpo, que a morte tenha ocorrido há mais de dois anos, mas ainda descobrirão mais informações.

Agora, Edwin sabia como era ficar sem palavras. Ele tinha perguntas, mas não conseguia dizê-las em voz alta. Sua boca ficou impossibilitada de se mover.

Quem diria que, quando chegassem notícias concretas, seria Wendy a se posicionar e ser a mais forte? Sua voz estava calma e firme.

— O que nós podemos fazer para ajudar a identificar se é ou não a nossa filha?

O detetive Moore pareceu aliviado por ela fazer a pergunta.

— Como a carteira de motorista de Morgan foi encontrada lá, eles gostariam de fazer uma comparação com os registros da arcada dentária de Morgan, se vocês não se importarem.

— Claro, faremos o que for preciso para ajudar.

Edwin repetiu as palavras dela.

— O que for preciso. — Ele sentiu que estava fora do próprio corpo, vendo aquela cena horrível se desenrolar diante dele.

Wendy perguntou:

— O DNA não seria um indicador melhor?

— Eles conseguem fazer a identificação a partir dos registros dentários, e acredito que pode ser mais rápido. Enfim, foi o que eles pediram.

— Como aconteceu a morte?

Ele balançou a cabeça.

— Tenho certeza de que vai constar no relatório oficial, mas por enquanto eles não sabem a causa da morte.

— Entendo. — Wendy segurou a mão de Edwin. — Havia mais alguma coisa junto ao corpo que possa nos dar mais informações? Roupas ou acessórios?

O detetive Moore balançou a cabeça.

— Não havia muita coisa. Eles encontraram o corpo vestindo calças *jeans* e uma camiseta, com meias, mas sem sapatos. Ela estava enrolada em vários cobertores e envolvida por um plástico grande. Não encontraram nenhum acessório.

O corpo. Edwin se sentiu tonto. Todos aqueles anos ele dizia a Wendy para não criar muitas expectativas, mas agora ele percebia que dissera tudo aquilo para si mesmo. Mesmo dizendo à esposa para se preparar para o pior, ele queria estar errado. Parte dele sempre achou que Morgan voltaria um dia. Que ela chegaria ao fundo do poço e voltaria para o amor do lar, em péssimas condições, mas com a ajuda deles, ela seria tratada e eles teriam a filha de volta. O pesadelo acabaria.

A voz de Wendy interrompeu seus pensamentos.

— Como entregamos os registros dentários para a polícia do condado de Ash?

— Aqui está o meu cartão. — O detetive Moore entregou para ela e, ainda que Edwin soubesse que ela já tinha aquele cartão, ela o aceitou por educação. — Vocês podem levar os registros físicos até a delegacia ou, se forem digitais, peça para o dentista enviá-los para mim. Não se preocupem. Eu cuido de tudo.

Foi preciso um enorme esforço, mas Edwin conseguiu dizer:

— Obrigado, detetive.

— Eu queria que as notícias fossem boas, mas quem sabe nem seja a Morgan. Precisamos de mais informações.

Wendy se levantou para levar o detetive até a porta, enquanto Edwin permaneceu sentado, com a cabeça apoiada nas mãos, ainda processando as informações. Da entrada, ele ouviu Wendy agradecer pela visita, e o detetive pediu desculpas mais uma vez por trazer o que podiam ser más notícias.

— Eu retorno assim que souber de alguma coisa — ele disse.

Depois que Wendy fechou a porta, ela voltou e se sentou ao seu lado.

— Você está bem? — ela perguntou, apertando o braço dele com carinho.

— Não era a notícia que eu esperava. — Ele se ergueu e olhou para ela.

— Eu sei, mas ainda não sabemos com certeza.

Ela colocou a mão no rosto dele e aquilo o desorientou, fazendo-o soltar todas as emoções que estava tentando guardar. Mesmo tentando evitar ao máximo, ele deixou escapar um soluço e tudo veio de uma só vez. Ele chorou como uma criança, com o corpo em convulsão e um rastro de lágrimas rolando pelo rosto. Ele se viu dizendo:

— Desculpa! Desculpa! — disse sem mesmo saber pelo que estava se desculpando.

Wendy acariciou as costas dele, em gestos circulares de conforto, fazendo ruídos tranquilizantes. Em certo momento, ela se levantou e voltou com uma caixa de lenços. Ele assoou o nariz, e o barulho alto se contrapôs ao seu luto nascente.

— Não sei o que tem de errado comigo — ele disse.

— Não tem nada de errado com você. Você perdeu uma filha. A sua reação é completamente normal.

— Você parece estar lidando com isso muito melhor do que eu.

— Eu já tive momentos assim desde o começo. Momentos em que eu tinha certeza de que ela estava morta. Eu já chorei muito, e ainda vou chorar muito mais. Mas agora, eu me sinto vazia, sinto que preciso saber. Se for ela, saberemos. Não que eu queira que seja ela, mas a incerteza está me consumindo por dentro.

— Eu não consigo suportar a ideia de que algo terrível tenha acontecido com ela. — Ele só conseguia pensar que a jovem fora assassinada ou tivera sofrido uma overdose. — Eu sou o pai dela. Se eu não posso proteger minha filha, eu sirvo pra quê?

— Ela foi embora por conta própria. Tentamos de tudo para encontrá-la. Não é culpa sua. Você não teria como protegê-la. Você não estava lá.

— Eu sei disso racionalmente, mas emocionalmente, o fracasso me consome. — Ele enxugou os olhos com as costas das mãos. — Eu não desejaria esse sentimento para o meu pior inimigo.

— Eu sei. — Ela continuou acariciando as costas dele. — É um inferno. Às vezes eu acordo de manhã e penso: *Como é que essa pode ser a minha vida? Esse é o tipo de coisa que acontece com outras pessoas, não com a gente.*

Os dois ficaram em silêncio por um minuto e, então, ele disse:

— E se for ela, o que faremos? Um funeral, agora, sem saber o que aconteceu?

Wendy se inclinou na direção dele.

— Um passo de cada vez. Vamos ver o que os registros dentários dizem antes de fazer mais perguntas.

— Você tem razão. — Era uma sensação boa a de deixá-la tomar a frente. A única forma de enfrentarem aquilo seria permanecendo juntos.

— Acho que o doutor Meek atende aos sábados. Vou ligar, pedindo os registros. Se eu explicar por que nós precisamos, tenho certeza de que vão nos atender imediatamente.

Capítulo 36

Suzette rolou na cama, abriu os olhos e viu que o quarto estava tomado pela luz do sol. Com os olhos semicerrados, notou que as persianas ainda estavam erguidas até a metade. Como ela foi esquecer de baixá-las?

Olhando de relance para o celular, ela viu que já passava do meio da tarde. Ela resmungou. Tendo sempre se orgulhado de manter as coisas sob controle, aquilo definitivamente era um deslize. A culpa era da mistura de comprimidos com vinho, foi demais para o seu corpo.

Ela rememorou os eventos da noite anterior, e tudo voltou numa torrente: o invasor no quintal, Matt fazendo pouco caso de suas preocupações e Jacob conspirando contra ela para deixar Mia comer bolo no quarto. Sua própria família estava desrespeitando suas regras. Com razão, ela se retirara, então, ao conforto do seu quarto e ao calor do vinho. Era completamente compreensível, mas ela também sabia que aquilo não podia acontecer com frequência. De vez em nunca, os excessos podiam ser considerados uma mera casualidade. Se acontecesse mais vezes, indicaria um problema. Precisava tomar cuidado para não dar munição para Matt usar contra ela. Não a surpreenderia se ele quisesse colocá-la em uma clínica de reabilitação. Qualquer coisa para tirá-la do caminho.

Bom, por sorte, ela o conhecia bem.

Ao se sentar, as batidas do seu coração se intensificaram. Sua boca parecia estar cheia de pó. Lentamente, caminhou até o banheiro. Ao chegar lá, engoliu dois comprimidos para a dor e escovou os dentes. Com as mãos agarradas na beira da pia, ela se inclinou para frente e olhou no espelho, horrorizada com o próprio reflexo. Não lavara o rosto na noite anterior, e a área ao redor dos seus olhos estava borrada de delineador e rímel. Sua pele estava manchada e o cabelo estava todo bagunçado. Não bagunçado daquele jeito bonitinho de quem acabou de sair da cama, mas bagunçado como num filme de terror. *Credo*. Ver sua imagem daquele jeito era ainda pior do que a sensação de enjoo. *Recomponha-se, Suzette. Você é melhor do que isso.*

A água quente do chuveiro ajudou e, lavando o cabelo, voltou a se sentir ela mesma. Ao sair e se enrolar em uma toalha, ela já se sentia mais feliz com o espelho.

Depois de se maquiar e terminar de arrumar o cabelo, ela deu um passo para trás e sorriu. *Aí está você.* Renovada, com o visual merecido. A melhor de todas. Ou, no mínimo, a melhor do seu círculo social. Não que ela pudesse competir com as garotas de vinte anos, mas por que ela desejaria isso? Nessa altura da vida, ela estava no ápice da sofisticação e da elegância.

Suzette vestiu o roupão, apertou o cinto e caminhou até o quarto. Quando estava pronta para entrar no *closet*, a janela chamou sua atenção. Não havia nada ali agora, mas ela sabia o que vira na noite anterior. Alguém espreitando no escuro, no quintal, sem *sua* permissão. A ideia fazia seu sangue ferver.

Ela examinou a cerca e a casa de trás. Era uma casa pequena, no formato de uma casinha de desenho de criança, sem nenhum dos detalhes charmosos vistos nas outras casas do bairro. Não parecia pertencer à região, mas aquilo nunca a incomodou, pois ficava escondida atrás da casa dela. Sem interesse algum nos vizinhos, ela não sabia quem morava ali, mas talvez fosse o momento de fazer uma visita e perguntar se eles viram alguma coisa na noite anterior. Matt havia menosprezado suas preocupações como se fossem ridículas, mas ela teve a sensação de que aquele vizinho podia ficar bastante preocupado ao saber que alguém estava usando o seu quintal para entrar no quintal dos Fleming. Talvez eles tivessem até alguma informação útil: a gravação de uma câmera de segurança ou uma ideia de quem poderia ser o invasor. Ela poderia desvendar o mistério imediatamente. Aquilo colocaria Matt no lugar dele.

Quando desceu, já estava de bom humor. Uma xícara de café e uma torrada ajudaram a acalmar o estômago e aliviar a dor de cabeça. Mia estava ocupada tirando pó da sala. Suzette notou, com ares de aprovação, que ela havia lavado a louça do café da manhã e limpado os balcões.

Suzette se serviu de mais um café e pensou no que faria nas próximas horas. Se ela saísse um pouco antes do horário que Jacob deveria chegar da escola, poderia evitá-lo, e se sua ausência se prolongasse para além do horário do jantar, ela seria poupada de ter que cozinhar. Organizando assim, também garantiria que não estaria em casa quando Matt chegasse. Escolher o momento certo era tudo. Mandaria mensagens para algumas colegas de trabalho para ver se alguém gostaria de encontrá-la para tomar ou *drink* ou jantar. Ou um *drink* e aperitivos. Para ela, tanto fazia. Reunir umas poucas mulheres e acrescentar um pouco de álcool era a receita para uma noite divertida. As mulheres costumavam entregar seus segredos assim que o álcool tocava nos seus lábios, algo com que Suzette se deliciava, pois adorava ter informações que pudessem lhe dar alguma vantagem. Se ela chegasse em casa perto da hora de dormir, poderia simplesmente passar por quem quer que ainda estivesse acordado e ir direto para o quarto.

    Ela mandou algumas mensagens e, enquanto esperava as respostas, escreveu um bilhete para Jacob e Matt: *Cada um por si para o jantar esta noite! Vou sair com outras conselheiras para planejar um jantar.* Ela assinou *Suzette/ Mãe* embaixo e desenhou um coração ao lado do nome, para mostrar que não estava guardando nenhum rancor.

    Sua primeira parada a levaria à casinha da vizinha de trás. Depois de conversar um pouco, ela faria compras, sua terapia. O conjunto comercial do bairro tinha uma loja de joias que não era de todo ruim e uma boutique que já não via os benefícios do cartão de crédito dela há algum tempo. Passar o tempo seria fácil. Em pouco mais de uma hora, ela certamente já teria resposta de pelo menos uma das mulheres. Uma em específico, a cinquentona solteira, era uma certeza. Essa mulher, uma tentativa fracassada e deselegante de cópia de Suzette, que se chamava Mary, disputava sua atenção nas reuniões dos comitês e há meses estava tentando marcar um encontro entre as duas. Até agora, Suzette apenas ignorou suas insinuações ridículas, mas hoje ela estava disposta a dar um biscoito para Mary, em um encontro exclusivo. Seria sua boa ação do dia.

    Suzette pegou a bolsa e vestiu o casaco, então se lembrou que precisava dar algumas instruções à Mia.

    — Mia! — ela gritou e, na mesma hora, a pivetinha apareceu, com o pano ainda na mão e os olhos arregalados na expectativa do que estava por vir. Suzette se agachou até a altura dos olhos de Mia e ficaram cara a cara. — Vou voltar bem tarde hoje à noite, entendeu?

    — Sim, Senhora.

    — Enquanto eu estiver fora, preciso que você lave um pouco de roupa. Lave todas as toalhas do meu banheiro e não se esqueça da toalha de rosto que está dentro do boxe do chuveiro. Entendido?

    — Sim, Senhora.

    — Depois que você terminar, lave os lençóis da minha cama e da do Jacob. Ele consegue colocar os dele de volta, mas você vai ter que arrumar a cama do meu quarto.

    Ela concordou vigorosamente.

    Suzette gostava da forma como Mia sempre tentava agradar. Bom seria se ela passasse um pouco disso para o Jacob. Ela disse:

    — Então, lembrando, você precisa lavar as toalhas do meu banheiro, os lençóis da minha cama *e* da do Jacob e depois arrumar a cama novamente.

Então, pode tirar o resto da noite para descansar. Jacob deve chegar a qualquer minuto. Ele vai te dar alguma coisa para comer e te colocar na cama. Entendeu?

— Sim, Senhora. — Sua cabecinha balançava para cima e para baixo.

Suzette se levantou, esperando que Mia se lembrasse das instruções. Ela costumava se lembrar, com algumas pequenas exceções, como quando ela se esqueceu de incluir a toalha de rosto na pilha de toalhas, ou aquela vez que ela se esqueceu de guardar os produtos de limpeza de volta no armário.

— Boa garota. Até a noite.

Que diferença algumas horas podiam fazer. Agora que Suzette se sentia bem de novo e tinha um plano para o resto do dia, suas perspectivas tinham melhorado bastante. Atrás do volante do seu carro, ela era a melhor versão de si. Uma mulher fabulosa em um carro de luxo só podia arrancar inveja dos passantes. Ela deu a volta na quadra até encontrar a casa que ficava atrás da dela. Daquele ponto de vista, parecia ainda mais sem graça. *Nada agradável*. Ela parou na frente e ficou se perguntando o que poderia fazer a casa ficar melhor. Umas cortinas? Ela inclinou a cabeça para um lado. Não, nada melhoraria a aparência de barraco daquela casa. Um pardieiro. Ela saiu do carro, pendurou a bolsa no ombro e foi até a calçada.

Suzette já ensaiara seu discurso na cabeça. Começaria se apresentando. O proprietário já saberia sobre sua casa, talvez até soubesse o nome de Suzette. Ela tinha tantos contatos, e sempre ficava surpresa com as conexões entre as pessoas: era só olhar as redes sociais e isso ficava bem evidente. Depois de uma conversinha fiada, ela informaria que o quintal do vizinho fora invadido na noite anterior por alguém que parecia estar planejando cometer um crime. Eles ficariam tão agradecidos pela informação.

Ela esticou a coluna e tocou a campainha. Um instante depois, pensou ouvir o barulho de alguém arrastando os pés lá dentro. Apertou o botão de novo e dessa vez foi agraciada com uma mulher mais velha abrindo a porta de tela o suficiente para falar.

— Pois não?

— Olá, meu nome é Suzette Fleming. Eu moro bem aqui... — ela parou, processando o rosto da mulher, que não apenas parecia familiar, mas agora também tinha mudado de um semblante agradável para uma expressão de choque, como se também reconhecesse Suzette. — Nós nos conhecemos?

— Desculpe, agora não é um bom momento — a mulher disse, começando a fechar a porta, mas antes que conseguisse fechar, ela segurou o canto da porta e colocou o pé na entrada. Agora ela se lembrava, e a memória despertou sua raiva. A mulher na frente dela era a intrometida de cabelo desleixado e roupas indescritíveis que afirmara morar na quadra de baixo, aquela que perguntara se ela tinha uma garotinha.

— Você! — Suzette disse, com a voz alta. — Você queria saber se eu tinha uma garotinha. — Ela sentiu o corpo começar a tremer em fúria.

— Desculpe, mas você precisa sair. — A mulher tentou fechar a porta, mas Suzette estava bloqueando.

— Não vou a lugar algum enquanto você não me explicar o que está acontecendo. — Suzette subiu na soleira e abriu a porta, empurrando a mulher para trás. — Por que você está me perseguindo? — Ela já estava na entrada, enfrentando-a cara a cara. Àquela distância, era claro que ela não passava de uma rata. Alguém que Suzette poderia intimidar facilmente.

— Saia da minha casa. Agora. — A mulher parecia chocada com a sua coragem.

Suzette riu:

— Só depois que você me falar o que quer comigo e com a minha família.

— Você é louca. Você precisa sair agora. Vou chamar a polícia. — A mulher estava tentando manter a voz firme, como se estivesse no comando, mas Suzette percebeu o medo e sabia que estava em vantagem.

Suzette disse:

— Vai, liga para a polícia. Aí você pode explicar por que está xeretando, pulando a minha cerca, invadindo o meu terreno e olhando nas minhas janelas. — Os olhos da mulher estavam arregalados, fazendo Suzette pensar que ela estava tramando alguma coisa. — É isso mesmo — ela disse, presunçosa. — Na noite passada. No meu quintal. Eu sei que era você, e eu também gravei. — Ela se inclinou na direção dela e viu a mulher se encolher para trás. — O que você tem a dizer sobre isso?

— Acho que você está se confundindo, e acho que você deveria ir embora.

— Não estou me confundindo — Suzette insistiu.

— Você precisa ir embora agora mesmo.

— Explique-se!

A mulher se virou de costas e se afastou dela, coisa que Suzette odiava. Ela tolerava quase tudo: drama, lágrimas, raiva. Mas não aguentava ser ignorada. Do corredor, a mulher disse:

— Em um minuto, eu vou ligar pra polícia e você vai ser acusada de violação de domicílio.

Suzette não era muito familiarizada com pequenos delitos e contravenções, mas *violação de domicílio* parecia algo sério. Ela respondeu aos gritos:

— Eu vou sair, mas não ache que eu vou me esquecer disso. A polícia vai ver a gravação e, assim que confirmarem que é você, vão te levar daqui algemada. Ela bateu a porta ao sair e caminhou a passos pesados até o carro. Que despeito daquela mulher de falar assim com ela.

Depois de entrar no carro e afivelar o cinto, Suzette olhou para o celular e sorriu ao ver que havia uma mensagem. Mary respondeu dizendo que adoraria encontrá-la para jantar e tomar uns *drinks*, e sugeriu um restaurante novo do outro lado da cidade. *Eles têm miniporções!* Junto veio uma carinha sorridente e *emojis* aleatórios de comida. Como se miniporções fossem um conceito novo e diferente. Pobre coitada da Mary, com uma vidinha tão medíocre. Suzette confirmou o local e respondeu com o horário.

Esta noite certamente seria o ponto alto do ano de Mary. Suzette estava contente por ser ela a proporcionar tanta emoção.

Capítulo 37

Quando Sharon percebeu que Suzette não sairia do lugar, ela a deixou no *hall* de entrada e foi buscar o celular no balcão da cozinha. Foi um alívio quando Suzette gritou que estava indo embora, mas o encontro deixou Sharon tremendo. Depois da porta se fechar, ela voltou para a frente da casa e espiou pela fresta entre as cortinas da sala, observando Suzette no carro. Pelo que parecia, Suzette estava sentada lá, com toda a calma do mundo, olhando cheia de si para o celular. Será que ela estava falando com a polícia? Não parecia, mas era difícil dizer.

Sharon ainda estava de olho no carro quando Suzette se afastou do meio-fio e saiu dirigindo, sem pressa. Parecia que a ameaça de Sharon de ligar para a polícia não a tinha perturbado nem um pouco. Será que era porque ela não tinha nada a esconder, ou a mulher não sentia remorso algum?

Deixando a cortina cair, ela passou a olhar para o celular, discando rápido o número de Amy. Como sempre, caiu no correio de voz, então Sharon contou freneticamente o que acontecera e pediu que ela ligasse o mais rápido possível.

— É urgente — ela disse.

Dez minutos depois, Amy respondeu à ligação, começando a conversa com:

— Você perdeu completamente o juízo?

— Em minha defesa... — Sharon começou a dizer, mas Amy não a deixou seguir por aí.

— Eu achei que você seria uma boa influência para a Niki. Nunca imaginei que vocês duas bolariam um plano fajuto e você a meteria numa enrascada dessas. — Depois disso, Amy continuou falando que Sharon fizera exatamente o oposto do que Amy aconselhara. — Eu não falei para você esperar e deixar que os especialistas fizessem o trabalho? Você não me prometeu que não faria nada precipitado? Você concordou com tudo o que eu disse, então eu não sei bem como isso foi acontecer. — Pela irritação em sua voz, alguém que ouvisse poderia dizer que ela era a mãe e Sharon era a filha.

— Estou disposta a reconhecer que podemos ter cometido alguns erros...

— Alguns erros? — Amy atacou com uma risada. — Que belo eufemismo.

— Não podemos voltar no tempo, então o que você me aconselha a fazer agora? Eu ligo para a polícia e digo que ela entrou na minha casa à força? Ou devo ligar para a assistente social e conto tudo o que aconteceu?

— Que tal fazer as duas coisas?

— Sim, mas se eu contar toda a história, não vai sobrar para nós porque entramos no quintal dela?

— Talvez, mas não é um crime grave.

— Eu não me importaria se fosse por mim, mas não quero que sobre pra Niki.

Amy suspirou.

— Você deveria ter pensado nisso *antes* de fazer a Niki escalar uma cerca para espiar a vizinha.

— E se eu ligar para a assistente social e explicar? Você acha que ela pode me ajudar a lidar com a situação, juridicamente falando?

— Sério, mãe?

— O quê?

— Não é função dela lidar com os seus problemas. Eu nem acredito que você perguntou isso.

Sharon podia imaginar a filha balançando a cabeça em desaprovação. Ela respirou fundo e disse:

— Eu preciso de ajuda, Amy. Não sei o que fazer.

— Mãe, eu tenho uma reunião em dez minutos — ela disse bruscamente.

— Então você tem nove minutos para me orientar sobre isso?

— Não, eu tenho zero minuto. Eu sempre passo alguns minutos relendo as minhas anotações antes das reuniões, eu deveria estar fazendo isso agora.

Então por que não esperou para me ligar depois da reunião? Às vezes, Amy era uma incógnita.

— Bom, obrigada mesmo assim. Vou dar um jeito.

— Tenho certeza de que sim. Ah, mãe?

— O quê?

— Daqui pra frente, vê se não abre a porta para estranhos.

Sharon agradeceu a ligação, mesmo sentindo que a conversa não fora nada útil. Pensando bem, sua única opção seria prestar uma queixa dizendo que Suzette entrou à força na casa dela e a ameaçou, mas ela não tinha provas de que aquilo de fato acontecera. Também havia um risco nisso, já que Suzette poderia mencionar o fato de Niki estar no quintal deles espiando pela janela na noite anterior. Ela mencionou uma gravação, algo que Sharon achava improvável, mas Suzette fizera a acusação com tanta convicção que ela ficou pensando na possibilidade.

Não, ela estava decidida. Não ligaria para a polícia. Que Suzette tomasse a atitude, se é que haveria alguma. Mas havia uma pessoa com quem ela gostaria de conversar. Ela pegou o celular, ligou para Niki e deixou uma mensagem de voz rápida. Trinta segundos depois, seu telefone tocou.

— O que foi? — Niki perguntou, alegre.

— Você pode falar?

— Claro, não tem ninguém na loja, e o Albert disse que não teria problema. Que coincidência você ligar, acabei de ver Suzette Fleming passar dirigindo. Ela é uma péssima motorista. Mal parou na placa preferencial.

— Ela é o motivo de eu estar ligando.

Quando Sharon terminou toda a história, Niki estava furiosa por ela.

— Ela *forçou* para entrar? — Niki disse. — Mas que cara de pau.

— Eu fiquei com medo, na verdade — Sharon admitiu.

— Mas só podia ficar — Niki disse, com seu tom protetor. — Qualquer um ficaria.

— Chegou uma hora que ela ficou agressiva e eu sinceramente achei que ela ia me bater.

— Que *vaca!* — Niki bufou com repugnância.

— Ela não queria ir embora, até que eu fui pegar meu celular e disse que ligaria para a polícia.

— E você ligou?

— Não, eu não queria começar uma confusão. — Sharon sabia que Niki entenderia o significado por trás daquelas palavras.

— Mas agora você está bem?

— Pra ser bem sincera, eu ainda estou um pouco abalada.

— É, aposto que sim. Espera um minuto, tá?

— Claro.

Sharon ouviu a palavras de Niki ao fundo. Ao voltar para o telefone, ela disse:

— Está devagar por aqui, então o Albert disse que eu posso ir para casa mais cedo. Vou só pegar meu casaco.

— Eu posso ir te buscar. — A oferta foi hesitante, mas sincera.

— Não, deixe as portas fechadas e fique dentro de casa. Eu chego em dez minutos.

Um grande alívio tomou conta de Sharon.

— Obrigada, Niki.

Capítulo 38

Sharon estava tomando um chá quente quando Niki chegou em casa, então, depois de tirar o casaco e as botas, as duas foram se sentar à mesa da cozinha. Depois de Sharon contar toda a história do confronto com Suzette, Niki tomou uma decisão.

— Eu vou lá agora mesmo.

— Não, você não deve fazer isso.

— Mas eu quero. Escuta só — Niki já estava com o argumento pronto. — É bem provável que a senhora Fleming não esteja em casa, e eu vi o ônibus da escola passar, então Jacob já deve ter chegado. Eu acho que ele gosta mesmo de mim. Aposto que eu consigo fazê-lo me contar qual é o lance com a garotinha. E se eu conseguir entrar na casa, quem sabe eu a veja e consiga até tirar uma foto.

Sharon balançou a cabeça, e Niki sabia que ela estava pensando no aviso de Amy.

— Ah, querida, não posso deixar você fazer isso. Nós já estamos cheias de problemas. Ela disse que tem uma gravação.

Niki zombou.

— Ela não tem gravação nenhuma. Você disse que ela pareceu surpresa, não foi? Que ela foi legal no começo, mas quando reconheceu você que ela ficou grossa?

— Sim, foi exatamente isso que aconteceu.

— E ela achou que foi você que pulou a cerca?

Novamente, Sharon fez que sim.

— Isso mesmo.

— Ela não tem coisa nenhuma. — Niki agitou a mão com desdém. — Ela viu alguma coisa no jardim, ou talvez tenha notado minhas pegadas na neve, mas com certeza não tem gravação alguma, ou já teria levado para a polícia. Ela veio perguntar se você tinha visto alguma coisa e então, quanto te reconheceu, entendeu que tinha alguma coisa a ver. Ela só descontou em você porque está com medo. Nós estamos de olho nela, e ela sabe disso. — Niki envolveu a caneca com as mãos.

Sharon se inclinou e apertou seu braço de um jeito maternal.

— É muito bacana que você queira resolver as coisas, mas você não pode ir até lá. Não podemos arriscar tanto assim. — Ela suspirou. — Não, acho que nós precisamos recuar. Amy disse para deixar os especialistas resolverem, e acho que é um bom conselho. Eu deveria ter escutado desde o início.

— Você tem medo de que a Amy fique brava.

— Em parte, sim — Sharon admitiu. — Ela já está brava. E eu não quero que ela fique ainda mais. Mas ela tem razão. Precisamos deixar a assistente social lidar com isso. De certo, nós só estamos piorando as coisas.

— Talvez não tenha como piorar. — Niki tomou um gole de chá. — Você não acreditaria nas histórias horrorosas de que já ouvi falar. Sabendo o que eu sei, não consigo ficar parada sem fazer nada. Me dê dez minutos com o Jacob e ele vai acabar se entregando. Uma conversa normal, só isso que estou propondo. O que pode dar errado?

— E se a senhora Fleming atender à porta? Ela vai reconhecer você da loja de suplementos.

— Mas ela não sabe da nossa conexão — Niki salientou. — Se ela vier atender à porta, eu digo que fui me desculpar pelo meu comportamento. Eu conheço o tipo dela. Vou pedir perdão. Forçar a barra mesmo. Acredite, vai ser o máximo pra ela.

— Ah, Niki. — A preocupação estava estampada no rosto de Sharon, mas ela não impediria.

— Deixa comigo. E, se isso chegar à Amy, eu digo que foi ideia minha e que você foi contra.

Niki não perdeu mais tempo depois disso. Ela tirou o elástico do rabo de cavalo e passou os dedos pelo cabelo antes de colocar a roupa de frio e se dirigir à porta. Sharon se ofereceu para dirigir, e Niki respondeu:

— Imagina, é do outro lado da quadra.

Enquanto Niki descia a calçada, Sharon gritou:

— Tome cuidado! — Niki respondeu com um aceno.

Quando chegou à casa dos Fleming, Niki hesitou por um segundo e ficou parada na rua, olhando para a casa. Não havia nada de ameaçador naquele lugar. As janelas no andar de baixo estavam cobertas, mas nem isso parecia suspeito. Algumas pessoas gostavam de privacidade. A entrada da garagem e a calçada estavam bem limpas, e a porta da garagem estava abaixada. Ninguém que passasse por ali poderia imaginar que havia qualquer coisa fora do comum acontecendo naquela casa. Por isso, era ainda mais imprescindível entender tudo direitinho. Tomando coragem, ela subiu a calçada a passos largos e virou na entrada em formato de L, chegando na entrada. Ela apertou o botão da campainha e tirou as luvas, colocando-as no bolso do casaco.

Passou um bom tempo até que a porta abrisse e, ao abrir, foi Jacob quem veio atender, com o rosto espreitando pela fresta da porta, como se tivesse medo do que pudesse encontrar ali. Quando ele a reconheceu, sua expressão mudou para uma felicidade cautelosa. — Niki?

— Oi, Jacob! — ela manteve o tom agradável, como se eles fossem velhos amigos se encontrando por acaso. — Achei mesmo que aqui era a sua casa. Você tem um tempinho?

Ele respirou fundo e olhou para trás por sobre os ombros.

— Claro. O que foi?

— Alguém deixou cair uma nota de vinte no Village Mart, e ninguém veio buscar. Pensei em você na mesma hora e queria saber se você não sentiu falta desse dinheiro.

Ele espremeu os olhos, pensando:

— Acho que não.

Niki abriu o zíper do casaco e tirou-o com rapidez, pendurando-o em um braço. Ela se inclinou na direção dele, de forma que os narizes quase se tocaram.

— Bom — ela disse, querendo parecer sedutora —, já que eu estou aqui, que tal você me apresentar a casa? Eu adoraria conhecer o mundo de Jacob Fleming por dentro.

— Você quer entrar?

— É, por uns minutinhos só. Prometo não ficar muito tempo.

— Hum... — Pelo olhar dele, era óbvio que queria deixá-la entrar, mas algo o impedia.

— Os seus velhos estão em casa? Eu posso voltar outra hora. — Ela jogou o cabelo sobre o ombro e riu fazendo charme. — Mas, você sabe, estou aqui agora. Pronta e esperando.

Jacob balançou a cabeça.

— Não, meus pais não estão em casa. — Ele se virou para olhar para trás. — Estou sozinho. — Ele ergueu um dedo. — Você pode esperar um minutinho só? Não vá embora. — Ele encostou a porta, deixando uma frestinha.

Niki sentiu frio, mas não colocou o casaco, com a certeza de que logo estaria dentro da casa. Ela suspeitava que Jacob era como a maioria dos caras, e sentia estar certa sobre isso.

Quando ele voltou alguns minutos depois, abriu a porta toda, sorrindo.

— Entra.

Lá dentro, ela limpou o pé no tapete, um retângulo de lã com padrão de flor de lis.

— Gostei da sua casa — ela disse, olhando em volta.

— Não é minha — ele disse. — E não precisa ser legal. Minha mãe escolheu tudo, e o gosto dela é péssimo.

— Ela não vai se importar de eu estar aqui?

Ele negou com a cabeça.

— Ela vai chegar tarde hoje.

Niki riu e colocou a mão no braço dele. Sem o blusão de moletom, ele parecia menos corpulento, mas a camiseta cinza com o símbolo de risco biológico que ele estava vestindo também não o favorecia muito. Seu cabelo estava todo caído na testa e enrolado em volta das orelhas. Jacob tinha a aparência de alguém que estava tentando se esconder à vista de todos, mas, naquele momento, sua expressão dizia que ele estava feliz por ela estar ali.

— Quero ver tudo — ela disse.

Ele mostrou a ela todos os cômodos, e ela fazia comentários agradáveis durante o passeio. Na lavanderia, ela viu um cachorrinho encolhido em uma almofada.

— Oi, cachorrinho.

— Esse é o Crisco.

— Posso fazer carinho nele? — Quando Jacob concordou, ela se abaixou e acariciou a cabeça de Crisco. — Que bonzinho — ela balbuciou. — Você é muito fofo. — Quando ela terminou, eles continuaram a volta na casa, terminando na cozinha. — Tudo aqui é impecável — ela se admirou, passando o dedo pelo balcão da ilha da cozinha. — Tem até cheirinho de limpeza. — Ela sorriu para ele. — Parece um hospital.

— Minha mãe é doente desse jeito. Ela é doida por aqueles lencinhos de limpeza — ele colocou a mão no balcão do lado da dela. — E se alguma coisa estiver suja ou fora do lugar, ela surta completamente. Ela costuma me culpar, mesmo eu não tendo nada a ver com isso.

— Nossa, que terrível — ela colocou a mão em cima da dele. — Eu te entendo.

— A sua avó também é louca?

— Não, ela é tranquila. Mas eu já conheci outras loucas. Eu não entendo por que as pessoas precisam ser assim.

— Nem eu.

Ele se adiantou, como se fosse beijá-la, e ela apertou a mão dele e virou a cabeça. — Quero ver o andar de cima.

Tenso, Jacob foi andando na frente e conversando.

— Não se assuste se meu quarto estiver uma bagunça. Eu meio que gosto assim. É o único lugar onde eu consigo ser eu mesmo. Se fosse pela minha mãe, não teria nada além dos móveis. — Ele abriu a porta à esquerda e disse: — Aqui é o escritório do meu pai. — Niki notou um travesseiro e um cobertor dobrado no sofá de frente para a escrivaninha e imaginou o que aquilo representava. No mesmo lado do corredor, eles passaram por um banheiro e por um quarto que Jacob chamou de quarto da mãe. Ele abriu a porta, mostrando um quarto cheio de móveis brancos com moldura dourada.

— Como se chama esse estilo de decoração? — ela perguntou.

— Provençal francês — Jacob disse, enunciando as palavras teatralmente. — Minha mãe tem uma queda por tudo que é francês. Ela acha que é o suprassumo da elegância. — Ele fez uma careta. — Ela gostaria que a casa toda parecesse o castelo de Versailles. Por sorte, meu pai acha brega. — Jacob apontou para a porta do outro lado. — Seguindo em frente.

De frente para o quarto da mãe dele, havia um quarto de hóspedes. Niki fez questão de entrar e olhar por tudo, buscando no quarto sinais da presença de uma garotinha. Ela abriu as portas do guarda-roupas e viu que estava vazio, exceto por alguns cabides solitários. A prateleira de cima tinha alguns cobertores dobrados e um travesseiro extra. No chão, havia duas caixas com a palavra *Natal* escrita. Ela virou para Jacob: — É sério que vocês têm um quarto vazio à toa que só serve para hóspedes?

— Sim, sim. E a melhor parte é que nunca tivemos hóspedes passando a noite aqui.

— Nunca?

— Nenhuma vez — ele disse, com a mão fazendo a forma de um zero.

— E nem na minha casa antiga. Ninguém podia dormir lá. Minha mãe só gosta da ideia de ter um quarto de hóspedes.

— Hum.— Niki fechou as portas do guarda-roupas. — Deve ser legal.

— Na verdade, não. — Ele fez sinal com um dedo. — Só falta um quarto para ver. O meu. — Ele segurou a mão dela e a levou pelo corredor. Ela ficou espantada ao ver como ele tinha ficado atrevido em tão pouco tempo. Não precisava de muito para encorajar um garoto que nunca tinha tido coragem alguma. Ele passou pela porta primeiro, chutando uma pilha de roupas para o lado e abrindo os braços para mostrar o quarto. — Aqui está.

Niki caminhou até o meio do quarto e fingiu olhar em volta. Um quadro de avisos em uma das paredes exibia uma faixa de vitória de um *show* de talentos do ensino fundamental, um certificado de conclusão de um curso de carpintaria e duas fotos de garotas bonitas deitadas na praia de biquíni. Ela reconheceu uma delas como uma modelo da Victoria Secret mais jovem. — Suas amigas? — ela disse, apontado.

— Aham.

Ele tinha um pôster emoldurado retratando uma banda da qual ela nunca ouvira falar, mas fora isso as paredes eram vazias. A cama estava desfeita e sua escrivaninha estava completamente coberta de tralhas. Ela se sentou na ponta da cama.

— Eu disse que queria ver seu santuário pessoal, e acho que é isso aí.

— É isso aí — ele repetiu, atravessando o quarto, ansioso para chegar ao lado dela. Ele a fez lembrar de um cachorrinho bochechudo tentando se conter enquanto esperava um biscoito. Ele sentou tão perto dela que suas pernas se tocaram. Quando ele esticou o braço e passou pelas costas dela, ela resistiu ao impulso de afastá-lo.

— Sabe, Jacob, foi muito louco, mas quando nos conhecemos, eu senti uma ligação entre nós. — Ela se virou e olhou dentro dos olhos dele, vendo que havia esperança ali. Ela se sentiu culpada por iludi-lo daquela foram, mas justificou, sabendo que não deixaria aquilo ir muito longe.

— Jura? Eu também. Mas nunca achei que você sentiria isso. — Ele piscou e, como se estivesse dominado, abaixou o olhar.

— Não estou dizendo que é um sentimento romântico — ela continuou. — Mas tem alguma coisa entre nós. Uma energia. Eu sinto que você precisa de um amigo, alguém em quem confiar.

— Eu tenho amigos — ele disse baixinho, mexendo o pé direito para chutar uma cueca para baixo da cama. — Então, você tem pena de mim?

— Não, não é isso — Niki falou devagar, indo na direção dele. — Mas eu quero entender o que é esse peso que você carrega. Dá pra ver que tem algo que te incomoda. Você sempre parece ter um segredo que não quer ter que guardar.

— É mesmo?

Ela fez que sim e sorriu.

— E eu sei como é, estar envolvido em algo que você sabe que é errado, talvez até ilegal, mas não é sua culpa e você não consegue entender muito bem. Você se sentiria melhor se se abrisse comigo. Sem julgamentos, eu prometo.

— Não sei do que você está falando. Eu não uso drogas, se é isso que você quer dizer.

— Não, eu nunca pensaria nisso.

— Certo — ele disse com certa má vontade. — Não que eu nunca tenha experimentado...

— Eu sei, eu sei... desculpa. Não foi isso que eu quis dizer. — Ela apoiou a mão no joelho e olhou para longe. — Eu tenho a impressão de que é algo com a sua família. Você é filho único?

— Sou.

— Não tem ninguém mais novo morando aqui?

— Só eu.

Ela sentiu sua posição defensiva.

— É difícil viver só com adultos em casa.

Jacob olhou para ela e piscou.

— Estou acostumado.

— Então para quem você comprou aquele bolinho? Foi uma atitude tão legal.

— Uma criança que eu conheço. O nome dela é Mia. Ela gosta daqueles bolinhos.

O nome dela é Mia.

— E de onde você a conhece?

Em vez de responder, ele se inclinou, tão devagar, e ela teve a impressão de que ele a beijaria. Ela então avançou rápido e deu um beijo no rosto dele, levantando-se e sorrindo de forma provocadora.

— Quero ver quem chega antes lá embaixo! — Ela disparou na frente, sabendo que, em um segundo, ele estaria na cola dela. Quando chegou no final da escada, ouviu os passos pesados dele vindo atrás, mas ela continuou andando até a porta fechada que parecia levar ao porão. Sem hesitar, ela a abriu e acendeu a luz.

— Espera! — ele gritou, com os braços esticados, mas ela não esperou.

Ela desceu, dois degraus de cada vez, com os pés fazendo barulho na superfície dura. Ao chegar ao fim da escada, ela virou para o lado e viu um único quarto grande e aberto, com uma porta no canto direito. Para um porão, era bem apresentável. As paredes de cimento tinham acabamento de *drywall*, e o piso era de algum tipo de revestimento vinílico. O que era estranho era o fato de ser vazio, sem móvel algum e nem caixas de armazenamento. Nenhuma foto ou quadro na parede. A única coisa que quebrava o branco das paredes era uma grande prateleira de livros ao fundo e três janelas de tijolos de vidro.

— Niki, espera! — Jacob gritou. Ele já estava lá embaixo, olhando para ela como se ela fosse louca.

— Desculpe, Jacob! Eu queria ver tudo — ela disse, com os braços abertos, bancando a descolada. — Tudinho.

— Não tem nada para ver aqui — ele disse, parecendo irritado.

— Sério? E isso aqui? — Cheia de cerimônia, Niki deu passos largos até a porta e a abriu. Ela estava esperando encontrar uma criança, ou pelo menos o espaço onde ficava uma criança, mas foi desconcertante encontrar um banheiro pequeno: vaso sanitário, chuveiro e uma pia de pedestal com um espelho oval em cima. Ela entrou e investigou o ambiente. Não havia muita coisa, mas estava impecável.

Jacob parou ao lado dela.

— É só um banheiro — ele disse. — Minha mãe não gosta que ninguém venha aqui. — Ele soava rígido agora. — Hora de subir. — Ele a segurou pelo cotovelo e a conduziu para fora dali.

Assim que voltaram ao primeiro andar, Niki deu uma desculpa para ir embora.

— A minha avó está me esperando em casa. — Ela pediu desculpas por descer até o porão. — Eu deveria ter perguntado antes de descer. Não foi legal.

— Não tem problema — ele falou.

— Tenho uma ideia — ela disse. — Por que não trocamos nossos números de telefone?

Ele concordou, tirando o celular o bolso, e discou o número que ela deu para ele.

Quando tocou, ela levantou o dela.

— Pronto. Obrigada. Vou adicionar você aos meus contatos. — Ela colocou o casaco com pressa e o abraçou rapidamente antes de ir até a porta. — Até mais, Jacob.

— Até — sua voz deixava transparecer a decepção.

— Quero que você saiba que estou aqui, Jacob. Sério, se eu puder ajudar de algum jeito, é só dizer.

A oferta o fez sorrir.

— Vou lembrar disso.

Andando pela calçada, cruzou os braços, satisfeita com as descobertas. A janela com tijolos de vidro de onde se via a luz tremeluzindo não estava lá. O local onde a janela deveria estar ficava escondido atrás da estante. A outra coisa curiosa? Na pia do banheiro havia um copo plástico e, dentro dele, uma escova de dentes infantil.

A pequena Mia estava lá embaixo, em algum lugar atrás da parede.

Capítulo 39

Suzette ergueu o dedo enquanto o garçom se aproximava.

— Outro martini, por favor. — Era a única coisa que poderia salvar a noite. No terceiro, ela já não se importava de ter que ficar olhando para as fotos do netinho de Mary e, no quinto, ela até viu Mary envolta numa aura rosada e brilhante.

Quando Mary disse:

— Uau, você é mesmo uma devoradora de martinis —, Suzette entendeu como um elogio óbvio.

Elas ficaram sentadas bebendo depois que os pratos do jantar já tinham sido retirados, ignorando a sugestão do garçom de pegar os *drinks* e ir para o bar do restaurante. Mary bebeu chá de ervas, algo que fez Suzette se encolher de vergonha por ela. Aquela mulher bem que podia usar um crachá para se identificar de vez como idosa. Generosa que era, Suzette fingiu aprovar.

Mary mergulhou o saquinho de chá na xícara e disse:

— O chá me ajuda a dormir bem à noite.

— O que for preciso — Suzette disse cordialmente, erguendo sua taça de martini.

Na última hora, Suzette deixou Mary dominar a conversa. Ela sorriu e concordou nos momentos que pareciam adequados, mas sua mente estava distante, vagando desconfortavelmente ao que ela estava começando a encarar como um problema: Mia. Primeiro a assistente social e agora a vizinha, intrometendo-se nos seus assuntos pessoais, perguntando se havia alguma criança na casa. Aquela mulherzinha toda desleixada. *Intrometida*. Suzette rejeitara a afirmação de Matt de que a assistente social fora à casa deles por um motivo, e o motivo era a Mia, mas agora, com um sentimento angustiante, ela percebia que ele estava certo. Não que ela fosse admitir isso.

Bom, se a presença de Mia fosse um problema, só havia uma coisa a fazer: tirar Mia de cena. Se a assistente social viesse novamente, não encontraria nada fora do comum. Sim, ela teria que resolver o problema, e logo. Não havia tempo a perder.

Assim que Mia fosse embora, a casa teria que se adaptar de forma significativa. Suzette, muito provavelmente, teria que contratar uma faxineira, algo com que ela não estava contando, mas a casa não se limparia sozinha. Ela desejou que Jacob e Matt não criassem caso por causa da mudança. Ela teria um bom argumento para as suas ações. Matt dizia há muito tempo que eles não podiam ficar com a criança, então ela só precisaria rebater dizendo que finalmente estava seguindo o seu conselho.

Suzette se lembrou de quando devolveu o porquinho-da-índia para a loja de animais. O vendedor atrás do balcão não queria aceitar, então ela simplesmente tirou o bichinho de dentro da caixa de sapatos, deixou em cima do balcão e foi embora. Nenhum funcionário de salário-mínimo com alargadores na orelha diria o que ela podia ou não fazer.

Claro, Jacob ficou arrasado quando descobriu a gaiola vazia, mas ele logo superaria. Mia voltaria para o lugar de onde tinha vindo, sem nenhum arranhão. E ela ainda estava em melhores condições do que quando eles a encontraram. Ela imaginava que Jacob sentiria falta dela, mas isso era com ele, não é como se Mia pudesse ficar com eles para sempre. A bem da verdade, ela estava começando a se arrepender de ter trazido Mia para casa.

Apesar da dor de cabeça latejante na manhã seguinte, Suzette saiu da cama e começou o dia, tomando um banho rápido e se vestindo. Alguns comprimidos para a dor, um a mais para melhorar o humor, e ela já estava pronta para começar. Depois de uma ou duas xícaras de café, ela estaria pronta para iniciar o seu plano.

Ao descer, ela ficou feliz ao ver que era a primeira a ter se levantado. Suzette foi até a escada do porão, destravou e abriu a estante e acendeu a luz.

— Acorda, dorminhoca. Hora de levantar!

Mia se sentou e esfregou os olhos, sonolenta.

— Sim, Senhora.

— Vamos logo. Lave o rosto e vista-se. Vou preparar o café da manhã para quando você subir. — Suzette estava se sentindo mais leve ao subir as escadas. Hoje ela resolveria um problema.

Quando Jacob e Matt desceram, Mia já estava no balcão comendo sua aveia. Suzette colocou uma quantidade generosa de açúcar mascavo e enfeitou a tigela com uma carinha sorridente feita de uvas passas. Ao lado, deixou um copo de leite e disse:

— Aí está, senhorita Mia. Bom apetite! — Mia sorriu e mergulhou a colher na tigela.

Que boa garota.

Jacob achou suspeito ver a mãe na cozinha.

— Você acordou cedo — ele disse.

Ela deu de ombros.

— Acordei e decidi aproveitar o dia. — Sorriu de um jeito simpático. Jacob podia ser aquele desastre hoje, mas algum dia ele iria esticar em altura e perder um pouco daquela gordura infantil. No tempo certo, ele também se sentiria mais disposto a deixá-la escolher suas roupas. Com uma aparência melhorada e uma atitude melhor, e quem sabe uma dose de confiança, ele ficaria até apresentável em público. Ele era filho dela, seu único filho. Ela não desistiria dele ainda. Suzette acreditava muito em segundas chances e em manter mais opções.

— Sei. — Jacob passou por ela e foi até o armário de mantimentos, de onde pegou uma caixa de cereais. No balcão, ele despejou o cereal em uma tigela e fatiou uma banana por cima. De canto de olho, ele notou o café da manhã de Mia. — E aí, baixinha. De onde você tirou essa aveia?

— Eu que fiz — Suzette disse. — Você quer um pouco?

Jacob ficou confuso.

— Não, obrigado.

Matt se serviu de uma xícara de café, e a família comeu e bebeu em silêncio. Mia levou uma eternidade para terminar a aveia. Ela ainda estava comendo quando os rapazes saíram juntos pela porta. Matt se oferecera para deixar Jacob na escola, para que ele não tivesse que pegar o ônibus.

Para mostrar que não havia nenhuma desavença entre eles, Suzette agitou os dedos em um aceno simpático e falou:

— Tchau, tenham um bom dia!

Depois que eles saíram, ela puxou um banco e se sentou ao lado de Mia.

— Hoje é um dia muito especial — ela disse. — Vamos passear de carro, e vou te mostrar onde você morava quando era bebê. Você quer fazer isso, Mia?

Os olhos de Mia se arregalaram e ela fez que sim, com uma colherada de aveia na boca. Sua reação fora um tanto perturbadora. A criança seguia bem suas instruções, mas Suzette duvidava de que suas capacidades intelectuais fossem muito além daquilo. Nesse caso, Mia teria que ter entendido o conceito de fazer algo relacionado ao que aconteceu no passado. A ideia era claramente muito abstrata para alguém tão simplória quanto Mia. Era mais provável que ela só estivesse respondendo ao tom entusiasmado de Suzette.

— Vai ser divertido — Suzette prometeu. — Você vai ver.

Enquanto Mia terminava de comer, Suzette desceu, pegou um travesseiro e um cobertor do quarto de Mia, e depois ajeitou tudo no lugar para que seu plano funcionasse sem problemas.

Em seguida, quando Mia ficou tão tonta que caiu com graça no chão, Suzette a envolveu no cobertor e a levou até o carro.

Capítulo 40

Jacob matou a primeira aula, depois de dizer à senhora Taylor que estava passando mal. Ele estava mesmo se sentido indisposto, mas tinha mais a ver com a sensação de que alguma coisa estranha estava acontecendo em casa, e não com alguma indisposição física. Sua mãe acordando tão cedo já era estranho por si só. Isso sem falar dos seus modos aparentemente bem-humorados e do fato de ter preparado aveia para Mia. Bom, era esquisito. Esquisito o suficiente para levantar suspeitas.

Até mesmo seu pai havia comentado a caminho da escola, dizendo:

— Parece que sua mãe vai começar uma das suas novas profissões. — Ela não fazia nada assim há bastante tempo, mas há alguns anos, ela passara por fases diferentes, decidindo novos rumos para a vida e traçando objetivos grandiosos para si. Sua mãe era cheia de boas ideias, mas nenhuma delas durava. Tudo começava com um bom humor atípico e uma grande dose de otimismo. Como naquela manhã.

Mas, dessa vez, parecia diferente. Alguma coisa estava acontecendo, e Jacob achava que tinha a ver com Mia. Ele não tinha certeza do que estava acontecendo, mas sabia que não gostava daquilo. Ele saiu da escola sem permissão e foi para casa. A caminhada foi deprimente, naquele dia cinzento de inverno e as calçadas sujas de neve derretida. Ele estava bem aquecido, com uma jaqueta por cima do moletom. Jacob nunca usava nada para cobrir a cabeça, mas depois de alguns quarteirões, puxou o capuz, porque estava com frio nas orelhas.

Entrando na rua de casa, ele viu a mãe saindo de ré da garagem. Se ela o visse, ele estaria encrencado, mas o carro foi na outra direção, parando por um longo tempo na placa preferencial antes de seguir caminho. Seu pai dizia que ela era uma motorista excessivamente cuidadosa, mas Jacob só achava que ela era péssima. Lenta e desatenta. O fato de ela estar saindo de casa tão cedo era altamente suspeito. Ela dificilmente tinha compromissos àquela hora do dia.

Depois de subir a calçada da garagem, ele bateu o código na fechadura digital. Mia podia ter uma ideia do que estava acontecendo e, se não tivesse, ele procuraria alguma pista do quarto da mãe e ligaria para o pai.

Dentro de casa, ele não perdeu tempo.

— Mia? Mia? — Ele passou por todo o primeiro andar, procurando em todos os cômodos e olhando atrás do sofá, mas não a encontrou. Estranhando, ele foi ao andar de cima e chamou seu nome, mas os quartos vazios só ecoavam sua voz. Uma sensação de desespero corroeu sua garganta. — Mia! Não tem graça. Apareça agora!

Sua última parada foi no porão, onde não havia lugar para se esconder. Ele atravessou o lugar, deu uma olhada no banheiro vazio e seguiu até a prateleira, soltando a trava. A prateleira abriu com facilidade, e seu coração desfaleceu quando ele viu que ela não estava mais lá, assim como seu travesseiro e seu cobertor. *Onde é que a Mia está? O que minha mãe fez?*

No coração, ele sabia que ela tinha levado Mia para algum lugar, mas, só para garantir, procurou pela casa mais uma vez. Ele foi metodicamente de quarto em quarto, procurando em todos os armários e abrindo todas as portas em que Mia poderia caber. Quando terminou, ele pegou o celular e ligou para o pai. Quando caiu na caixa postal, ele deixou uma mensagem, cuidando para não dizer nada que pudesse incriminá-los no futuro.

— Pai? Eu voltei da escola porque estava passando mal, e a mãe não está aqui. Ela pegou o pacote do porão, aquele que o Crisco gosta, sabe? Estou bem preocupado. Me liga. — Seu pai podia estar em uma reunião ou dirigindo. Às vezes, ele ficava sem olhar para o celular por uma ou duas horas.

Jacob olhou para o aplicativo de rastreamento no celular e viu que a mãe estava se movendo. Tentou ligar para o celular dela, mas, como de costume, ela não atendeu. Ela provavelmente colocou no silencioso em algum momento e esqueceu de tirar. Sua mãe era a pessoa menos entendida de tecnologia que ele conhecia. Ela achava que estava por dentro do assunto porque conseguia mandar mensagens e conhecia os *emojis*.

Onde ela pode estar indo? Os lugares onde as pessoas costumavam levar crianças (dentista, cabeleireiro, loja de roupas) não faziam sentido ali. Se Mia tivesse se machucado, ele veria o trajeto ao hospital ou a uma clínica, mas aquilo não se enquadrava no que aparecia no aplicativo de rastreamento. Além disso, seja lá o que sua mãe estivesse fazendo, parecia premeditado.

Por força do hábito, Jacob abriu a geladeira e ficou olhando, balançando o pé, nervoso. Pela primeira vez, nada parecia apetitoso. Ele fechou a porta e sentou-se no balcão, olhando para o rastreador no celular. Sua mãe agora estava dirigindo pela rodovia interestadual. A avó, de Minnesota, vivia naquela direção, mas eles não a viam há anos. Ele enrugou a testa, tentando entender. Sua mãe nunca levaria Mia em uma visita. Além disso, ela não tinha nada de bom para falar para sua vó ou para o seu tio, que viviam naquela região.

Então, provavelmente não era uma visita à família, ainda mais com Mia junto no carro.

De repente, um pensamento aleatório lhe ocorreu, e a atrocidade da ideia o fez deixar a cabeça cair nas mãos. *Não.* Ela não estaria levando Mia de volta para o lugar onde eles a encontraram, estaria? Como é que ela poderia encontrar o lugar? E mesmo se encontrasse, será que o cara medonho estaria lá esperando pela criança por todo esse tempo? *Não.* O barraco era uma pocilga, o cara já teria ido embora há tempos. Mia não se lembrava de nada daquilo e ficaria apavorada. Nem a sua mãe poderia ser tão cruel. Ou poderia?

Ele ficou remoendo aquilo por mais um tempo. Sua mãe não mataria Mia. Ao menos, ele achava que não. Seria muito sujo e difícil de esconder, mas ele acreditava que ela era capaz de abandonar uma criança. Ele conseguia imaginá-la parando na frente de uma delegacia local, dizendo a Mia para descer e depois indo embora com o carro.

Aquelas ideias todas o horrorizaram. Ele ligou para a mãe mais uma vez.

— Mãe, vem pra casa agora. Seja lá o que você estiver fazendo, é um plano péssimo! Venha para casa e vamos pensar em algo juntos — ele desligou, certo de que provavelmente só tinha piorado as coisas. Sua mãe odiava que lhe dissessem o que fazer.

Ah, por que ele não tinha um carro? Tantos outros garotos da escola tinham carros, ou pelo menos podiam usar algum da família. Mas ele não, ele era o fracassado, o esquisitão que precisava pegar ônibus. Seu cérebro fez uma lista de todas as pessoas que ele conhecia. Será que *alguém* poderia emprestar um carro para ele ir atrás da mãe?

Só uma pessoa lhe veio à mente, e ele mal a conhecia, mas no dia anterior ela dissera:

— Sério, se eu puder ajudar de algum jeito, é só dizer.

Ele pegou o casaco e saiu em direção ao posto de gasolina.

Capítulo 41

Por sorte, quando Jacob chegou, Niki estava atrás do balcão e não havia nenhum cliente na loja. Fred estava repondo o refrigerador de cervejas, mas estava fora do alcance de escuta.

Jacob estava sem fôlego quando entrou voando pela porta, deixando claro que precisava conversar com ela. Em três minutos, ele revelou todas as informações que ela tentara, sem sucesso, obter no dia anterior. Sua voz soava frenética enquanto ele explicava que a garotinha que vivia com eles, Mia, estava desaparecida e que sua mãe a levara para algum lugar. Pelo que ela estava entendendo, ele queria pedir um carro emprestado para que ele pudesse segui-las e garantir que não acontecesse nada de ruim com a menina. Cada informação nova que ele compartilhava a obrigava a fazer mais perguntas. Ele parecia frustrado porque ela não estava entendendo a urgência da situação.

— Eu só preciso do seu carro — ele disse, inclinando-se para frente e repousando a mão espalmada no balcão. — É só isso. Se você me emprestar, prometo que vou encher o tanque ou pagar o que você quiser. Não dá tempo de explicar tudo.

Ela ergueu a mão, ao estilo de um guarda de trânsito, e falou para ele esperar um pouco. — Eu sei que você está com pressa, mas preciso de um pouco mais de informações.

Ela fez inúmeras perguntas e ficou chocada com as respostas. Quando ele terminou de revelar os segredos da família, Niki recapitulou:

— Então a sua mãe *pegou* uma garota há três anos, ela está morando na sua casa desde então e ninguém sabe disso além de você e dos seus pais?

Jacob fez que sim.

— É, eu sei que parece horrível, mas eu não tive nada a ver com isso. Você não conhece a minha mãe. Ela chantageou meu pai para deixar a Mia em casa porque...

A mão de Niki ergueu de novo.

— Eu não tô nem aí pra essa parte. Você sabe que deveria ligar para a polícia, né? Isso foi sequestro e sabe-se lá mais o quê.

Ele olhou para baixo.

— Mas eu não quero ferrar o meu pai.

— Ah, Jacob, é tarde demais para isso — Niki disse. — Vocês todos estão ferrados. Não tem como escapar. Foi algo terrível o que aconteceu.

Quando ele olhou para cima, estava com os olhos cheios de lágrimas.

— Eu não me importo comigo. Agora, eu só estou com medo por causa da Mia. Pode acontecer algo muito ruim com ela. A minha mãe é louca. Eu não sei o que ela vai fazer.

— Você está disposto a falar com a polícia? — Niki perguntou.

— Claro, mas agora eu não posso. Não dá tempo. — Sua voz estava ficando mais alta. — Eles vão querer investigar e ficar fazendo perguntas, e vai levar um tempão, algo terrível pode acontecer com a Mia nesse tempo.

— Isso parece algo que a polícia tem que resolver.

— Eles não vão conseguir encontrá-la. — A voz de Jacob saiu como um choro rouco. — Mas eu vou.

Fred veio à frente.

— Jacob? O que está acontecendo?

— Ele quer pegar meu carro emprestado — Niki explicou. — A mãe dele saiu de carro com uma garotinha chamada Mia. — Ela e Jacob trocaram um olhar. — Uma garota da família deles. Jacob está com medo de que algo aconteça à Mia.

— Mas o que poderia acontecer? — Fred disse, inclinando a cabeça para o lado.

— A minha mãe é meio... desequilibrada. E uma péssima motorista. Estou rastreando pelo celular, sei onde elas estão. Eu só preciso pará-las e garantir que a Mia esteja segura.

— Se você precisa sair do trabalho, Niki, pode ir. — Fred disse. — O Jacob está muito transtornado para dirigir sozinho.

— Mas eu não tenho carro. Eu venho andando para o trabalho. — Niki disse.

— Você me fez contar isso tudo e nem tem carro? — Aquilo saiu como um lamento acusatório.

Fred balançou a cabeça com pesar:

— Eu poderia dirigir, mas tem uma entrega chegando e preciso ficar aqui para assinar.

Jacob ergueu as mãos frustrado:

— Eu não sei o que fazer. Eu preciso muito encontrar a Mia.

Fred colocou a mão embaixo do balcão e puxou um chaveiro.

— Vou te dizer: o meu carro está nos fundos. Você pode usar, desde que a Niki dirija. Vou precisar dele de volta no máximo às seis horas.

Niki congelou, enquanto Jacob dizia:

— Obrigado, obrigado! Eu pago na volta.

— Não precisa pagar. Só abasteça o tanque. — Fred se virou para ela e disse. — Você concorda com isso, Niki?

Niki não podia acreditar no que acabara de acontecer. Fred e seu irmão, Albert, deviam ser os caras com o maior coração do mundo. *Quem empresta o carro assim?*

— Sim, eu concordo — ela disse.

— É melhor a gente ir — Jacob disse. — Não temos muito tempo.

Capítulo 42

Assim que Wendy abriu a porta e viu o detetive Moore parado ali, com o chapéu nas mãos e um olhar triste, ela sabia que as notícias não seriam boas.

— Boa noite, senhora Duran — ele a cumprimentou com um gesto de cabeça. — O seu marido também está em casa?

Sem dizer uma palavra, ela o deixou entrar e foi buscar Edwin.

Quando os três se sentaram na sala de estar, ele deu a notícia:

— Eu sinto muito por ter que dizer isso, mas conversei com o legista, e os registros dentários de Morgan são compatíveis.

Wendy puxou o fôlego com força, sendo atingida por aquelas palavras como se fosse um golpe físico. Ela levou a mão à boca e fez um esforço consciente para respirar. Queria fazer mais perguntas, mas achou que não aguentaria ouvir as respostas. Parte dela queria que o detetive Moore fosse embora, deixando-os em paz, mas outra parte estava grata pela sua presença e compaixão. Ela olhou para o marido, que estava com o rosto pálido.

— Então é uma identificação positiva? O corpo encontrado é mesmo o de Morgan? — Edwin perguntou.

O detetive se sentou mais à frente.

— Sim, senhor.

A palavra *senhor* foi um golpe para ela. Ela desconfiava que ele tinha mais ou menos a idade dos seus filhos, e agora ela sabia que isso era verdade. Ele era só um garoto, Wendy percebeu. Um jovem, provavelmente desejando que sua rotina de trabalho não envolvesse ter que dar notícias tão ruins.

— Qual foi a causa da morte?

— Isso ainda está indefinido. Disseram que não parecia homicídio, mas é cedo demais para ter certeza.

— Então talvez algo a ver com drogas? — Edwin perguntou.

— É possível. Ainda vamos saber mais. Vocês serão informados quando a investigação acabar. Eles querem saber como vocês querem resolver a questão do transporte.

— Transporte? — Wendy perguntou sem entender.

— Para o funeral — Edwin disse, gentilmente. — Ele se voltou para o detetive. — Não é isso?

— Isso mesmo, senhor.

Funeral. Que ideia horrível. Mas é claro que era isso que as pessoas esperavam, um velório para pôr fim. Ela olhou para a foto da família em cima da lareira. Ela pensava que, quando ela e Edwin morressem, a foto ficaria para Morgan e Dylan. Algo que passaria de geração para geração, um momento dos quatro eternizado no tempo. Ela nunca sonhara que um de seus filhos poderia morrer antes. Que justiça havia naquilo? Como era possível? Ela sentiu um nó na garganta.

O detetive Moore disse:

— Eu sinto muito, mesmo. Há outra novidade também.

Ela se sentou.

— O quê?

— O legista confirmou que Morgan teve um filho em algum momento.

— Morgan teve um bebê? — Wendy perguntou.

— Sim, senhora.

— Mas como eles podem saber disso? — Edwin perguntou. — Faz tanto tempo. — Imagino que pelo exame da ossada?

O detetive Moore pareceu pouco à vontade.

— Isso mesmo, senhor. O legista disse que dá para identificar isso examinando o osso pélvico. Se uma mulher deu à luz, há uma série de marcas por dentro de todo o osso.

— Então, é uma certeza? — Wendy perguntou. — Sem dúvida alguma?

— Sim.

Eles tinham um neto e nem sabiam. Ela olhou para Edwin, que disse:

— Alguma ideia de onde possam estar Keith e o bebê?

— Não, senhor. — Ele pareceu prestes a chorar também.

Wendy teve um pensamento repentino.

— Mas deve haver uma certidão de nascimento.

— Sim, seria o certo, se eles tiverem registrado a criança — o detetive disse.

Wendy ouviu Edwin e o detetive Moore falando como se fazia para rastrear uma certidão de nascimento. Por mais solidário que os policiais fossem, ela teve a impressão de que buscar a localização de uma criança não era uma grande prioridade. Segundo o detetive: — Há uma investigação aberta, e todos estão se esforçando para encontrar o homem que morava lá. Mesmo se tiver sido um acidente, o fato de a morte não ter sido comunicada e escondida já é um crime.

Wendy refletiu sobre aquilo. Ela sabia que, sem o nome completo de Keith ou ao menos uma foto, seria difícil encontrá-lo. Morgan estava morta, mas seu bebê estava em algum lugar por aí. Será que um dia eles saberiam o que teria acontecido com a criança?

O detetive perguntou se tinham mais perguntas e, quando disseram que não, ele se levantou para ir embora. Na porta, ele se virou e disse:

— Entrarei em contato quando tiver o relatório completo.

Depois que a porta se fechou, Wendy encostou na parece e soltou um suspiro.

— Então é isso — ela disse, com os olhos transbordando de lágrimas. Por anos, ela ficou monitorando o *site*, respondendo aos comentários e buscando pistas na internet. Ela visitara aquele bar decadente, horroroso, implorando por informações. Ela desejou tanto que Morgan voltasse para casa e rezou pela segurança da filha. Suas orações foram sinceras e frequentes, na esperança de que tivessem ainda mais peso. Todas aquelas atividades a mantinham ocupada, mas não trouxeram Morgan para casa, e agora ela se fora para sempre.

Edwin a envolveu em um abraço, um círculo de amor e carinho. Ele a trouxe para perto de si, e ela fechou os olhos, ouvindo sua respiração irregular e, um ou dois minutos depois, o som quieto dos seus soluços. Edwin não era de chorar, não havia chorado nem no enterro do pai, mas o ponto final de saber que sua filha não voltaria nunca mais, o tinha estraçalhado.

— Nós precisamos encontrar a criança — ela disse. Mesmo enquanto dizia, a inutilidade daquelas palavras a atingiu com força. Eles não conseguiram nem encontrar Morgan. Como localizariam uma criança sem saber nada sobre ela?

Capítulo 43

— Aonde estamos indo? — Niki perguntou, ajustando o assento e os espelhos. Ela ainda estava admirada pela generosidade de Fred, principalmente agora que estava sentada no carro dele. Não era um carro novo, mas por dentro era impecável, tinha até cheiro de novo. Se não fosse pelas moedas no porta-copos, poderia muito bem ser um veículo parado no pátio de uma concessionária. Se fosse o carro dela, ela com certeza não emprestaria para um adolescente.

Jacob olhou para o celular.

— Vamos pegar a rodovia I-94 sentido Norte, mais para frente ela faz um desvio para o sentido Oeste.

— Espero que você saiba me indicar a direção. — Mesmo tendo carteira de habilitação há alguns meses, ela não dirigira muito desde então. Amy dissera que ficaria instintivo, mas sem ter um carro à mão, ela não tivera a oportunidade de chegar a esse ponto. Naquele momento, ela ainda precisava de concentração total para dirigir com segurança.

— Eu sou bom com direções. Aliás, eu agradeço muito pelo que você está fazendo.

— Eu sei. — Ela apertou o cinto e ligou o motor. Quando ouviu o barulho do cinto de Jacob, ela seguiu em frente, tirando o carro do estacionamento.

Ele indicava as direções realmente bem, o que, de alguma forma, a tranquilizou. Em poucos minutos, eles já estavam saindo da cidade, pela rodovia interestadual.

— Você tem um aplicativo para rastrear o celular dela? — Niki perguntou.

— Tenho. Ela também pode me rastrear se quiser, mas aí ela teria que acessar o aplicativo.

— E ela não acessa?

— Não.

— Por que ela confia em você?

Ele forçou uma risada áspera.

— Não. Ela não confia em ninguém. E ela não se dá ao trabalho de me rastrear porque não serviria de nada. Obviamente não vê vantagem alguma, tudo gira em torno dela. Ela não tá nem aí pra mim. — Ele riu, com amargura. — Além disso, provavelmente nem lembra que tem o aplicativo. Minha mãe não é lá muito entendida de tecnologia.

Sua voz soou com desdém — obviamente não havia amor algum ali. Niki sabia que existiam pais que não amavam os filhos e que o oposto também era verdadeiro, mas sua mãe a amara sem medidas, e o amor era recíproco. O alcoolismo e o vício de sua mãe foram uma grande tragédia, mas ela nunca duvidou do seu amor. Que terrível fazer parte da família Fleming. Aparentemente, eles tinham tudo, mas olhando de perto, via-se que não havia nenhum respeito ou afeição e, muito menos, amor.

— Por quanto tempo vamos continuar neste trecho da estrada? — ela perguntou, olhando em frente. Por sorte, o trânsito estava tranquilo.

— Bastante tempo. Uns setenta quilômetros mais ou menos.

— Você pode fazer um favor pra mim? Pega o meu celular na minha bolsa? Preciso ligar para a minha vó e contar o que está acontecendo.

Ele abriu o zíper da bolsa dela e encontrou o celular. Ela o instruiu a encontrar os contatos, disse para ele clicar no nome de Sharon e colocar a chamada no viva-voz. Quando Sharon atendeu, Niki explicou a situação. Sharon ficou chocada ao ouvir que seus vizinhos mantinham uma garotinha em casa há três anos. Passado o choque da notícia, ela deixou claro que não estava muito entusiasmada com o plano de ação de Jacob.

— Eu acho que você deveria ter ligado para a polícia — ela disse, ecoando os instintos iniciais de Niki.

— É isso — Niki disse, sempre de olho na estrada. — Foi a primeira coisa em que eu pensei também.

Jacob interrompeu:

— A polícia não entenderia, e levaria muito tempo para explicar. E agora que minha mãe saiu da cidade, eles diriam que o caso está além da alçada deles.

— Você não acha que eles ativariam o alerta de criança desaparecida? — Sharon perguntou.

— Sei lá — Jacob disse. — Nem sabemos se Mia é o nome dela mesmo, e não temos sobrenome, foto, nem nada parecido. Eles não conseguiriam ativar o alerta sem informações suficientes.

Ele pareceu ter tanta certeza, como se já tivesse pensado naquilo antes. Niki ficou imaginando onde ele teria aprendido aquilo tudo. Na internet? Vendo *Law & Order*?

O garoto continuou:

— Acho que conseguiremos alcançá-la e, assim que tivermos a localização certa, chamaremos a polícia.

— Qual é a placa do carro da sua mãe? — Sharon perguntou.

Boa pergunta, Niki pensou.

— Não sei — Jacob respondeu. — Quando chegarmos, eu te ligo para você poder informar a polícia. Ou será que a polícia consegue procurar?

— Parece perigoso. Por que vocês não voltam e pensamos melhor juntos?

— Não — Jacob disse com firmeza, sem esperar a opinião de Niki. — Eu preciso fazer isso sozinho. Ela é minha mãe e eu sei como ela pensa. Precisamos seguir. A Mia deve estar com medo, mas ela me conhece, sou eu que preciso encontrá-la.

— Bom, tomem cuidado — Sharon disse com a voz um pouco alta. Niki percebeu que Sharon ainda não estava convencida. — E vão me atualizando. Eu vou conversar com a Franny Benson. Ela vai saber o que fazer. Provavelmente ela vai querer envolver a polícia, e talvez queira conversar primeiro com você, então não deixe de atender o celular, tá bom? Mesmo se for de um número desconhecido.

— Pode deixar — disse Niki. — Depois de desligar, ela perguntou para Jacob: — Você parece ter certeza de que vamos conseguir alcançá-la.

— Não tenho certeza *absoluta* — ele disse. — Mas eu a vi saindo de casa, e foi logo antes de eu chegar no posto de gasolina. Além disso, você entenderia se visse minha mãe dirigindo. É tão devagar que chega a ser insuportável. Uma vez ela até levou uma multa por causa disso. Ela ficou muito brava. — Ele olhou para o celular. — Ela também faz muitas paradas.

— Por que tantas paradas?

— É meio que uma compulsão esquisita dela. Ela faz pausas nos pontos de parada e em restaurantes para retocar a maquiagem, arrumar o cabelo e perturbar algum pobre coitado. Ela não suporta a própria companhia, tem sempre que estar interagindo com alguém, gosta de conversar com estranhos. Pedir informações sobre o percurso, sobre o tempo ou sobre as condições da estrada. Não importa o assunto. O que importa é ter alguém olhando pra ela, gosta de gesticular e costumam comentar sobre as suas unhas ou suas joias. Ela usa um monte de anéis, e as pessoas geralmente notam e a elogiam por causa disso.

— Sério? — Niki perguntou espantada.

— Sério mesmo, eu falei pra você que ela é maluca — Jacob disse. — E provavelmente vamos alcançá-la porque ela se perde bastante, às vezes mesmo com o GPS, porque ela não acredita no percurso e acha que sabe mais que o GPS.

— Ela não acredita no GPS?

— É, ela acha que as direções estão erradas. Você não acreditaria no nível de loucura de que estamos falando. Agora ela está tentando se lembrar de cabeça de um lugar onde estivemos há três anos, e naquela vez nos perdemos completamente. Além disso, talvez a casa nem esteja mais lá. Mal parava em pé quando eu vi.

— Então você tem certeza mesmo de que ela vai voltar para o lugar onde vocês encontraram a Mia? — Na sua visão periférica, ela viu Jacob acenando a cabeça com bastante convicção.

— Com certeza, é assim que a cabeça dela funciona.

— Você parece bem seguro.

— Eu vivi o suficiente com ela para saber. Se alguma coisa não funciona, ela simplesmente tenta desfazer. Ela já trocou mais de amigos do que a maioria das pessoas troca na vida toda. Todo mundo a adora no começo, e alguns até continuam gostando depois que ela os dispensa. Eles não conseguem entender o que fizeram de errado. Minha mãe se ofende por tudo. Basta alguém olhar torto para ela ou não rir das piadas do jeito que ela gostaria. Às vezes, até ficam ligando e pedindo milhões de desculpas, mandam bilhetes ou presentes. Ela adora, mas não faz diferença. Assim que ela decide cortar alguém da vida dela, é pra sempre. Não tem volta. Eu estou falando, ela é louca.

— Então, o que a Mia fez de errado?

— A Mia? Ela não conseguiria fazer nada de errado nem se tentasse. Ela é tão boazinha, sem maldade alguma.

— Quer dizer, por que sua mãe a levaria de volta?

— Ah, sim — Jacob suspirou. — É porque veio uma mulher da prefeitura fazer perguntas, e uma vizinha estava bisbilhotando. Acho que ela se desesperou e quer colocar a Mia para fora de casa para evitar problemas. Se a Mia não estiver lá, é como se o crime nunca tivesse acontecido.

Uma mulher da prefeitura. Uma vizinha bisbilhotando. Niki sentiu a cabeça girar ao perceber que ela e Sharon foram as responsáveis pelo destino da garota. Elas podiam ter iniciado algo terrível. *Mas não é culpa nossa,* ela pensou, defendendo-se. Nem ela, nem Sharon fariam mal a uma criança. Elas estavam tentando salvar a menina. Não era culpa delas se Suzette Fleming era perturbada. Só uma pessoa muito doente roubaria uma criança e a manteria como empregada em casa por três anos. Coitadinha. Com o sentimento de urgência renovado, Niki desviou da faixa para ultrapassar um carro que vinha abaixo do limite de velocidade. De repente, encontrar Mia o mais rápido possível era mais importante do que suas preocupações com a direção em rodovias.

— É isso aí — Jacob disse, satisfeito.

Jacob mal podia acreditar em como era libertador confessar a história à Niki. Em um dia, Mia deixara de ser um segredo de família para se tornar alguém sobre quem ele poderia conversar, e aquilo fazia com que Mia parecesse uma pessoa de verdade. Niki fazia tantas perguntas.

— Eu sei que você disse que sua mãe chantageou seu pai para manter a Mia em segredo, mas por que você não contou para ninguém? Você parece se importar com ela, e você sabia que era errado... — Ela olhou para ele de canto de olho, voltando em seguida a olhar para a estrada. O dia estava cinzento, mas o trânsito estava tranquilo, então ao menos isso estava a favor deles.

— Eu pensei em entregar a minha mãe, talvez fazer uma denúncia anônima, ou deixar a Mia em uma delegacia, mas ela é tão pequenininha e ficaria com medo.

— Você não acha que ela teve medo de dormir sozinha no porão? — Pela primeira vez, a voz de Niki soou crítica.

— Você não entende — ele disse. — Estamos falando da minha família. Eu sei que a coisa toda é estranha, mas quando você está no meio de tudo, parece normal. A Mia sempre estava feliz. Quer dizer, seria diferente se ela ficasse chorando, toda triste, mas ela sempre estava sorrindo.

— Talvez por que ela não conheça mais nada do mundo?

— Talvez — Jacob admitiu. — Mas, sinceramente, não dependia de mim. Eu também era criança.

— É. Mas você sabia que não era certo.

— Sim, eu sabia que não era certo, mas fiquei esperando que eles fizessem alguma coisa. E quer saber? Nós procuramos nos *sites* de crianças desaparecidas, e ninguém estava procurando por ela. A casa de onde ela veio era horrível. Eu não desejaria nem que meu pior inimigo tivesse que morar lá. — Aquilo não era de todo verdade. O pior inimigo de Jacob era um garoto chamado Liam Johnson. Liam tinha o armário ao lado do dele e costumava bater a porta do armário contra Jacob enquanto ele pegava os livros. Uma vez, bateu tão forte que Jacob achou que pudesse ter quebrado o braço. O impacto deixou um hematoma enorme que durou semanas. Desde então, Jacob carregava todos os livros na mochila e deixou de usar o armário. E evitava ao máximo ficar perto de Liam Johnson.

Pensando em Liam Johson, ele teve certeza de que algumas pessoas eram seres humanos terríveis, sem salvação. Uma maldade tão sem sentido, e para quê? Jacob nunca fizera nada para ele. Liam Johson merecia viver naquele barraco horroroso, mas ele não conseguia pensar em mais ninguém que merecesse.

— Você está dando desculpas.

— Talvez — ele disse —, mas, de certa forma, nós salvamos a Mia de uma vida horrível. E pense assim: se meus pais fossem para a cadeia, eu não teria ninguém, e acabaria indo morar com alguma família acolhedora ou com algum parente distante que eu nem conheço. E havia a possibilidade de eu também ser acusado. Então todos nós estaríamos ferrados. A minha mãe nos colocou em uma situação impossível de resolver.

— Morar com outra família não é o fim do mundo — Niki disse. — E quer saber? Isso não tem a ver com você, Jacob. Tem uma garotinha envolvida. Não me importa se ela estava em uma situação horrível. Vocês tinham outras escolhas, naquele momento e depois também. Vocês poderiam ter chamado a polícia. — Eles seguiram sem conversar por quinze minutos, o único barulho vindo era da tentativa de Niki de encontrar alguma música boa no rádio. Ela passou da estática para a música sertaneja, depois para a rádio de notícias, voltando ao início, antes de desistir de uma vez.

Capítulo 44

Suzette deu um suspiro pesado. Dirigir nunca fora o seu forte e definitivamente não era a forma como ela gostaria de passar o tempo. Em um mundo ideal, ela seria rica o bastante para ter um motorista em tempo integral, mas isso nunca aconteceria enquanto ela estivesse casada com Matt. Então, ali estava ela, desperdiçando uma boa parte da manhã dirigindo por Wisconsin. O problema era que estar ao volante por mais do que alguns minutos a deixava cansada e ansiosa. E havia ainda a questão da localização. Ela achava os mapas rodoviários tão compreensíveis quanto hieróglifos. Até usar o GPS era difícil. Obras na estrada, direções imprecisas, entradas que não estavam sinalizadas: tudo isso a fazia duvidar de que ela estava indo na direção certa.

A única coisa de que ela se lembrava a respeito da localização de onde eles encontraram a Mia é que era em algum lugar ao norte de Harlow, Wisconsin. Ela e Jacob estavam voltando para casa depois de uma visita à casa da mãe dela, e ela saíra da via expressa para procurar algum lugar para comer. Um *outdoor* indicava que havia um restaurante familiar a dez quilômetros para fora da rodovia interestadual, e ela pegara a saída para seguir as placas, mas nunca chegaram a encontrá-las. Ela dirigiu, dirigiu, pensando que estaria logo ali após a curva. Mas o que aconteceu foi que eles ficaram completamente perdidos, dirigiram por muitos quilômetros por estradas de chão batido, passando por fazendas e pastos, sem um carro à vista. Resumindo: um pesadelo.

Mesmo depois de três anos, ela tinha absoluta certeza de que reconheceria o lugar ao bater o olho. O difícil era encontrar. Se ela não conseguisse encontrar, partiria direto para o plano alternativo e deixaria Mia em uma delegacia da região. Ela estava com a garota enrolada em um cobertor confortável. Dormindo como uma princesinha enfeitiçada. Suzette se imaginou carregando-a até a porta e deixando-a do lado de fora. Não estava tão frio. Alguém logo a encontraria e, mesmo que demorasse um pouco, Mia era forte. Ela ficaria bem. Era um bom plano. *A menos que...* E então ela parou para pensar no que poderia dar errado. Se houvesse câmeras do lado de fora, ela poderia ser vista. Por algum motivo, duvidava que uma delegacia no meio do nada teria um sistema de segurança sofisticado com câmeras, mas era possível, e ela não queria arriscar. Ela precisava encontrar a casa. Não tinha outro jeito.

Suzette estava dirigindo há uma hora e meia quando seu estômago começou a roncar de fome e se deu conta de que só havia comido uma torrada de manhã. *Droga*. Ela não funcionava bem de estômago vazio e hoje, mais do que nunca, precisava dar o melhor de si. Não tinha como fugir, ela teria que fazer uma parada rápida.

Ela se lembrou de como havia batizado a aveia de Mia com sonífero triturado. O cálculo fora perfeito: ela calculou a quantidade que precisava para si e ajustou a diferença de peso. Sempre que Suzette ingeria a dose completa, ela caía em um sono profundo que durava algo entre quatro horas e uma noite toda. Às vezes ela acordava confusa de manhã. Pensando assim, ela achava improvável que Mia se movesse antes de elas chegarem ao destino, e talvez nem assim. Suzette também teve sorte porque o tempo estava colaborando com a viagem. Estava quente para aquela época do ano. Bom, talvez não quente, mas pelo menos não estava congelante, e o sol estava derretendo a neve. Contanto que ela não fizesse nenhuma conversão brusca, não haveria o problema de Mia se mover do lugar.

Ela dirigiu por um tempo, olhando para as margens da estrada, consternada ao não ver nenhuma placa de saída por muitos quilômetros. Por fim, um *outdoor* prometia que na próxima saída haveria um posto de gasolina e uma lanchonete caseira. O que ela queria mesmo era um *drive-thru* de comida rápida, para que não precisasse sair do carro, mas estava sem opções. A ideia era pegar alguma coisa rápida para viagem.

Ela virou em uma rampa para sair da rodovia interestadual e ficou feliz ao ver a lanchonete à frente. O estacionamento era de pedra brita e a construção, um galpão oval de metal com janelas grandes, ficava sobre uma calçada de concreto. Uma lanchonete das antigas, ela devaneou, como se viam nos filmes da década de cinquenta. Ela saiu do carro, com a alça da bolsa pendurada no braço dobrado e caminhou até a porta, parando apenas para pressionar o botão do alarme e trancar o carro. Assim que entrou, ela observou todos os detalhes: uma vitrine giratória de tortas ao lado do caixa, um longo balcão curvo com um cliente e uma fileira de mesas com sofás ao longo da janela que dava para fora. Só uma mesa estava ocupada, por duas velhinhas bebericando um café. Uma flecha pendurada apontava para os banheiros, algo que lhe agradou na hora. Ela passou por uma garçonete que carregava uma bandeja de comida e fez uma parada rápida no banheiro feminino. Depois de lavar as mãos, ela conferiu o cabelo e o rosto para garantir que sua aparência estava adequada para aparecer em público.

De volta à lanchonete, ela foi até o caixa, onde ficou esperando para ser notada. Não havia nem sinal da garçonete que vira há poucos minutos. Ela bateu os dedos do pé, impaciente. Detrás dela, uma voz masculina disse:

— Não precisa esperar. É só sentar.

Suzette se virou para ver quem havia falado. Era o cara do balcão, um homem grandalhão lá pelos cinquenta anos vestindo uma jaqueta de trabalho caramelo e um boné *jeans* de beisebol todo surrado.

Ele fez mais uma tentativa.

— Cheiro de novidade no ar. — Sua voz parecia admirada. — Você não é daqui, é?

— Não — ela disse, trazendo a bolsa para perto de si. — Só de passagem.

— Pode sentar — ele disse, apontando para a banqueta ao seu lado. — A Liz já vem. Ela está passando mais café. — Ele fez um gesto com o queixo, apontando para uma porta vaivém de alumínio.

— Não, obrigada — ela disse, cheia de cerimônia. — Preciso de algo para levar.

— Fique à vontade.

Ela percebeu a mágoa na voz do homem e entendeu que era por causa da rejeição. Na época de sua formatura da faculdade, ela notara que tinha esse tipo de efeito estranho nas pessoas. Uma atração magnética. Carisma. As pessoas vinham até ela e queriam fazer amizade. No início, ela permitia e mantinha um grupo enorme de puxa-sacos seguindo-a aonde ela fosse. Mas logo ela aprendeu a ser mais seletiva. Era cansativo ter tantos admiradores fazendo fila. Agora, ela percebia que sentia falta daquela época. As atenções de Matt e Jacob eram insuficientes, e suas amigas dos comitês das instituições de caridade não conseguiam estar à altura.

Suzette se sentou na banqueta ao lado do operário.

— Olá. Eu me chamo Suzette. — Ela viu o ânimo dele voltando, erguendo a xícara de café, como se brindasse com ela.

— Oi, Suzette. Eu me chamo Craig.

Ele estendeu a mão e ela o cumprimentou com um sorriso. A mão dele era grande e quente.

— Prazer em conhecê-lo, Craig. Quem sabe você possa me ajudar a pegar alguma coisa para levar? Algo rápido, um café com uma torrada ou um folhado, talvez?

Um sorriso lento se abriu em seu rosto. Os homens sempre gostavam de ajudar.

— Claro. — Ele levou as mãos em concha em volta da boca: — Liz! Uma moça com fome aqui precisa de você pra já! — Ele se virou para Suzette. — Ela já vem — ele disse, com confiança.

Alguns instantes depois, uma mulher empurrou a porta e entrou no salão, segurando um bule de café na mão.

— Credo, Craig. Precisa gritar?

Ele apontou o dedo na direção de Suzette.

— É uma emergência. A moça bonita aqui precisa de algo rápido para viagem.

Liz virou e deixou o bule na chapa quente.

— O que posso preparar para você?

— Um café com creme e alguma coisa que eu consiga comer dirigindo. Você tem algum folhado, uma torrada ou algo assim?

Antes que ela pudesse responder, Craig se adiantou:

— Por que você não pede para o cozinheiro preparar um sanduíche para ela, Liz?

Suzette fez uma careta.

— Ah, não, não precisa...

Craig se ergueu:

— Olha, não tem folhado aqui, e uma torrada não parece suficiente. Uma dama como você precisa de alguma coisa mais especial. Ele faz rapidinho, não faz, Liz?

Liz concordou.

— Só alguns minutos. Não deve demorar mais do que a torrada para ficar pronto.

— Então tudo bem — Suzette queria perguntar qual era o recheio do sanduíche, mas Liz já saíra para fazer o pedido, então ela começou a jogar conversa fora com Craig, fingindo estar interessada no seu trabalho em construção civil. Quando ele terminou a conversa entediante sobre canteiros de obras e por fim perguntou no que ela trabalhava, ela disse:

— Eu era modelo quando era mais jovem, mas hoje cuido de uma instituição de caridade para crianças com deficiência.

— Modelo, é? Não me surpreende — Craig disse. — Eu pensei mesmo que você era modelo quando te vi entrar pela porta. Tem alguma coisa em você que diz isso. — Ele balançou a cabeça. — Elegância, eu diria.

— Ah, é muita gentileza sua. — Ela tocou no cotovelo dele, mas apenas por um breve instante, para que fosse algo especial, como o roçar das asas de uma borboleta que passava voando. — Mas faz tanto tempo. — Ela levou a mão ao peito.

— Não pode fazer tanto tempo assim — ele disse. — Você não tem uma ruga no rosto.

Como fazia sempre que conversava com um homem, ela se imaginou casada ou namorando com Craig. Um minuto depois, chegou à conclusão de que embora a adulação do começo fosse agradável, o tédio da conversa logo a cansaria. E, por pior que Matt a tratasse ultimamente, pelo menos seu nível educacional e reputação profissional lhe garantiam um certo *status* na sociedade. Como seria frequentar eventos com pedreiros e suas esposas? Por dentro, ela se encolheu só de pensar. Não, ela decidiu, Craig funcionaria apenas como um flerte de balcão: uns minutinhos de conversa que o fariam querer mais. Anos depois ele ainda se lembraria da ruiva chamada Suzette, ex-modelo, que sorriu para ele numa manhã na lanchonete. Ele se lembraria do breve toque dos seus dedos e ficaria se perguntando o que poderia ter acontecido.

— Quanta gentileza. Que belo elogio — ela disse.

— E hoje você cuida de uma instituição de caridade para crianças? — Ele tomou um gole de café, sem tirar os olhos dela. — Você é quase uma santa.

— Eu acredito que devemos retribuir — Suzette olhou para a porta de alumínio e desejou que a garçonete viesse na sua direção. *Por que tanta demora?* — Quando eu me for, gostaria de pensar que o mundo passou a ser um lugar melhor com a minha passagem.

— Que bacana — ele começou a falar sobre a irmã, uma técnica de enfermagem que trabalhava em uma casa de repouso. *Argh.* Como se isso se comparasse a cuidar de uma instituição de caridade para crianças deficientes. Suzette fingiu interesse, mas ficou aliviada ao, finalmente, ver Liz voltar com um copo de café para viagem e um pacote.

Liz colocou tudo no balcão diante de Suzette, junto com a conta. Craig pegou o pedaço de papel e disse:

— Pode deixar comigo.

— Como você é gentil. — Suzette se levantou, pegando o pacote e o copo. — Obrigada. Tenha um ótimo dia. — E saiu da lanchonete sem olhar para trás. Ao chegar no carro, ela pousou o café no porta-copos e abriu a embalagem, feliz ao ver que tinham colocado guardanapos junto com o sanduíche. Pegando os pedacinhos de bacon de cima, ela deu uma mordida e suspirou de satisfação. Ovo frito e queijo cheddar em um pão tostado. Craig estava certo. Muito melhor do que torrada. Comeu metade do sanduíche antes de ligar o carro. Ela iria beliscando o resto enquanto dirigia.

Capítulo 45

Jacob notou a concentração intensa de Niki: suas mãos só saiam do volante para mexer no rádio, o que ela fez por cerca de um minuto e desistiu. Do contrário, ela mantinha os olhos na estrada, sem dizer uma palavra. De vez em quando, ela enrugava a testa.

— Você está brava comigo?

Ela manteve o olhar na estrada.

— Não. Por que a pergunta?

— Você está quieta demais. — Ele não comentou sobre o verdadeiro motivo pelo qual ele achava que ela poderia estar brava com ele. Sentia que ela estava horrorizada por saber que ele fora em parte responsável por manter Mia na casa. Sua reação era compreensível. Ninguém de fora da família conseguiria entender o poder que sua mãe tinha sobre ele e seu pai. O humor dela afetava a todos, ditando o comportamento deles. Ela criava cenários, mentiras e situações que não podiam ser desfeitos. Repetidas vezes, insistia na própria versão dos fatos. Mesmo quando sabia que estava errada, sua distorção o fazia duvidar de si. — Achei que você pudesse estar brava... — Ele baixou os olhos para olhar para o celular.

— Não estou brava. Estou quieta porque não estou a costumada a dirigir na rodovia. — Niki suspirou. — Se você quer saber, não estou acostumada a dirigir de jeito nenhum. Eu tenho carteira, mas não tenho carro, e nunca dirigi muito. Manter essa velocidade é bem estressante pra mim.

— Ah. — Aquilo fazia sentido. — Eu entendo o estresse. Você quer que eu dirija? — Ele também não era um motorista experiente, mas a velocidade não o incomodava.

— Não, obrigada. Tá tranquilo.

— Eu sei que, quando encontrarmos a Mia, teremos que ir à polícia, e ela vai ser levada. Eu vou sentir falta dela — Jacob admitiu. Mia era a única pessoa que o recebia com um sorriso. Era tão fácil deixá-la feliz. Ela era grata por cada coisinha. Mia o amava, mesmo sem ter motivos para isso. Mia era puro amor.

— Bom, como ela não tem família, vai para alguma família acolhedora. Ela ainda é pequena. Talvez alguém a adote.

— Mas ela tem família — Jacob disse, sem pensar nas palavras que lhe escapavam da boca.

— Família? Você disse que ela não estava no *site* de crianças desaparecidas — Niki disse.

— Ela não estava mesmo. — Ele respirou fundo, sabendo que contaria tudo a ela. Sempre quis compartilhar com alguém, mas não havia ninguém a quem ele pudesse contar. — Há pouco tempo eu fiz um teste de DNA. Sabe, daqueles que você cospe em um tubo e manda pelos correios.

— E o que deu?

— Ela tem avós e um tio. Apareceu o nome deles e tudo. Eu procurei nas redes sociais. A avó era a única que tinha um perfil, e parecia legal. Ela é contadora.

— Então devem ser gente boa.

— Acho que sim — ele disse. Algo na voz dela fez o garoto se contorcer de culpa. — Acabei de descobrir.

— A Mia sabe disso?

— Ela sabe que eu fiz o teste. Ainda não sabe a verdade sobre a família Duran. Eu falei para ela que ainda estava tentando entender o resultado.

— Duran. Esse é o sobrenome da família dela?

— Sim. A avó se chama Wendy Duran. — *A família dela.* Mia tem família. Que conceito estranho.

Eles continuaram em silêncio pelas duas horas seguintes, que fora interrompido apenas por uma ligação da avó de Niki, dizendo que havia deixado uma mensagem de voz para a assistente social e ligaria quando soubesse de mais alguma coisa. — Tome cuidado, Niki — ela disse, e Jacob percebeu o amor na voz dela. — Não quero que nada aconteça com você.

— Estamos tomando cuidado — Niki garantiu. — Eu te aviso se alguma coisa acontecer.

— Isso tudo está me deixando nervosa. Acho que deveríamos ligar pra polícia.

— Vamos esperar mais um pouquinho? Assim que as encontrarmos, vamos saber mais detalhes. Agora não temos certeza de nada. — Niki disse.

A avó de Niki concordou em esperar, mas Jacob percebeu que ela estava contrariada. Cerca de meia hora depois da ligação, Jacob notou algo diferente no aplicativo de rastreamento. — Ela não está mais se mexendo. Parece que saiu da via expressa e fez uma parada.

— Você acha que ela encontrou a casa e está deixando a Mia lá?

Ele balançou a cabeça.

— Tenho certeza de que não é o lugar certo. Não parece longe o bastante. Ela deve ter parado em algum lugar para pegar comida, ir ao banheiro ou coisa assim. — Ele desejou ter razão. Se Mia estivesse presa no banco de trás, ele podia imaginar como ela estaria apavorada. A mãe dele contaria uma historinha para justificar o passeio, algo fantástico, como se elas estivessem indo passear em um parque de diversões ou andar de pônei. Ela mentia com maestria. Mas Mia não era tão ingênua quanto sua mãe pensava e Jacob desconfiou de que ela não se deixaria iludir e ficaria preocupada por estar tão longe de casa. Ele ficou de olho no celular. — Eu aviso quando ela começar a se mover de novo.

— Pelo menos isso nos dá uma chance de alcançá-la. — Ela pisou no acelerador e agora estava vinte quilômetros por hora acima do limite de velocidade, o que Jacob admirou, tendo em conta o medo que ela sentia de dirigir na via expressa. Eles estavam se aproximando cada vez mais da mãe dele. Agora eles tinham mesmo uma chance de alcançá-la, chegando cada vez mais perto. Ele sabia que haveria um confronto. Mentalmente, ficava repassando o que diria, que era o fim, que a polícia já sabia, que ela não podia fazer mais nada. Jacob insistiria em levar Mia de volta. Sua mãe ficaria furiosa, e vai lá saber o que ela poderia fazer? Não importa como ela o atacasse, ele estaria preparado.

Ele precisava estar. Mia dependia dele.

Vinte minutos depois, Jacob notou que sua mãe estava se movendo de novo, e disse à Niki:

— Ela voltou para a estrada, direção Norte. — Como ele pensava, a parada não fora mais do que uma pausa rápida pelo caminho.

— Quanto falta?

— Não muito — ele disse. — Mais uns trinta ou quarenta quilômetros, eu acho.

Niki colocou o cabelo atrás da orelha, alcançou o carro que estava na frente dela e então o ultrapassou, para voltar para a faixa em que estava.

Jacob se segurou no painel.

— Que diabo foi isso, Niki?

— Você quer que eu a alcance ou não? É isso que estou fazendo.

— Sim, mas não vai adiantar de nada se batermos o carro ou formos parados por excesso de velocidade. Queremos a polícia envolvida, mas só depois que chegarmos lá.

Uma névoa fina surgiu do nada, transformando-se em uma garoa fraca que cobria o para-brisas. Niki disse:

— Jacob, você consegue achar onde ficam os limpadores de para-brisas para mim? — Sua voz estava firme.

— Pode deixar. — Ele se inclinou e girou o cabo da alavanca até que os limpadores começaram a ir de um lado para o outro no ritmo certo.

— Valeu.

Ele voltou para o celular.

— Ela acabou de sair da via expressa e pegou uma rodovia. Eu aviso na hora que tivermos que pegar a saída.

Niki estava concentrada na estrada à frente.

— Então, o que vamos fazer quando virmos o carro dela? Continuar seguindo?

— Improvisar, eu acho.

Eles seguiram em silêncio enquanto Jacob via o espaço entre eles diminuir. Sua mãe agora estava dirigindo mais devagar, por estradas rurais que provavelmente não deviam ser bem sinalizadas. Seu palpite é que a mãe *achava* que tinha encontrado a saída certa e agora estava dirigindo por ali, procurando a casa ou alguma referência da qual pudesse se lembrar. Ele podia imaginar sua frustração ao não ver nada de familiar. Ele balançou a cabeça. *Ela está completamente perdida.*

Quando chegaram à saída, Niki virou à direita, acelerou e parou de súbito ao chegar na placa preferencial no final da rampa.

— Quanto falta? — ela perguntou.

— Quase chegando. Mais uns minutos. — Ele continuou dando instruções, passando por um posto de gasolina e por uma estrada rural. Do lado de lá, havia campos agrícolas vazios, cinzentos e úmidos, esperando a primavera. Pequenos montes de neve despontavam nas valas dos dois lados. A estrada terminava em uma bifurcação, Jacob disse:

— Pegue a direita aqui.

Eles estavam seguindo a estrada há alguns minutos quando Niki disse:

— Você tem certeza de que estamos no caminho certo?

Ela mal acabara de dizer a frase quando Jacob viu o carro da mãe parado no acostamento.

— Lá está — ele disse. — O carro prateado, estacionado à direita. — Os faróis ainda estavam acesos, e a fumaça que saía do escapamento indicava que o motor estava ligado. Sua mãe podia estar fazendo uma ligação ou olhando para o GPS. Ela era tão burra. — Encosta atrás dela.

Quando o carro parou, Jacob disse:

— Espera aqui. Vou falar com ela e pegar a Mia. — Ele saiu do carro e deu passos largos até o lado do motorista. Esperava ver Mia presa no banco de trás, mas, além da sua mãe na frente, o carro estava vazio. Um sentimento de horror tomou conta dele. O que sua mãe fizera dessa vez? Ele parou ao lado da janela, enquanto a mãe, indiferente à sua presença, olhava para o GPS do celular. O GPS no painel também estava ligado. Os limpadores de para-brisa iam de um lado para o outro, lançando uma bruma fina quando vinham na direção dele. Por meio segundo, ele ficou parado, processando a cena. Se Mia não estava com ela, onde sua mãe estava tentando ir? E, mais importante, onde estava Mia?

Ele bateu no vidro, o que a assustou. Ao reconhecê-lo, diversas emoções passaram por seu rosto, no espaço de segundos. Ele conhecia todas elas, por tê-las visto tantas vezes antes: confusão, irritação e, por fim, o que parecia o início de um ataque de fúria. Ela baixou o vidro.

— Jacob, o que você está fazendo aqui? — perguntou, como se cada palavra começasse com letras maiúsculas.

— Mãe, cadê a Mia?

Ela olhou para trás e viu o carro parado atrás dela.

— Você precisa sair daqui agora mesmo e ir para casa. Eu e seu pai vamos nos entender com você mais tarde. Você vai se ver comigo.

— Mãe, eu não vou pra lugar nenhum. — Com as mãos em cima do teto molhado, ele se inclinou na direção dela. — Você tem que me dizer onde está a Mia.

— Em casa, é claro. — Ela cuspiu as palavras. — Você estava me seguindo?

— A Mia não está em casa. Você a levou para algum lugar. Onde ela está? — Ele se contorceu de medo. — Ela está viva?

Suzette estendeu a mão pela abertura da janela e o empurrou.

— Como você se atreve? Você invadiu meu celular, não foi? Você invadiu meu celular e me seguiu! Seu moleque de merda.

Verdade seja dita, quando ela ficava irritada, sua máscara de dama caía e ela não conseguia segurar os palavrões. Tantas vezes o choque das suas agressões verbais fizera Jacob e seu pai relevarem o que ela queria para poderem encerrar o assunto em paz, mas Jacob não a deixaria escapar desta vez.

— Você precisa me dizer onde ela está ou vou ligar pra polícia. Os olhos dela cintilaram de raiva.
— Você tem muita coragem mesmo. — Ela fechou o vidro.
Jacob socou o vidro e gritou:
— Fale comigo! Ela está bem?
Sua mãe ligou o carro e, percebendo que ainda estava em ponto morto, engatou a marcha. Ela apontou o dedo com escárnio para ele, enquanto saía com o carro.
— Volta aqui! Espera! Podemos conversar sobre isso. — Jacob deu um pulo para trás quando ela desviou dele para voltar para a estrada. Naquele momento, ele se sentiu sufocado pela fumaça do escapamento. Ele correu de volta para onde Niki estava parada e entrou no carro. — Vamos, vamos! — Apontou desesperado para o para-brisas. — Precisamos ir atrás dela. Ela fez alguma coisa com a Mia.

Capítulo 46

— Como assim ela fez alguma coisa com a Mia? — Niki perguntou, já pisando no acelerador. — Ela machucou a garota? — Respirou fundo, imaginando a criança amarrada no banco de trás, machucada e sangrando.
— Não sei o que ela fez. A Mia não está lá!
Não está lá? Niki apertou os lábios, observando os faróis do carro prateado a distância. A senhora Fleming estava dirigindo como uma maníaca, rápido demais para uma pista tão escorregadia e agora, para piorar ainda mais as coisas, o carro dela passara para a pista do meio. Niki se agarrou ao volante.
— A Mia não está no carro?
— Não.
— Então por que ainda estamos atrás dela? — À frente, o carro prateado virou à direita para entrar na estrada paralela, e Niki fez o mesmo. Elas passaram por um celeiro caindo aos pedaços, com o teto caído. Uma vaca solitária estava parada na chuva, no campo ao lado.
— Porque precisamos descobrir o que ela fez com a Mia!
— E de que vai adiantar persegui-la?
— A gente pode alcançá-la e então se colocar na frente — Jacob disse, com a voz carregada de emoção. — Dê um jeito de ela parar. Aí eu faço ela me contar.

— Ah, Jacob, não. — Niki soltou o pé do acelerador. Ela aceitara salvar a garotinha, pegou um carro emprestado e enfrentou o medo de dirigir na estrada, passando horas ao volante com Jacob, que era praticamente um estranho. De jeito algum ela encararia uma perseguição em alta velocidade que poderia acabar em um acidente, principalmente em um carro emprestado. Agora era hora de deixar o caso com a polícia. — É perigoso demais.

— Mas...! — Ele segurou o celular perto do rosto dela. — Ela está na direção de um beco sem saída, a uns dois quilômetros.

— Tá, um beco sem saída. Que diferença faz?

— Ela vai ter que parar. Nós só precisamos ir atrás dela e encurralá-la. Confie em mim, ela vai ficar irritada e gritar, mas não vai fazer nada que possa estragar aquele carro. Ela ama aquela coisa.

— Jacob — Niki disse, suspirando. Viu no garoto aquele pânico de quando as coisas não acontecem do jeito que queremos. Ela já passara por isso. Mas, parecia o fim da linha. — Às vezes, é preciso deixar pra lá.

— Por favor, Niki, por favor. — Ele parecia estar à beira das lágrimas. — É só ir. Eu sei que vou conseguir fazê-la dizer onde a Mia está. Nós chegamos até aqui. — Ele uniu as mãos. — Só mais dez minutos. Eu imploro. Eu não pediria se não fosse importante.

Agora ele estava apelando. Mais uma olhada para o seu rosto comovido foi o que bastou, ela balançou a cabeça, já com o pé no acelerador. Parecia um erro, mas ele tinha razão. Eles chegaram até ali.

— Mais dez minutos — ela disse, a contragosto. — Depois damos meia-volta e vamos pra casa.

Ele exalou alto.

— Obrigado, Niki.

O carro de Fred tinha um belo arranque. Ela se concentrou na estrada sinuosa, não vendo mais o carro prateado, mas não havia mais nenhuma estrada paralela, então era seguro apostar que Suzette Fleming estava logo à frente. A chuva agora era apenas uma bruma. Os limpadores de para-brisa afastavam as gotas antes mesmo que elas pousassem no vidro.

Ela manteve o ritmo, mas com mais cuidado agora, por causa das curvas daquela estrada estreita de duas pistas. Seu celular começou a tocar, mas os dois ignoraram.

— Só mais um pouquinho — Jacob disse, com os olhos passando do celular para o para-brisas. A estrada agora passava por campos que desciam dos dois lados. Eles passaram por uma represa, cuja superfície estava lisa como vidro. Ao lado dela, havia um enorme equipamento de irrigação motorizado, esperando pelo dia que voltaria a ser necessário. — Não falta muito.

Ouvindo o que ele dizia, Niki viu luzes de freio vermelhas no final da pista. Ao mesmo tempo, Jacob gritou:

— Lá está ela! Agora, pare o carro de lado para ela não conseguir passar por nós.

Niki soltou os freios e entrou na faixa da esquerda. Ela foi para frente e voltou de ré, arriscando a manobra em uma tentativa de virar o carro, enquanto Jacob abaixava o vidro e colocava a cabeça para fora para enxergar melhor. Olhando para Niki, ele disse:

— Pare o carro. Eu vou sair.

☾

Ele saiu do carro e correu pouco mais de dez metros, até o carro de sua mãe, que estava manobrando para trás e para frente, nitidamente tentando fazer a volta. Agora ele via que o beco sem saída era delimitado por um paredão de pedra que acompanhava o final da estrada. Uma placa de metal em cima de um poste, perfurada pelo que pareciam buracos de tiro, trazia as palavras *Propriedade privada. Mantenha distância.*

Ao se aproximar do carro, Jacob conseguiu ver com clareza o rosto da mãe se contorcendo de raiva. Ela estava muito irritada. O tipo de fúria que em casa seria dirigida a ele na forma de gritos e insultos e, a Mia, talvez na forma de tapas.

— Mãe! — ele gritou, enquanto se aproximava. Às vezes, era possível distrai-la e tirá-la do mau humor. Dificilmente isso aconteceria hoje, mas ele precisava tentar. — Vamos conversar sobre isso.

Ele estava ao lado da janela, mas ela nem se virou para tomar conhecimento de sua presença. Ignorou o filho, como se ele não estivesse ali. O maior insulto possível. Ela continuou indo para frente e para trás, dirigindo por alguns metros em cada direção, como uma adolescente recém-habilitada que não sabe o que fazer. Ele caminhava ao lado do carro, dizendo:

— É melhor você parar e conversar comigo. Você não vai a lugar nenhum enquanto não me disser onde a Mia está!

Era tarde demais quando ele se lembrou de que ninguém dava um ultimato a sua mãe. Ela conseguiu direcionar as rodas da frente de volta para a rua aberta, e disparou com o carro. Jacob pulou para trás ao vê-la sair e assistiu, sem poder fazer nada, ela indo na direção do carro de Niki.

— Pare, mãe! — ele gritou.

Capítulo 47

Niki viu o carro prateado vindo em sua direção e tentou dar a ré, mas só conseguiu andar alguns metros. Ela sentiu o coração saltar no peito ao ver o veículo acelerando em sua direção. Ele vinha com tudo, a uma velocidade desconcertante, mas, ao mesmo tempo, parecia que tudo se movia em câmera lenta. Sua mente se encheu de arrependimento. *Eu deveria ter seguido os meus instintos e ido embora quando tive a oportunidade.*

Ela viu a expressão feroz de Suzette e se preparou para o impacto, que nunca aconteceu. Um pouco antes de uma possível colisão, o carro de Suzette fez uma curva repentina, passou rente ao para-choques frontal do carro de Fred e saiu pelo acostamento da estrada, com o lado do passageiro tão inclinado que, por um momento, pensou que fosse capotar. Erguendo a cabeça, ela viu Suzette perder controle do carro. Ele saiu totalmente do asfalto, desceu por um barranco e caiu na água. Enquanto a frente do carro mergulhava na represa, Niki ouviu Jacob gritar desesperado.

— Mãe! — Enquanto corria na direção do acidente.

Ela saiu do carro e foi atrás dele, as solas dos sapatos batendo contra o chão molhado. Ele desceu o barranco e ela o seguiu, diminuindo o passo quando ele quase caiu, mas então se endireitou.

— Mãe, mãe, eu tô indo! — ele gritou, com a voz tomada por uma emoção que ela não conhecia. Niki pensou em todas as crianças de abrigos que conhecera e em como, mesmo aquelas que haviam sofrido abusos terríveis nas mãos dos pais, pareciam sentir falta deles, como se o amor de um filho por um pai fosse dado, mesmo quando não era recíproco.

Com passos hesitantes, ela desceu meio que escorregando até o carro, cuidando para não perder o equilíbrio. Diante dela, Jacob entrara na água para tentar alcançar a porta do lado do motorista e forçava a maçaneta em vão.

— Destrava a porta, mãe! — ele gritou. O carro estava inclinado de tal forma que os pneus de trás estavam praticamente secos, enquanto os pneus da frente e a parte mais baixa da porta estavam completamente submersos.

— Acho que a porta não vai abrir na água assim — Niki gritou.

— Tem que abrir. O *airbag* disparou e ela parece estar mal. Precisamos tirá-la daqui.

— Vou ver se tem alguma coisa no carro do Fred que podemos usar para quebrar a janela. — Ela escalou o barranco para voltar para estrada, sem fôlego por conta da pressa. Quando chegou ao carro, ela buscou as chaves e abriu o porta-malas, que era tão limpo e organizado quanto o resto do carro, mas estava vazio. Ela puxou o forro do porta-malas e um lado se ergueu. Ao retirar o forro, ela viu uma placa fina que cobria grande parte do compartimento de carga. À direita, havia uma placa menor com um puxador vazado. Desesperadamente, ela a puxou e encontrou um macaco hidráulico dobrado.

Então, voltou correndo para o local do acidente, desceu o morro e entrou na água congelante, encontrando Jacob. Ela fez uma careta quando a água gelada penetrou nos seus sapatos, na sua calça *jeans* e chegou à pele. *Como ele consegue ficar nessa água?* Sem dizer uma palavra, ele pegou o macaco hidráulico da mão dela e voltou para a janela.

— Mãe — ele disse —, você precisa se afastar. Vou quebrar a janela. — A mãe devia ter dito algo que parecia uma crítica, porque ele respondeu: — Não tem pra onde voltar para conseguir um reboque, mãe. Nós estamos no meio do nada.

Niki saiu da água, voltando à margem para ligar para a polícia.

Capítulo 48

Mia sentiu a cabeça confusa e o corpo pesado. Por muito tempo, ela apagava e voltava, percebendo um zumbido de vibração e o som de uma música. Ela não tinha ideia de onde estava e não conseguia abrir os olhos.

Seus braços estavam colados ao lado do corpo, mas a cabeça repousava em algo macio e aconchegante. Ela não conseguia vencer o sono, então se entregou.

Ela sonhou. Um pesadelo perturbador em que ela era perseguida por monstros. Corria pela casa, tentando fugir deles, mas estavam por todo lado: atrás dos móveis, saindo dos armários, se escondendo pelos cantos. Em certo momento, ela viu a Senhora sentada na mesa da cozinha tomando café calmamente. Ela foi pedir ajuda, mas a Senhora também se transformou em um monstro, o rosto dela virando uma coisa horrível, uma máscara brilhante com dentes pontudos e amarelos e olhos escuros ameaçadores. Suas unhas bem-feitas tinham se transformado em garras que atravessavam os braços de Mia e a chacoalhavam tão forte que seus dentes tremiam, para então ser jogada para o outro lado da sala pela Senhora-Monstro. Mia fora jogada com tanta força que sua cabeça bateu na parede. Ela achou que foi a força da batida contra a parede que a acordou.

Por alguns minutos ela se sentiu confusa, sem conseguir entender o que estava acontecendo ao redor.

Ela abriu os olhos e viu apenas a escuridão. Estava embrulhada em algum tipo de tecido que prendia seus braços ao lado do corpo e sentiu uma pontada nas costas, mas nada daquilo fazia sentido. Será que ela ainda estava tendo um pesadelo? Ela se contorceu, se balançou e conseguiu finalmente soltar os braços. Tocando ao redor, ela percebeu que estava em um espaço apertado e fechado, mas não conseguia entender o que era. Ao mesmo tempo, sentiu algo molhado embaixo da cintura e ficou horrorizada ao perceber que tinha feito xixi na calça.

Ah, que bronca ela levaria por causa disso.

A Senhora detestava choradeira, dizendo que era coisa de fracotes, então Mia aprendera a se segurar, não importava o que pudesse acontecer. Mesmo quando estava morrendo de medo ou triste, ela nunca derramava uma lágrima, mas dessa vez ela não aguentou. Estava tão assustada que as lágrimas vieram. Por trás do som da música, ela ouviu vozes ecoando em volta dela, gritando coisas que ela não conseguia entender. As vozes pareciam próximas e distantes ao mesmo tempo, mas uma das vozes, uma voz masculina, parecia de alguém muito bravo e irritado. O Senhor uma vez assistira a um filme em que uma mulher era enterrada em uma caixa debaixo da terra, por um homem muito malvado. A mulher quase ficou sem ar dentro da caixa antes de ser salva no último minuto. Mia achou que era isso o que estava acontecendo com ela. Estava escuro e frio, e ela estava presa. Era a única coisa que fazia sentido. Será que o homem com a voz irritada era o mesmo que a tinha enterrado?

A outra voz, de uma mulher, era mais agradável, mas Mia não a conhecia. Às vezes, a Senhora parecia legal, mas, de uma hora pra outra, ficava malvada. Seria arriscado gritar pedindo ajuda, mas, se ela não gritasse, poderia ficar presa ali para sempre.

— Oi? — Sua voz estava rouca e fraca. Sua boca estava seca. Ela tentou de novo. — Socorro. Alguém me ajuda, por favor. — Ela precisou fazer muito esforço, e para quê? As palavras ficavam aprisionadas naquele espaço ao seu redor.

Será que alguém a encontraria a tempo? Se não encontrassem, ela morreria. Claro, ela seria punida quando vissem que ela tinha feito xixi na calça. Aquilo era coisa de bebê. Mia já era grandinha pra ter um acidente desse tipo.

Talvez eles não percebessem a marca.

Ao pensar na ideia de morrer debaixo da terra, ela sentiu um aperto tão forte no peito que não conseguia mais respirar. O medo forçava as lágrimas para fora e ela deixou acontecer. Chorou sem parar. Seu rosto estava molhado, seu nariz estava escorrendo, ela sentia frio e agonia. Por fim, sem mais se importar, ela soltou um urro e, enfim, um soluço. A partir daí, ela não conseguiu mais se controlar. Veio um soluço atrás do outro.

Mia nunca se sentira tão desesperada e infeliz. Ela desejou que a morte não doesse tanto assim.

Capítulo 49

Niki já estava quase na margem quando ouviu um chorinho fino. Ela parou para escutar. Ouviu mais uma vez. Ela virou a cabeça para o lado. *Será que está vindo do carro?* Ela entrou de novo na água congelante, ignorando Jacob, que estava discutindo com a mãe, e passou então a se concentrar na traseira do carro. Era certo que havia alguém chorando. Colocando as duas mãos em cima do porta-malas, ela se inclinou.

— Olá?

O choro suavizou, virando soluços repetitivos, altos o bastante para que Niki soubesse que havia uma criança no porta-malas.

— Mia, é você? — Nada de resposta, continuava apenas o som do choro abafado, soluços sufocados de alguém que estava chorando tanto que não conseguia falar. *Só pode ser a Mia. Quem mais haveria de ser?* Niki gritou para Jacob: — A Mia tá aqui! Ela tá no porta-malas.

— O quê? — Ele chegou ao lado dela em um instante. — Mia, você tá aí?

— Jacob? — A voz fraquinha e hesitante era de cortar o coração, fazendo Niki se esquecer do frio que sentia.

— Mia, sim, sou eu, o Jacob.

— Jacob, eu tô com medo.

— Eu sei. Tá tudo bem. Nós vamos tirar você daí. — Ele voltou à janela, batendo os pés e espalhando água para os lados, e gritou: — Mãe, a Mia tá no porta-malas? Você tá de sacanagem! Você precisa abrir agora! O quê? Tá, então você tem que achar. — Ele olhou para Niki. — Ela não sabe onde está o controle do carro. — Ele voltou à mãe. — Tá na sua bolsa, mãe? Você pode procurar na bolsa?

Enquanto Jacob lidava com a mãe, Niki se abaixou e falou alto:

— Mia, eu sou amiga do Jacob. Meu nome é Niki. Você está machucada?

Houve uma pequena pausa.

— Niki do posto de gasolina?

— Sim, eu mesma. Niki do posto de gasolina. Você está machucada?

— Acho que não. Mas eu tô com medo. Tá tão escuro aqui. Eu não sei onde eu tô.

— Eu sei que você está com medo, querida, mas ouça. Você está dentro do porta-malas de um carro. É por isso que está escuro. Se você seguir o som da minha voz e tatear em volta, talvez você encontre uma alavanca que vai abrir o porta-malas, e eu vou conseguir tirar você daí.

— Uma alavanca?

— Isso. Bem pertinho de você. — Niki elevou a voz. — Você consegue seguir o som da minha voz e tentar encontrar? Você vai ver que é algo de puxar.

— Eu não sei. — A voz de Mia tremia. — Desculpa, Niki. Desculpa, mas eu não sei onde você está.

Niki deu uma batidinha em cima do porta-malas.

— E agora? — Ela ouviu uma batida vinda de dentro do porta-malas em resposta.

A voz de Mia atravessou.

— Aqui?

— Isso, garota! Você está no lugar certo. Agora vai sentindo com a mão e veja se você consegue encontrar a alavanca.

— Acho que encontrei. — A voz dela ficou mais alta pela animação.

— Isso, garota! Agora puxe e veja se... — A tampa do porta-malas abriu, mostrando uma garotinha embrulhada em um cobertor, com o cabelo bagunçado e o rosto vermelho e inchado. — Mia? Querida, você está bem?

Mia piscou com a luz do sol.

— Você é a Niki?

— Sim, sou eu. Eu sou amiga de Jacob. Venha pra fora que eu vou te levar para o meu carro que está quentinho, tá bom? — Mia fez que sim, e Niki a ergueu nos braços, tirando-a do carro.

Capítulo 50

Voltando para o carro de Fred, Niki colocou Mia sentada no banco da frente, com o cobertor, e ligou o motor para fazer o ar-condicionado funcionar. Então, ela se virou para a criança de olhos arregalados e disse:

— Como você está se sentindo, Mia? Tá doendo alguma coisa?

Mia balançou a cabeça. Ela estava estranhamente quieta, dadas as circunstâncias. Em choque, talvez? Ela tentou de novo.

— Deve ter sido assustador ficar presa no porta-malas.

— Eu fiquei com medo. — O lábio inferior de Mia tremeu.

— Mas agora você está segura. — Niki falou com uma voz alentadora. — Eu vou ligar para alguém para pedir ajuda. Posso deixar você aqui por uns minutinhos?

— Pode. — Ela ergueu a cabeça para olhar para trás, vendo o carro prateado ainda preso na represa. — O Jacob vai vir?

— Provavelmente, daqui a alguns minutos. Nós vamos esperá-lo.

Niki se sentiu aliviada ao conseguir fazer a ligação, mas foi difícil explicar para o atendente que, além do acidente de carro, ela também estava denunciando um crime.

— Um sequestro? — o atendente disse. — A criança foi dada como desaparecida?

— Não. — Niki olhou para o rosto meigo e atordoado de Mia. — É uma longa história. Eu posso contar tudo quando a polícia chegar. O principal é que precisamos de uma ambulância, da polícia e de um guincho.

Niki ficou na linha enquanto o atendente organizava a ação. Ela sorriu para Mia, que a observava com toda a atenção.

— Tudo bem?

Mia fez que sim.

— O Jacob disse que você era bonita.

— Como ele é gentil.

— E ele disse que o seu cabelo e os seus olhos são da cor dos meus.

— É verdade.

Mia virou a cabeça para o lado e olhou com curiosidade para Niki.

— Às vezes, o Jacob compra umas coisas pra mim no posto de gasolina.

— Eu sei. Bolinho de chocolate com creme, não é? — Os lábios de Mia se abriram em um sorriso, aquecendo o coração de Niki. Ela não podia deixar de notar que apesar da aparência suja e do péssimo corte de cabelo, Mia era uma garotinha muito bonita. *Ah, meu bem, como você pode ter ficado perdida por tanto tempo sem ninguém te procurar?*

Como se tivesse ouvido alguém falando dele, a porta de trás do carro se abriu e Jacob pulou para dentro, colocando o macaco ao lado dele no banco.

— Caramba, que frio. Eu tive que sair da água. Não dava mais pra aguentar. — As palavras saíam entre o ranger dos dentes. — Ela não me deixa quebrar a janela. Fica gritando que temos que ligar pra polícia.

— Já liguei — Niki disse, mostrando o celular para ele. Dentro do carro estava bem quente agora, um ar quente e seco se espalhando. Ela virou as aberturas da ventilação para o ar chegar ao banco de trás.

Mia virou para Jacob.

— A Senhora está brava comigo?

Tremendo, Jacob disse:

— Mia, fica tranquila. Ela está brava. Mas não se preocupe com isso.

Mia passou o cobertor por cima do banco.

— Pega isso aqui, Jacob. Eu não estou mais com frio.

— Tem certeza?

— Tenho.

Ele puxou o cobertor pra ele, aceitando agradecido.

— Valeu, baixinha.

Quinze minutos depois, como o atendente havia previsto, eles viram as luzes vermelhas giratórias dos carros de socorro se aproximando. Niki saiu do carro para cumprimentá-los.

— Fui eu que chamei a polícia — ela disse para o primeiro policial que saiu do carro. Parecia que ela estava vivendo outra vida, a vida de alguém que assumia o controle e sabia o que precisava ser feito. Uma atitude adulta ao extremo. Os policiais se apresentaram e então outra viatura chegou, seguida de uma ambulância e um guincho.

Os policiais faziam tantas perguntas e ela foi respondendo a todas, parada ao lado do carro de Fred e depois na parte traseira da ambulância. Ela entregou as chaves do carro para o oficial, que prometeu que ele seria transferido para o estacionamento da delegacia.

Logo depois que o socorro chegou, ela, Mia e Jacob foram transportados para uma clínica, para serem examinados por causa da exposição ao frio. O problema da mãe de Jacob presa no carro dentro da represa seria resolvido por outras pessoas.

Assim que chegaram à clínica, Mia se pendurou em Jacob, até ele dizer:

— Tá tudo bem, Mia. São pessoas legais. Eles querem nos ajudar. — Ainda hesitante, ela fez um gesto para Jacob se abaixar, para que ela pudesse sussurrar algo em seu ouvido. Ele respondeu em voz alta: — Você pode falar o que quiser. Responda às perguntas deles. Não vai acontecer nada, eu prometo. Ninguém vai ficar bravo. Eu prometo, Mia. Você sabe que eu não mentiria para você, não sabe?

Relutante, ela permitiu que uma das enfermeiras a levasse pela mão, mas ainda olhava para trás, para Jacob e Niki, enquanto descia pelo corredor. Então, Jacob e Niki foram separados e levados para salas de exames diferentes. Depois de ser examinada por um médico, que disse que estava tudo bem com ela, uma enfermeira trouxe uma calça cinza e meias brancas, para que trocasse as roupas molhadas; agradecida, Niki as vestiu.

Durante uma pausa, depois dos exames, Niki ligou para Sharon, que atendeu:

— Niki! Graças a deus! Por que você não respondeu às mensagens? — A voz dela soava bem preocupada.

— Desculpa, mas aconteceu tanta coisa. Acho que nem prestei atenção. — Ela contou tudo para Sharon, e então Sharon contou o que havia acontecido do lado de lá.

— Conversei com Franny Benson, e ela ligou para a polícia. Eles vieram aqui em casa e me interrogaram, mas eu não tinha muita coisa para dizer.

— Eles precisam ligar para a delegacia do condado de Ash — Niki disse. — Foram eles que atenderam ao chamado. Eles estão resolvendo as coisas aqui.

— Delegacia do condado de Ash — Sharon repetiu, e Niki sabia que ela estava anotando. — Onde você está agora?

— Estou na clínica de emergências na rua principal — Niki disse, olhando em volta. Ela estava na menor das salas, do tamanho da enfermaria de uma escola. Havia um frasco de álcool em gel ao lado da pia e, na frente, uma escrivaninha com um computador. Ela estava sentada na mesa de exames, mesmo havendo uma poltrona estofada ao lado. Obviamente, era em uma sala para crianças, pois o mural em uma das paredes estava cheio de ursos vestindo saias. — Mas acho que não vou demorar. O policial disse que vamos voltar para a delegacia e continuar o interrogatório.

— Escuta, Niki. Eu conversei com a Amy, e ela disse para você não falar nada sem um advogado. Embora você não tenha nada a ver com o sequestro da garota, é melhor garantir. Peça por um advogado.

— Acho que já é tarde demais pra isso. Eu já respondi a todos os tipos de perguntas.

Sharon suspirou. — Ah, Niki. Você bem que podia ter me ligado antes.

— Eu queria. — Niki respondeu. Mas, na verdade, o que ela queria mesmo é que Sharon estivesse ao lado dela naquele momento. Não havia nada que ela desejava mais. De repente, ela foi tomada de emoção. Aguentara firme as conversas com a polícia e com a equipe médica, mas agora os sentimentos reprimidos estavam vindo à tona: gratidão pelo cuidado de Sharon, alívio por ter encontrado Mia no porta-malas, preocupação com o desenrolar dos acontecimentos a partir de então. *Será que podem achar que eu estava envolvida?*

— Está feito — Sharon disse, de forma objetiva. — Não podemos voltar e desfazer o que já está feito.

— Desculpa por não ligar — Niki disse, com a voz emotiva. — E se a mãe de Jacob disser que eu sabia de tudo ou algo assim? Ela pode dizer qualquer coisa. Eu posso me ferrar.

— Meu bem, vamos ver pelo lado positivo. Você encontrou a garotinha. Você é uma heroína! E nós falamos com a Franny antes de tudo isso acontecer, então ela vai ficar do seu lado, e eu também. A Amy está fazendo o que sempre faz: garantir que não haja nenhuma brecha. Vai dar tudo certo.

Vai dar tudo certo. Essa frase tocou o coração de Niki. Ela não estava mais sozinha.

— Obrigada, Sharon.

Capítulo 51

Todo mundo estava sendo tão legal com Mia que ela ficou confusa. Na clínica, a enfermeira e o médico foram tão gentis, dizendo que ela era uma menina muito corajosa. A enfermeira disse que Mia podia chamá-la de Jenny. Era uma mulher sorridente com cabelos escuros e cacheados, presos em um rabo de cavalo. Ela deu a Mia uma calça limpa, que ficou muito comprida.

Depois de vesti-la, Jenny disse:

— Desculpe, Mia, mas não temos nada do seu tamanho. Mas acho que consigo ajeitar essa daqui. — Ela se ajoelhou e enrolou a barra da calça até ficar do comprimento certo. Jenny olhou para cima e sorriu: — Ficou melhor? — O sorriso dela era tão simpático que, por algum motivo, Mia sentiu vontade de chorar. Em seguida, Jenny colocou a calcinha e a calça *jeans* molhadas de Mia em um saco plástico e as deixou de lado. Ela nem disse nada sobre Mia ter feito xixi na calça.

O médico, um homem alto de óculos, olhou dentro da boca e dos ouvidos dela, e fez alguns outros exames para ver se o coração estava saudável e se os pulmões estavam respirando direitinho. Ele mediu a altura dela e a colocou em uma balança para ver o quanto ela pesava. Não doeu nadinha. Então, ele perguntou quantos anos ela tinha e, quando ela disse que não sabia porque não sabia quando fazia aniversário, ele e Jenny se olharam e ficaram quietos de um jeito esquisito. Mia achou que tinha falado besteira, mas ele simplesmente disse:

— Não importa a sua idade, você é perfeita do jeitinho que é. — Ele deu um sorrisão e perguntou se podia dar a mão para ela, porque ela fora sua paciente favorita do mês inteiro. Quando ele acabou, Jenny disse que Mia estava supersaudável e era a garota mais comportada que ela já vira.

Depois veio uma policial e disse que queria conversar com Mia, então elas foram até uma sala nos fundos. Uma das enfermeiras entrou e trouxe um sanduíche e um suco de caixinha para Mia, e a policial simpática, que se chamava Amanda, sentou-se ao lado dela. Mia ouvia os sons do lado de fora da sala: telefones tocando, portas abrindo e fechando, mas Amanda não parecia notar. Ela estava usando um uniforme, mas devia estar de folga, porque nem trabalhou, ficou só vendo Mia comer e, assim que ela acabou o lanche, pegou papéis em branco e giz de cera e perguntou se Mia queria desenhar.

Mia não costumava desenhar, mas Amanda fora tão legal que ela não quis irritá-la, então ela pegou um giz de cera e começou a desenhar algumas árvores. Amanda disse que ela poderia usar mais de um giz de cera. Na verdade, ela podia usar todas as cores que quisesse e trocar sempre que achasse melhor. Mia ficou feliz ao ouvir isso, porque ela não conhecia muito bem as regras.

Amanda também começou a pintar e então fez perguntas de um jeito bastante atencioso. Mia se esforçou bastante para pensar na resposta certa. Ela sabia que se dissesse algo errado, Amanda poderia ficar brava, então tomou cuidado.

— Mia é um nome tão bonito. Como é seu sobrenome? — Amanda disse.

Mia encolheu os ombros. Ela sabia que o sobrenome de Jacob era Fleming, assim como o do Senhor e da Senhora. Ela via nos envelopes que chegavam pelo correio. Antes, ela achava que o seu sobrenome também era Fleming, mas Jacob disse que não. Ela tinha um sobrenome, ele disse. Só que eles não sabiam qual era.

— Você não sabe ou não quer me contar?

Mia pensou bem. Jacob dissera que era seguro responder a qualquer pergunta ali, e Amanda parecia legal.

— Eu não sei.

— Tudo bem. Às vezes a gente não sabe mesmo das coisas.

Mia soltou um suspiro aliviado. Jacob tinha razão. Amanda não ficaria brava com ela. — Eu sei o sobrenome do Jacob. É Fleming.

— Jacob. É o garoto que veio com você?

Mia fez que sim.

— O Jacob é legal comigo.

— Você e o Jacob moram na mesma casa? Com a mãe e o pai dele?

— Sim.

— Tem mais alguém morando na casa?

— Não.

Sem tirar os olhos do papel, Amanda disse:

— Então, Mia, acho que vou fazer um desenho da casa onde eu moro. Você quer desenhar a sua casa?

Mia olhou pra ela, tentando entender a situação. Ela não sabia bem como responder. Era claro que Amanda queria que Mia dissesse sim. O problema é que Mia não poderia desenhar a casa, porque não sabia como a casa de Jacob era por fora. Ela só vira a frente da casa de dentro do carro naquela vez que eles foram à feira, e fazia tanto tempo que ela não se lembrava mais. Ela saía várias vezes para o quintal dos fundos, mas nem nessas horas ela parava para olhar a casa, porque estava muito ocupada olhando para as árvores, para o céu e para Crisco pulando na grama. *Crisco*. Fazia tanto tempo que ela estava fora de casa. Ele devia estar com saudades, querendo saber onde ela estava. Ela ficou triste ao pensar nisso. Mia já tinha chorado uma vez hoje, e não choraria de novo, então piscou para espantar as lágrimas e desviou o olhar de Amanda.

— Tudo bem, não precisa desenhar sua casa. Foi só uma ideia. — Amanda disse.

Mia concordou. — Tá.

— O que você gostaria de desenhar?

— Posso desenhar o Crisco?

— Claro. O que é Crisco?

Mia se pegou sorrindo. — O Crisco é um cachorro. O Jacob disse que ele me ama mais do que tudo.

— Claro que você pode desenhar o Crisco. Eu adoraria ver como ele é.

Mia escolheu um giz de cera marrom para combinar com o pelo de Crisco.

Elas ficaram pintando por um bom tempo. Amada adorou o desenho de Crisco e adorou também o desenho que Mia fez do seu quarto no porão. Ela queria saber sobre a prateleira e sobre o segredo especial que era o quarto de Mia. A menina começou a se sentir melhor por contar as coisas para Amanda, então fez um desenho da Senhora, do Senhor e de Jacob juntos. O vermelho do cabelo da Senhora não estava bem igualzinho, mas o resto ficou muito bom. Ela fez até o cabelo desgrenhado de Jacob.

— Onde está você neste desenho? — Amanda perguntou.

— Eu não estou no desenho. Era terça-feira, então eu estava limpando o boxe do banheiro. Eu sempre deixo bem limpinho — ela disse com orgulho.

— Estou vendo. Você tem tarefas diferentes todos os dias?

Mia fez que sim. — E às vezes eu faço a mais para deixar a Senhora feliz.

Amanda fez muitas perguntas sobre as tarefas. Mia contou a ela sobre a vez em que eles foram à feira e disse que às vezes ela podia ir para fora no quintal dos fundos, mas não por muito tempo, pois alguém poderia vê-la e levá-la embora, o que seria muito assustador. Ela se inclinou na direção do outro lado da mesa e sussurrou: — Às vezes a Senhora fica muito brava, então, por favor, não conte pra ela que estou conversando sobre essas coisas.

— Eu não vou contar. — Amanda sorriu. — E o que a Senhora faz quando fica brava?

— Às vezes ela não faz nada. — Quando isso acontecia era terrível, porque Mia percebia no rosto da Senhora um olhar que a fazia tremer. O olhar dizia à menina que a Senhora estava guardando alguma coisa muito feia por dentro, e ela nunca sabia o que poderia ser ou quando ela explodiria. Quando a Senhora reagia imediatamente era medonho, mas era mais fácil. — Às vezes ela bate, grita, empurra. Às vezes ela só grita. Uma vez, ela jogou pratos no Senhor, que quebraram em muitos pedacinhos, fazendo uma bagunçona e nós tivemos que limpar.

— Parece assustador — Amanda disse. — Então faz um tempão mesmo que você não sai de casa, né?

— Hoje eu saí — Mia olhou em volta. — Você sabe quando eu posso ir pra casa? Eu preciso dar comida pro Crisco. — Ela não chegou a dizer que estava morrendo de saudades dele. Isso era assunto pessoal.

Em vez de responder à pergunta, Amanda disse:

— É difícil conhecer pessoas novas e ir a lugares novos, mas nós estamos nos divertindo, não estamos? — Quando Mia concordou, ela acrescentou: — Então, às vezes é bom mudar. Tente não ter medo das mudanças, Mia. Tem muita gente que quer te ajudar.

— Tudo bem — a menina disse, apesar de não ver muito sentido no que Amanda dizia. Mia não conhecia muitas pessoas, então quem eram essas pessoas, e como elas poderiam ajudá-la? E ajudá-la a fazer o quê? Era confuso e assustador estar longe de casa, e ela achava que não gostava de mudanças. Mas ela era uma boa garota, então, se Amanda dissesse para ela não ter medo, ela faria o melhor possível para não ter.

Elas pintaram e Amanda tentou fazer Mia brincar de boneca com ela, mas Mia não conhecia as regras de brincar com bonecas, era difícil saber o que fazer. Quando outra moça bateu à porta, Amanda pediu licença e se levantou para falar com ela. Elas falaram tão baixo que Mia não conseguiu ouvir o que disseram. Quando Amanda voltou à mesa, ela disse:

— Mia, esta moça é uma assistente social. Ela trabalha com crianças que estão enfrentando algum problema. O nome dela é Franny Benson.

Franny Benson se abaixou para ficar na altura dos olhos de Mia. — Oi, Mia. Prazer em conhecê-la.

Mia notou o cabelo grisalho e comprido preso dos lados e os olhos escuros emoldurados pelos cílios longos. Franny Benson tinha rugas em volta dos olhos e um sorriso enorme. Seus dentes eram meio tortos e seus brincos eram macaquinhos prateados que pareciam estar pendurados por um braço na sua orelha. Ela parecia uma vovó da TV. Nos programas de TV que Mia assistia, as avós sempre eram legais.

— Oi — ela disse tímida.

Franny Benson sentou à mesa.

— Você pode me chamar de Franny, se quiser. — Ela olhou para os desenhos de Mia e os achou muito bons. — Que belo trabalho você fez aqui — ela disse, o que fez Mia ficar radiante de orgulho. Ela pediu para Mia identificar as pessoas no desenho e repetiu algumas das perguntas que Amanda já tinha feito, mas Mia achou mais fácil falar agora. Franny não parecia tentar fazer Mia falar as coisas. Parecia que ela perguntava porque se importava. Quando Mia acabou, Franny disse: — É o seguinte, Mia. A Amanda precisa voltar para o trabalho e eu aposto que você já cansou de ficar aqui.

Mia fez que sim.

Franny continuou:

— Agora sou eu que vou cuidar de você, e gostaria de te levar a um lugar onde você estará segura. Vamos andar no meu carro. Eu tenho alguns lanches por lá, e podemos ouvir música. Você pode me perguntar tudo o que quiser e eu prometo que vou falar a verdade. O que você acha?

— Por que eu não posso ir pra casa?

— As pessoas com quem você morava, os Fleming, não vão estar lá, e você não pode ficar sozinha. — Franny inclinou a cabeça com tristeza. — Eu sei que é difícil para você, mas não tem o que fazer. Crianças não podem ficar sozinhas. A lei diz que você precisa estar com um adulto.

— Eu sempre fico sozinha.

— Eu sei, mas você não deveria ficar sozinha. — Ela sorriu para Mia.

— Tem uma lei que diz isso. Para garantir que as crianças fiquem seguras.

— O Jacob poderia ficar comigo.

— Ah, querida, o Jacob ainda não é adulto, e ele também não vai estar lá.

— Mas onde ele está? — A voz dela saiu mais alto do que ela pretendia. Tudo estava mudando tão rápido.

— Eu não sei. Alguém vai encontrar um lugar seguro para ele ficar enquanto resolvemos as coisas.

Mia sentiu as lágrimas caindo pelo seu rosto. Ela não conseguiu segurar, mas pelo menos não estava fazendo nenhum barulho.

— Eu não quero ir pra lugar nenhum.

— Eu sei. Não é fácil, né? — Franny pegou o celular. — Eu preciso de um minutinho, Mia. Preciso fazer uma ligação. Acho que conheço alguém que pode ajudar. — Ela se levantou e foi até o corredor para conversar.

Enquanto ela estava lá fora, Amanda deu um lenço de papel para Mia. — Vai ficar tudo bem, Mia. Você vai ver.

Quando Franny voltou para a sala, ela colocou o telefone na mesa, na frente de Mia.

— Tem alguém aqui que quer falar com você, Mia.

— Mia? — Era a voz de Jacob do outro lado da linha.

— Jacob!

— Oi, baixinha. Eu preciso ir para a casa do meu tio, então vou ficar fora de casa por um tempo. A Franny Benson é uma moça muito legal, e você só precisa ir com ela agora. Ela disse que vocês podem parar para comer, e você pode até tomar um refrigerante de limão se quiser.

Ela olhou para cima e viu os rostos de Franny e Amanda analisando-a com carinho. — Mas e o Crisco? Alguém tem que dar comida pra ele.

— A Niki tem a chave lá de casa e ela vai cuidar do Crisco enquanto eu estiver fora, então não precisa se preocupar com ele.

— Mas, Jacob... — Foi então que ela parou para recobrar a voz. — E a sua mãe e o seu pai?

— Eles também querem que você vá com a Franny — ele disse. — Eles ficarão longe de casa por um bom tempo. — Houve uma pausa e, então, ele disse. — Vai ficar tudo bem, Mia. Vá com a Franny. Alguma vez eu já menti pra você?

— Não.

— Você vai ficar bem, Mia. Você vai ver. Vai dar tudo certo.

— Tá bom. Se você diz. — Após Jacob e Mia se despedirem, ela virou para Franny e disse:

— Agora eu já posso ir.

Capítulo 52

Quando o tio Cal chegou, Jacob já havia aliviado a alma com os policiais. Extraoficialmente e por vontade própria, é claro, porque ele ainda era menor de idade. Era tão boa a sensação de finalmente poder contar a história, do jeito dele. E quando a assistente social, Franny Benson, ligou para ele logo depois, ele imediatamente concordou em conversar com a Mia para tranquilizá-la, dizendo que ela podia entrar no carro com Franny. Após a conversa, ele ficou triste ao perceber que talvez nunca mais visse Mia.

Três horas depois, ele e o tio Cal estavam em um lugar diferente, desta vez na delegacia perto da casa dele, para responder a mais perguntas. Seu pai encontrou com eles no corredor, junto com um advogado. Jacob nunca ficara tão feliz por ver alguém. Ele abraçou o pai com força. Quando eles se separaram, o pai disse:

— Não precisa se preocupar com nada, Jacob. Vou cuidar de tudo. — Ele se virou para o tio Cal e apertou sua mão. — Não tenho nem como agradecer o que você está fazendo por nós. Obrigado, Cal.

— Imagina — disse o tio Cal. — É para isso que serve a família.

Desde que seu avô morrera, eles não haviam visitado a mãe ou o tio, e quase nunca conversavam por telefone. Sua mãe dizia que era porque eles falavam mal de Jacob, tirando sarro do seu peso e fazendo piadas sobre suas notas ruins.

— Ninguém fala assim do meu filho! — ela dizia, indignada. Agora, Jacob tinha certeza de que nada daquilo era verdade. Cal parecia um cara bacana. E ele certamente entendia como a cabeça de Suzette funcionava.

Em vez de criticar Jacob por não ter contado antes sobre o cárcere em que Mia era mantida, Cal fora compreensivo.

— Suzette sempre teve esse jeito de encurralar as pessoas. Não se torture, Jacob. Você também era criança.

Agora, na delegacia, ele e o tio Cal estavam sentados em um banco enquanto seu pai e o advogado conversavam com a polícia. Eles tinham bastante tempo para conversar. O tio Cal disse:

— O seu pai me contou por telefone que ele e sua mãe provavelmente serão acusados e presos. Espero que não aconteça, mas se acontecer, quero que você saiba que não está sozinho. Você pode vir morar conosco, e a sua avó se ofereceu para vir para cá. Ela pode se mudar para a sua casa ou alugar um apartamento para vocês por alguns meses. — Ele tocou o braço de Jacob. — Vamos dar um jeito.

Depois de duas horas, um policial veio até onde eles estavam sentados e pediu que eles o acompanhassem até a sala para a qual seu pai havia sido levado para o interrogatório. Quando Cal e Jacob se sentaram à mesa, seu pai disse: — Os detetives têm algumas perguntas para você, filho, quero que você responda com toda a sinceridade.

Jacob disse:

— Claro, pai. — Seus olhos passaram dos dois detetives para o pai e voltaram-se para o advogado. Todos pareciam tão tranquilos. Talvez o problema do pai não fosse tão grande assim.

Quase como se tivesse ouvido seus pensamentos, o pai disse:

— Nós conseguimos chegar a um acordo, e parte do acordo é que você não será acusado de crime algum, então não precisa se preocupar com isso, tudo bem? Eu dei um jeito.

Isso significava que seu pai assumira a responsabilidade por tudo. Jacob sentiu os olhos embaçarem e logo estava piscando para espantar as lágrimas. Ele acenou, mostrando que entendia.

As perguntas dos detetives tinham a ver com o dia em que Mia fora encontrada. Jacob descreveu a viagem de volta da casa da avó até Wisconsin. Os detalhes iam surgindo à medida que eles faziam mais perguntas. Jacob respondeu da melhor forma que pôde, tentando se ater apenas aos fatos, do jeito que eles instruíam.

Quando tudo já fora dito, o detetive mais velho agradeceu a Jacob pela colaboração e disse que ele estava liberado para ir para casa com o tio.

— A assistência social vai entrar em contato — ele disse. — Normalmente, como você é menor de idade, deveria haver um processo para garantir que haverá um parente responsável por ficar com você, mas como você vai fazer dezoito anos daqui a duas semanas, acho que um acordo informal é suficiente.

O tio Cal se manifestou:

— Eu prometo que eu ou a avó ficaremos com ele até o final do ano escolar. Ou por mais tempo, se assim ele quiser.

— Isso me tranquiliza muito — seu pai disse. — Obrigado, Cal.

— Mas, e a Mia? — Jacob perguntou.

O detetive o encarou. — A Mia está em boas mãos. Estão tomando conta dela na Assistência Social, e faremos todo o possível para encontrar algum parente dela. Se não conseguirmos encontrar ninguém da família...

— Mas ela tem família! — Jacob disse. — Tem avós e um tio. Eu sei o nome deles.

Capítulo 53

No dia seguinte, Amy entrou em casa e foi até a mesa da cozinha enquanto Niki e Sharon ainda estavam tomando o café da manhã.

— Amy! — Sharon disse, levantando-se para cumprimentá-la. — Por que você não avisou que estava vindo? Poderíamos ter ido buscá-la no aeroporto.

Amy ergueu a mão.

— Nem comece — ela disse —, vocês duas estão na minha lista.

— Que lista? — Niki perguntou. Fred lhe dera o dia de folga, então ela ainda estava de calça de pijama e camiseta, criando um contraste marcante com o casaco de lã e a calça de alfaiataria de Amy.

— Quer um café? — Sharon levantou para pegar uma caneca no armário.

Amy ignorou as duas perguntas.

— Achei que seria bom vocês duas morarem juntas. — Ela apontou para a mãe. — Achei que você gostaria de ter uma companhia em casa. — Virando-se, ela fez um gesto para Niki. — E achei que *você* poderia se beneficiar de morar com uma pessoa mais velha, que seria uma influência estável. Como que eu poderia imaginar que vocês duas incentivariam uma à outra a infringir a lei? E, sim, eu aceito o café. — Ela tirou o casaco e pendurou-o em uma cadeira, depois, sentou-se de frente para Niki. — Com um pouquinho de creme, por favor.

Sharon preparou a xícara de café e colocou-a na frente de Amy.

— Ter a Niki aqui foi uma bênção, tanto para mim quanto para aquela garotinha chamada Mia, que agora está livre de anos de servidão. Não fique brava. Você fez uma coisa boa ao nos colocar juntas. — Ela veio por trás e deu um abraço em Amy, repousando o rosto na cabeça da filha.

Niki ficou observando as duas, e abriu um sorriso. Sharon a chamara de bênção e dava para ver que era o que ela sentia mesmo. Até Sarge parecia animado por tê-la por perto, subindo todas as noites e miando na frente da porta fechada, pedindo para entrar e fazer uma visita. Pela primeira vez, ela estava na casa de alguém e não se sentia uma intrusa.

No dia anterior, Sharon fora de carro até Harlow com a assistente social, Franny Benson, para pegar Niki na delegacia. Niki ficou tão feliz ao vê-la que, sem pensar, correu para abraçá-la, e Sharon a abraçou de volta. Os policiais tomaram o depoimento de Sharon e de Franny, e então Franny saiu para buscar Mia. Antes da chegada de Sharon, os policiais pareciam descrentes da história de Niki. Um deles, um homem robusto de cabelo raspado, perguntara mais de uma vez:

— Então você quer dizer que, antes de hoje, não tinha ideia de que essa garotinha tinha sido sequestrada e estava sendo mantida ilegalmente na casa da sua vizinha? — Ele insinuou que, como ela e Jacob eram bons amigos, ela deveria estar envolvida, ou ao menos deveria saber que um crime fora cometido. Ela falou que mal conhecia Jacob, mas percebeu que ele não acreditou muito. Ele disse: — Então você tirou um dia de folga do trabalho, pegou o carro do seu patrão emprestado e dirigiu até aqui para ajudar alguém que mal conhece? — Dito dessa forma, parecia improvável. Durante todo o tempo em que fora interrogada, Niki ficou com medo de ser presa, mas o medo passou quando as duas mulheres mais velhas chegaram.

Após os depoimentos de Sharon e Franny, Sharon deu um passo adiante, dizendo:

— Você não imagina como eu estou orgulhosa da Niki. Nós duas desconfiávamos de que havia algo errado na casa dos Fleming, mas foi ela que insistiu na história. Eu tenho certeza de que muitas pessoas deixariam passar, mas a minha Niki não. Quem sabe o que poderia ter acontecido com a garotinha se não fosse por ela? Eu não sei se a sua delegacia oferece algum prêmio para os cidadãos, mas se oferecer, ela é uma excelente candidata.

A minha Niki não.

Antes de Sharon chegar, eles pareciam considerar Niki uma possível suspeita. Quando Sharon terminou de elogiá-la, Niki era uma heroína. É claro, também ajudava o fato de que tanto Jacob quanto seu pai tinham a isentado de qualquer responsabilidade no caso da Mia, mas ela só soube disso mais tarde.

Elas voltaram para casa dirigindo o carro de Fred, com Sharon ao volante e Niki no banco do passageiro. No caminho, Niki telefonara para Fred, que disse que ela não precisava se apressar, pois ele pegaria uma carona para casa com o irmão. Depois, ela ligou para Amy, que ficou pasma ao ouvir as notícias sobre tudo o que havia acontecido. Ela não dissera muita coisa, mas aquilo acontecera no dia interior. Hoje, Amy já tinha muito a dizer.

— Você não vai se livrar dessa tão fácil assim, mãe. Você é a adulta daqui. Você é responsável. — Seu tom era áspero, mas sua expressão havia suavizado, e ela se recostou para ser abraçada pela mãe.

Sharon deu um último carinho e tomou seu lugar à mesa.

— Você veio até aqui só pra gritar comigo?

— Não, eu vim porque você disse que a polícia pediu para você prestar depoimento na delegacia hoje à tarde. Achei que você pudesse precisar de uma advogada.

— Eles disseram que é só uma formalidade. Que seriam as mesmas perguntas que fizeram ontem. — Niki disse.

— Mesmo assim, deve ser com a presença de um advogado.

Sharon tomou um gole de café. — Mas você não é especialista em Direito Criminal.

— Você tem razão, mas eles não sabem. Além disso, eu conheço do assunto o suficiente para manter vocês duas longe de mais problemas.

— Essa é uma vantagem de ter uma filha advogada — Sharon disse. A atitude de Amy havia abrandado e agora elas tinham estabelecido um diálogo, falando sobre o voo de Amy vindo de Boston e por quanto tempo ela poderia ficar. Seria só uma noite, no final das contas, para a decepção de Sharon. — Você não consegue ficar nem mais um pouquinho? Mais um dia, talvez?

— Há vinte minutos você não sabia que eu estaria aqui. Agora está reclamando porque eu não posso ficar mais?

Niki relaxou e ficou observando aquele vaivém. À primeira vista, elas eram um caso clássico de opostos, a mulher mais velha com seus sapatos confortáveis em oposição à advogada refinada. Suas personalidades eram tão diferentes, mas a conexão e o amor entre elas eram inegáveis.

Agora elas estavam conversando sobre o tempo, sobre como estava estranhamente quente para aquela época do ano. Sharon disse que esperava que toda a neve derretida não se transformasse em alagamentos. Ao longo da conversa delas, Niki viu sua mente vagar pelos acontecimentos do dia anterior. Quando houve uma pausa na conversa, ela soltou:

— Como faz para virar assistente social?

Sharon baixou a xícara de café e sorriu. Niki notou um pequeno pássaro marrom no comedouro da janela atrás dela.

— Para começar, você precisa se formar em Serviço Social. Você acha que é algo que você gostaria de fazer? — Amy disse.

— Sim. Ou pelo menos quero fazer algum tipo de trabalho com crianças acolhidas. — Para preencher o silêncio, ela completou: — Acho que eu seria boa nisso.

Sharon se manifestou:

— Acho que você seria excelente trabalhando com crianças acolhidas.

— Eu tenho que concordar com isso — Amy disse.

A ideia de frequentar a universidade era tão estranha para Niki que parecia quase inimaginável, e mesmo assim ela ficou cheia de ânimo e esperança.

— Quanto tempo dura esse curso?

Amy disse:

— Um bacharelado em Serviço Social dura quatro anos, mas pode acontecer de durar mais um ou dois semestres, às vezes.

— Ah. Quatro anos. — No mínimo e, com um ano a mais, cinco. Seu coração afundou. Tanto tempo tendo que frequentar aulas, fazer trabalhos e estudar. Ainda mais tempo para conseguir de fato trabalhar como assistente social e fazer a diferença ajudando crianças como Mia. — Eu vou ter 22, 23 anos até lá — ela disse. Tanto tempo passaria. Como ela se sustentaria e pagaria as mensalidades da faculdade por quatro ou cinco anos? Será que alguém como ela poderia conseguir um financiamento estudantil? Ela não conhecia ninguém que tivesse conseguido.

Sharon riu.

— Você terá essa idade não importa o que faça. Não seria melhor ser uma assistente social de 23 anos do que ainda estar trabalhando em algo que não acha satisfatório?

— Claro. É só que... é tanta coisa. — E se ela precisasse estudar meio período, levaria ainda mais tempo. Ela já seria idosa quando se formasse.

— Tanta coisa? — Amy perguntou, a sua voz interrompendo a hesitação.

— Que coisa?

— Tanto tempo. Tanto dinheiro. — Niki disse, desanimada. Sem querer, seus ombros se encolheram em posição de derrota, e ela se concentrou no copo de suco quase vazio à sua frente. Levou-o aos lábios e tomou o último gole.

— Você acha que não daria conta? — Sharon perguntou. — Seria quase impossível?

Niki concordou, pensando que Sharon sempre parecia saber o que passava na sua cabeça.

— Não precisa ser assim. Você tem a gente pra te ajudar. — Ela se virou para Amy. — Não é?

— Com certeza — Amy disse. — Eu já ofereci uma vez, e a oferta está de pé. Eu pago a sua faculdade se você tirar boas notas. Não é empréstimo. É um presente. Só porque eu tenho o dinheiro e você merece.

— Se você não se importar em fazer o curso na universidade estadual, pode continuar morando aqui e fazer o trajeto até lá — Sharon disse. — Eu gosto de ter você por perto.

Niki não tinha palavras para expressar o que estava sentindo naquele momento. Ela concordou com os olhos transbordando de lágrimas. Amy foi na direção dela e apertou seu braço com carinho.

— Você não está sozinha, Niki. Vamos te ajudar em cada etapa do processo.

— Não tem mais volta. Agora você está amarrada conosco — Sharon acrescentou, cheia de ânimo. — E ficaremos honradas em poder ajudar.

Pela primeira vez desde que a mãe morrera, Niki se sentia parte de uma família. Ela olhou primeiro para Sharon e então para Amy, com a garganta engasgada de felicidade, e só conseguiu pronunciar uma palavra.

— Obrigada.

Capítulo 54

Alguns meses depois de receber a confirmação da morte de Morgan, a família Duran recebeu outra visita do detetive Moore. Como da outra vez, Wendy o conduziu até a sala de estar, onde ele se sentou de frente para ela e Edwin.

— Sim? — ela questionou. — Você tem algo para nos contar? — A ansiedade era algo palpável, um tremor por baixo da pele.

— Tenho sim. Na verdade, tenho duas coisas para contar. A primeira é que o namorado de Morgan, Keith, está morto.

— Como? — a voz de Wendy era praticamente um sussurro. — Como aconteceu?

— Uma briga em um bar, na semana passada — disse o detetive. — Pediram para ele se retirar, Keith ficou agressivo e sacou uma arma. O dono do bar, por acaso, tinha uma pistola debaixo do balcão. Ele atirou em autodefesa, e Keith morreu no local.

— Entendi — ela disse.

— O nome completo dele era Keith William Caswell.

— Como conseguiram conectá-lo à Morgan? — Edwin perguntou.

— Na carteira dele, havia um cartão de crédito antigo de uma loja de departamento com o nome de Morgan. Um dos detetives fez o trabalho de campo e entrou em contato conosco. Eles também procuraram pela família de Keith e descobriram que sua mãe está morta e seu pai está preso.

Faz todo o sentido. Wendy precisou de um momento para absorver as informações e, então, outro pensamento lhe passou pela cabeça.

— Mas e o bebê?

— Essa é a segunda coisa que eu vim contar — o detetive Moore disse. — Sem qualquer relação com a morte de Keith, houve outro acontecimento. Nós encontramos a neta de vocês.

Nós encontramos a neta de vocês. Aquelas palavras tiraram o fôlego de Wendy.

O detetive Moore explicou que, na verdade, a polícia não a havia *encontrado*, ela fora levada até eles — o resultado era o mesmo. Eles tinham uma neta, uma garotinha chamada Mia. Edwin tinha um milhão de perguntas, mas Wendy só tinha uma:

— Quando podemos vê-la?

Por eles, pegariam o carro e iriam até ela naquele mesmo dia, mas havia questões legais para resolver, como a confirmação do exame de DNA e outras burocracias, mas o detetive prometeu que seria agilizado, pois era um caso extremo.

Wendy contou os dias até poder ter aquela menininha nos braços.

Na primeira vez que Edwin e Wendy se encontraram com Mia, eles não sabiam muito bem o que esperar. A história dos seus últimos três anos era inacreditável e terrível. Como uma criança poderia lidar com aquele tipo de trauma? A menina ficaria em uma casa acolhedora temporária, e a assistente social sugeriu que eles a visitassem pelo menos uma ou duas vezes antes de levá-la para casa. Isso fez Wendy pensar que talvez Mia não fosse recebê-los bem, mas, quando entraram na casa, a mãe responsável os levou até onde Mia estava, assistindo a um desenho com outras duas crianças, meninas que tinham mais ou menos a mesma idade dela. Após a apresentação feita pela responsável pela casa, Wendy se abaixou para fazer contato, e ficou surpresa quando Mia perguntou imediatamente:

— Você veio me levar pra casa? — Ela tinha um brilho no olhar e seus cabelos eram castanho-claros, e ela era tão parecida com Morgan quando criança que Wendy quis chorar e exultar ao mesmo tempo.

Eles não levaram Mia para casa naquele dia, mas aconteceu alguns dias depois. Wendy não podia acreditar que todos os pertences de Mia cabiam em um saco plástico pequeno. Aquilo foi logo corrigido, assim que eles saíram para comprar roupas e brinquedos. Ela logo descobriu que Mia se contentava fácil e tinha medo de deixá-los bravos. Se Wendy ou Edwin iam abraçá-la, ela se encolhia, como se esperasse ser agredida. Era de cortar o coração.

A assistente social disse que poderia haver um período de lua de mel, seguido por um período de más atitudes.

— A Mia enfrentou um trauma tremendo — ela disse. — É como se ela tivesse sido envenenada por três anos, e agora esse veneno precisa sair para ela se curar. Infelizmente, tudo isso virá na direção de vocês.

Mia tinha pesadelos em que estava aprisionada, tinha crises de choro e não conseguia entender por que estava tão triste, mas, até então, ela não fizera ou dissera nada que Wendy tivesse achado excessivo. Na maior parte do tempo, ela era uma criança feliz. Ela estava fazendo terapia com uma moça gentil chamada Michelle, que os ajudaria a enfrentar o que viesse pela frente.

Um filho não substituía outro, mas Wendy achou que a presença de Mia aliviara a dor da perda de Morgan. Mia logo se afeiçoou ao tio, Dylan, fazendo-o assumir o lugar de Jacob, mas eles ainda não a tinham apresentado a nenhum parente, esperando que ela se acostumasse aos poucos. Eles também decidiram que ela estudaria em casa, a princípio. Wendy pediu licença do trabalho e não perdia nenhum detalhe.

Mia nunca falava sobre o abuso que sofrera na casa dos Fleming, apenas comentava de forma geral sobre como Jacob era legal com ela e quanto Crisco a adorava.

— Ele me dava beijinhos todo dia — ela dizia.

Wendy ficava com medo de Mia estar reprimindo as más lembranças, mas Michelle disse para ela não se preocupar.

— Dê tempo a ela. Ela vai dizer quando quiser conversar.

Quando Jacob ligou no telefone fixo da família, cinco meses depois da chegada de Mia, Wendy ficou espantada ao ouvir a voz dele. Então, ela se lembrou de que o número deles podia ser encontrado em uma busca na internet. Ela teve a impressão de que Jacob estava esperando ser destratado ou ignorado. Ele explicou, gaguejando, quem era, pediu desculpas pelo incômodo e falou tanto que ela acabou perguntando:

— Por favor, você pode me dizer por que está ligando? — ela disse, com educação, é claro, mas não estava disposta a passar o telefone para Mia. Quando ele explicou o que Wendy já imaginava, ela foi evasiva e disse que teria que falar primeiro com a terapeuta de Mia. Ela e Edwin estavam no consultório de Michelle, quando ela disse: — Mia, estou pensando, o que você acharia de ver o Jacob de novo? Você gostaria?

Mia se ergueu animada na cadeira, olhando na direção da porta.

— O Jacob tá aqui? — A voz dela exaltava a animação.

— Não — Michelle disse, mantendo o tom neutro. — Mas ele gostaria de te ver em algum dia nas próximas semanas. Você decide. — Eles discutiram a possibilidade de Jacob vir à casa deles com o tio, apenas para uma visita rápida. — Os seus avós ficariam com você o tempo todo, e você pode terminar a visita quando quiser. Tudo vai continuar igual. Seria apenas uma visita breve. Você não iria a lugar nenhum com o Jacob.

Para a surpresa de Wendy, Mia ficou radiante ao pensar em vê-lo outra vez. A terapeuta dissera, em particular, que talvez fosse um encerramento, mas que eles deveriam ficar com ela o tempo todo e encerrar a visita se achassem que ela estava se sentindo incomodada.

Agora, o dia da visita chegara e, até o momento, Mia parecia animada em ver Jacob de novo. Ela arrumou a cama assim que levantou e organizou os bichinhos de pelúcia com capricho em cima da cômoda. — Espera só o Jacob ver o meu quarto! — ela exclamou. — Vovó, posso mostrar a casa toda para ele?

— Claro — Wendy disse. — O que você quiser. — Ela havia conversado mais algumas vezes com Jacob, e já se sentia melhor sobre a visita. O garoto parecia sinceramente preocupado com Mia e queria ver por si mesmo como ela estava. Ele também pedira permissão para dar um presente à menina. Wendy, claro, dissera que sim.

Tanta coisa os trouxera até aquele dia. Wendy esperava que sua intuição estivesse correta. Ela rezou para que estivesse. Sua netinha já sofrera demais.

Capítulo 55

Eles chegaram na hora, graças ao planejamento meticuloso do tio Cal. Jacob deixara o tio dirigir, de tão nervoso que estava com a reação que Mia poderia ter ao vê-lo novamente. A avó dissera que Mia estava animada com a perspectiva da visita, mas um pensamento persistente o incomodava. Mesmo ele e Mia tendo passado três anos juntos, com a maior proximidade que duas crianças poderiam ter, a dinâmica era errada. Ela não era irmã, não era visita e nem uma criança acolhida. Mia era uma prisioneira e, agora, tendo voltado para a família, ela veria a diferença entre ter uma família amorosa e ter apenas um lugar para ficar. Um lugar onde ela era tratada como uma criada e aprisionada em um quarto escondido no porão. Tanta coisa fora roubada dela, e ele tinha medo de que ele poderia despertar más lembranças ou um sentimento de raiva. Ele não a culparia e, talvez, se ela o atacasse, seria merecido. Ainda assim, ele tinha medo.

Seu psicólogo havia observado que ele também fora uma vítima, algo que de certa forma aliviava a culpa que ele sentia. A mudança para Minnesota e a nova escola ajudavam. Em vez de ser o Cabeção, agora ele era o garoto novo em uma escola que demonstrava interesse pelos novos alunos. Um recomeço. Ele fizera dois amigos e tinha planos de ir para a faculdade em Twin Cities no ano seguinte. Sua avó e seu tio eram bondosos com ele, tão afetuosos que ele achou estranho no começo. Jacob achava difícil baixar a guarda. Ele só foi perceber como sua mãe o condicionara ao longo dos anos quando passou a tentar se livrar de tudo aquilo que ela havia gravado nele. Sua avó pedia desculpas por tudo o que ele enfrentara.

— Sua mãe era egoísta desde pequena. Eu costumava me perguntar se era culpa minha, mas eu criei Cal do mesmo jeito e ele virou uma pessoa decente. — Ela encolhia os ombros, com tristeza no olhar. — Desculpe por não estar presente, Jacob. Eu tentei muitas vezes, mas ela me afastava.

Jacob visitara o pai na prisão duas vezes, mas ainda não tivera coragem de visitar a mãe. Ela estava furiosa com ele, ele podia apostar. Aconselhado pelo seu psicólogo, ele escreveu uma longa carta, mas ela nunca respondeu, mesmo ele tendo incluído uma folha de papel em branco e um envelope endereçado. Ninguém poderia dizer que ele não tentou. Ele havia se esforçado. Agora, cabia a ela.

Eles pararam ao lado do meio-fio em frente à residência dos Duran. Era uma casa antiga com aspecto alegre, telhado triangular, uma entrada enorme e tulipas amarelas e vermelhas dos dois lados da escada que dava na porta da frente. Uma chuva recente havia revivido o gramado, exaltando o verde da grama.

— É aqui — disse o tio Cal. Ele desligou o motor e sorriu para o garoto. — Vai dar certo, Jacob. Não precisa ficar preocupado.

— Eu sei. —Ele tentou parecer confiante.

Quando a avó de Mia atendeu à porta, Jacob disse: — Senhora Duran? Eu sou Jacob, e este é meu tio Cal.

— Pode me chamar de Wendy. — Ela abriu a porta de tela, convidando-os para entrar. Eles não haviam passado da soleira quando Mia veio saltando escada abaixo.

— Jacob! — ela gritou alegre, e parou de repente quando viu que ele estava segurando Crisco, que estava forçando e esticando a coleira para tentar chegar até ela. Ela caiu de joelhos no chão e abriu os braços. — Crisco! — Jacob soltou a coleira, e Crisco pulou nos braços de Mia, lambendo seu rosto e choramingando de alegria. Se cachorros pudessem sorrir, seria isso que Crisco faria naquele momento, para corresponder ao sorriso no rosto de Mia.

Jacob já havia visto centenas de vídeos na internet de cachorros se reencontrando com os donos, mas nunca vira nada parecido com a alegria entre Mia e Crisco.

Jacob se ajoelhou ao lado dela.

— E aí, baixinha, o que você achou do seu presente?

— Meu presente? — Ela estava abraçada com Crisco, mas seu rostinho se virou para olhar para Jacob, que agora apontava para o cachorro. Ela falou em um grito agudo: — O Crisco é um presente pra mim? Eu posso ficar com ele?

— Sim, ele é seu agora. Eu vou para a faculdade daqui a alguns meses, então não vou estar por perto. Ele precisa de alguém que tome conta dele.

Mia olhou para os avós.

— Posso ficar com ele, vovó e vovô? Ele é bem bonzinho, não vai incomodar.

— Claro que pode, Mia. O Jacob já tinha pedido pra nós. Queríamos que fosse surpresa. — Edwin disse.

Cal e Jacob ficaram ali por umas duas horas. Mia mostrou a casa para eles, dizendo que tudo era dela.

— Aqui é a minha cozinha, meu quintal, minha lavanderia... — Crisco ficou aos pés dela o tempo todo, saltitando para lá e para cá como se não quisesse perdê-la de vista nem por um instante.

Wendy serviu lanchinhos e eles conversaram na sala de estar. Jacob contara a Mia sobre a escola nova e ela tagarelou sobre o quarto e contou que saía para fazer compras com a avó.

Mais tarde, quando eles estavam no quintal vendo Mia jogar uma bola de tênis para Crisco, Jacob disse a Wendy:

— Eu agradeço por você me deixar vê-la de novo. Ela está ótima. Tão feliz.

— Mia também queria te ver. Acho que era importante pra ela. — Wendy suspirou. — Mas não sei se isso é algo que faremos outra vez. — Ela esperou a reação dele.

— Eu entendo. — Jacob respirou fundo. — Eu acho importante te dizer que eu me sinto terrível por não ter falado antes que minha mãe estava prendendo a Mia na nossa casa. Eu sabia que era errado. Milhões de vezes eu quis contar para alguém, mas eu acabava dando pra trás. Me desculpe, mesmo.

Wendy disse:

— Eu agradeço pelas suas desculpas, Jacob.

— Às vezes eu fico acordado à noite pensando nela, e penso em todas as vezes que eu poderia ter enfrentado a minha mãe e não enfrentei.

— Eu vou ser sincera com você, Jacob. Se você tivesse ligado três meses atrás, eu teria desligado na sua cara. A psicóloga da Mia tem nos ajudado a lidar com a nossa raiva e a nossa perda. O trabalho com ela me deu uma nova perspectiva. Você também foi uma vítima. É bom saber que você ajudou a salvar a Mia. E eu e meu marido ficamos gratos por você ter mandado o exame de DNA.

— É alguma coisa. — Ele engoliu em seco. — Eu podia ter feito isso antes.

— Não tem por que se torturar por isso. Não se pode voltar no tempo. Agora a Mia está feliz e segura. Todo mundo merece começar de novo, você não acha?

— Eu espero mesmo que sim — ele disse. E, então, acrescentou: — Obrigado.

Na hora de eles irem embora, Mia deu um abraço apertado em Jacob. — Você nunca foi meu irmão, né?

— Não — ele disse com tristeza. — Eu teria muita sorte de ter você como irmã, mas, para a sua sorte, você nunca foi uma Fleming. O seu lugar é aqui, com o seu avô e a sua avó, Mia Duran.

Ela fez um carinho na cabeça do cachorro.

— Obrigada pelo presente.

Jacob sorriu para ela.

— O Crisco sempre foi seu, Mia. Ele sempre te amou mais do que tudo.

**ASSINE NOSSA NEWSLETTER E RECEBA
INFORMAÇÕES DE TODOS OS LANÇAMENTOS**

www.faroeditorial.com.br